KB152189

박문수의
야다시 權

초판 발행 2021년 09월 17일

지 은 이 최영찬
발 행 인 최영찬
편　　집 이앤디 기획
펴 낸 곳 도서출판 **활빈당**
등　　록 제409-31200002007-028호
주　　소 경기도 김포시 김포한강9로 11 예미지 410동 405호
전　　화 031)985-3394
F a x 031)985-3397
E-mail spido33@naver.com

I S B N 979-11-87085-02-7 04810
979-11-87085-00-3 (세트)

값 12,000원

박문수의

야다시

權

최 영 찬 지음

활빈당

\등\장\인\물\

- **박 문 수** 주인공. 왕의 밀명을 받고 공수처를 만든다. 훗날 암행어사의 대표적 인물이 된다.
- **원 균** 시어사. 원균의 동생 원연의 후손. 본명은 원홍익으로 직관적이고 호방한 성격
- **이 순 신** 시어사. 이순신의 직계 후손. 본명은 이한신으로 예민하고 신중한 성격
- **고 대 수** 육척 거구의 여자 활빈당수. 사헌부 다모로 위장 침투했다.
- **이 인 좌** 청주 사람. 소론 강경파로 반역을 계획하고 도성에서 암약한다.
- **김 재 로** 노론의 영수. 당파를 지키기 위해 사헌부를 조종한다.
- **홍 계 희** 아직 벼슬하지 못했으나 야심 찬 노론의 젊은 모사꾼
- **김 학 유** 김재로의 조카로 사헌부 집의. 권력을 이용해 돈과 여색을 탐한다.
- **안 태 건** 사헌부 장령. 성격이 포악해 부하들에게 혹독하게 대하다 다모에게 살해된다.
- **김 용 전** 노론의 비자금 담당자. 돈을 좋아해 마포의 상인과 유착하고 있다.
- **이 몽 룡** 암행어사의 전설. 같은 노론에 왕따 당하고 있다. 우포도청 종사관으로 있다가 사헌부 집의가 된다.
- **임 성 주 (주성)** 다모. 깜찍한 용모에 쾌활하나 살인죄를 저지른다. 공수처에서는 주성으로 이름을 바꾼다.
- **박 인 조** 공수처 암호해독 전문서리. 잔꾀를 부리다가 호되게 당하는 어릿광대 타입

한감찰, 오감찰, 조감찰, 윤정태, 여춘삼, 장일도, 응팔, 강호동, 백인기, 황진기, 성춘향, 정중명

주– 실존인물 관련해 내용에 허구가 있음을 후손들께서 헤아려 주시기 바랍니다.

\목\차\

1 솥에 삶는 죄인

영조 즉위년(1724년). 올 섣달은 눈만 많이 오고 춥지는 않았다. 드문드문 눈이 쌓인 혜정교(惠政橋) 위에 사람들이 발 디딜 틈 없이 서서 밑을 내려다보고 있었다. 종로 육주비전으로 들어가는 입구라 장을 보러 나온 손님들은 물론이고 상인들도 무리를 짓고 있었다. 육조의 아전과 갓 쓴 양반들도 드문드문 보였는데 그중에 예문관 대교(待敎) 박문수도 끼어 있었다. 솥 안에 물이 가득했다. 아궁이 옆에는 장작더미가 놓여 있었다.

부글부글

뜨거운 물에 삶는 팽형(烹刑)이다. 죄인이 솥 안에 들어가면 장작불을 피울 것이다. 아궁이 앞에는 병풍을 치고 군막을 둘러 재판석을 만들었으며, 사헌부의 수장인 대사헌 김간(金幹)이 자리에 앉아 있었다. 지금까지 탐욕하고 부패한 아전에게는 가끔 팽형을 시행했지만, 양반 벼슬아치는 처음 있는 일이다.

"죄인을 끌고 나오너라!"

사헌부 집의 김학유가 소리치자 죄인 한명철의 얼굴 부위를 감추고 있던 용수가 벗겨졌다. 그는 보름 전까지만 해도 위세 당당한 사헌부 감찰이었다. 귀신같은 형상으로 머리는 산발이고 얇은 옷 위에는 핏자국이 얼룩져 있었다. 의금부에서 한바탕 곤욕을 치르고는 사헌부로 끌려와 모진 고문을 당했던 것이다.

집행리는 죄인을 묶은 채 가마솥의 나무뚜껑 위에 앉혔다. 김학유가 한감찰의 죄를 낭독하는데 칠패 객주로부터 거액의 뇌물을 받았다는 죄목이다. 한감찰이 소리를 질렀다.

"억울하오! 나는 한 푼도 받은 적이 없소. 이따위 엉터리 형벌 대신 내 목을 베시오!"

박문수는 눈을 감았다. 팽형은 참수형보다 더 지독한 형벌이다. 집행리가 떠밀자 풍덩 하는 소리와 함께 솥 안으로 들어갔다. 침묵이 흘렀다. 집행리 두 명이 연신 장작을 아궁이에 넣고 불을 지피는 시늉을 했다. 솥 안에서 한감찰은 흐느끼며 울고 있었다. 끝내 장작에는 불이 붙지 않았고 물도 끓지 않았다. 잠시 뒤에 집행리가 죄인을 솥에서 끌어냈다.

"에이, 저게 뭐야? 시시하네."

어른 뒤에 숨어 멋진 구경을 기대했던 어린아이가 소리쳤다. 사람을 삶아 죽인다고 들었는데 시늉만 했기 때문이다. 하지만 솥에 들어간 죄인은 그 순간부터 살아 있는 시체였다. 한쪽 구석에서 흐느끼던 가족들이 넋이 빠져 주저앉은 한감찰을 준비한 칠성판에 눕혔다. 네 명의 노비가 칠성판을 들고 집으로 데려가 장례를 치르게 될 것이다. 이렇게 장례가 끝나면 한명철 감찰은 호적이나 족보에 죽은 사람으로 오른다. 물론 먹고 움직이는 일은 할 수 있고 아이도 낳을 수 있다. 하지만 살아 있는 시체가 잉태시킨 아이는 태어나도 아비 없는 사생아가 된다. 팽형은 살아 있지만 죽은 사람으로 살게 만든다. 부정부패를 저지른 탐관오리에게는 참수보다 무서운 벌이다. 집행이 끝나자 사람들은 뿔뿔이 흩어졌다. 육조의 관리나 시전 상인들은 우스꽝스럽지만 잔인한 팽형을 보며 몸서리를 쳤다.

집행과정을 끝까지 지켜본 박문수는 한감찰과는 급제 동기다. 그래서 그가 소론 당파가 아님에도 친분을 유지하고 있었다. 붙잡혀 가기 얼마 전에 문수의 집으로 찾아와 억울한 혐의를 받고 있음을 하소연했다. 들어보니 어명으로 송파의 객주를 붙잡아 왔는데 뒷구멍으로 노론의 관료들에게 뇌물을 주고 이권을 챙긴 죄명이었다. 한명철 감찰이 집안을 수색해서 암호로 작성된 장부를 찾아 압수했다. 노론은 호조를 통해 객주를 풀어줄 것을 강요했으나 한감찰은 거부했다. 얼마 뒤 객주는 감옥에서 목을 매고 죽었는데 증거로 압수한 장부도 감쪽같이 사라졌다. 담당한 한감찰은 직무가 정지되고 상사인 김학유의 추궁을 받았다. 빼돌린 장부를 내놓으라는 것이었으나 모른다고 극력 부인했다. 보름 동안 실랑이가 오고 가던 중에 느닷없이 칠패시장 객주가 한감찰을 의금부에 고발했다. 거액의 뇌물을 강요해서 할 수 없이 바쳤다고 했다. 하루아침에 죄인으로 전락한 한감찰에게 김학유가 고발장을 흔들며 회유했지만, 모르는 것을 안다고 할 수는 없었다. 그러자 김학유는 어명을 핑계로 노론의 숨통을 끊으려 한다고 판단하고 사대부 관료로는 처음으로 팽형을 거행한 것이다. 박문수는 발길을 돌리면서 하늘을 올려다보았다. 이제 노론의 세상이 되었으니 피바람이 불 것이다. 아니 벌써 시작되었다.

같은 시각. 한강 가까이에 있는 당고개에 두 개의 목이 대나무 끝에 달린 것을 볼 수 있었다. 까마귀들이 달려들자 지키고 있던 포졸이 창을 휘휘 내저었다. 몇 명의 사내들이 지켜보다가 한 명이 가래침을 퉤 뱉었다. 돌아서는데 등짐을 진 남자가 다가와 말을 걸었다.

"말 좀 물읍시다. 이곳이 당고개 처형장이 맞소?"

사내가 위아래를 훑어보니 패랭이를 쓴 모습이 영락없는 보부상이다.

"그렇소만…… 이곳에 물건 살 사람은 없소. 관을 팔 것이라면 몰라도."

"아니오. 사람을 만나러 왔소."

"산 사람이오, 죽은 사람이오? 저기 딸기코 술주정뱅이 포졸 놈은 산 자고 모가지만 남은 자들은 죽은 자요."

사내가 목을 자르는 시늉을 하자 보부상이 어깨를 으쓱하더니 말했다.

"망나니 응팔을 만나러 왔소이다."

응팔이라는 말에 사내들의 낯빛이 금세 변했다.

"형님과는…… 어찌 되는 사이오?"

말투가 공손해졌다. 보부상이 사내들을 둘러보고 나서 대꾸했다.

"응팔이는 내 아우요."

사내들이 갑자기 쪼그라진 밤송이처럼 되었다. 언덕 위 오두막을 가리키고는 슬금슬금 뒷걸음쳤다. 보부상은 고개를 까딱하고는 오두막을 향해 걸어갔다.

까악 까악

까마귀들이 몰려오자 포졸이 창을 휘저었다. 보부상이 거적문을 밀고 들어가다 방 안에 피냄새가 진동하자 코를 막고는 뒤로 물러섰다. 응팔이 술잔을 기울이고 있었다.

"형님, 코 막는다고 피냄새가 안 나겠소?"

잠시 침묵이 흘렀다. 보부상이 나직하게 말했다.

"두 분을 곱게 보내 드려 고맙다는 인사를 하러 왔네."

"인사는 무슨…… 몇 년 전에는 노론 양반님들을, 이제는 소론 양반님들을 두 동강 내는 내 팔자가 기박할 뿐이지. 사람들이 인산인해를 이뤄 욕하고 침을 뱉었소. 그때와 똑같더구먼."

선대왕인 경종 2년 임금을 독살하려는 음모를 목호룡이 고변하자 피바람이 불었다. 독살음모에 연루된 많은 사람이 매 맞아 죽거나 참수되었다. 귀양갔던 김창집 등 노론의 사대신도 사약을 받았다. 노론에서는 이들을 사충(四忠)이라고 했고 소론에서는 사흉(四凶)이라고 했다. 노론이 내세운 왕세제 연잉군(훗날 영조)도 경종에 충성하는 김일경 일당에 의해 목숨이 위태로웠다. 연잉군의 처조카 서덕수가 연잉군이 연루된 것을 자백했기 때문이다. 임금인 형의 비호가 아니었더라면 죽임을 면치 못했을 것이다. 몇 년 뒤에 경종이 죽고 영조가 즉위하자 무고죄로 김일경과 목호룡은 당고개에서 참형을 당했다. 이때부터 아우가 이복 형을 독살했다는 소문이 돌았다. 서로 상극인 간장 게장과 생감을 먹여 탈 나게 하고 임종 전에는 연잉군이 올린 인삼탕에 독을 넣었다는 것이다. 갖가지 의혹 속에 위태롭게 즉위한 영조는 당쟁에 질렸다. 벼슬을 당파에게 골고루 안배한다고 했지만 죽었다 살아난 노론은 그렇지 못했다. 소론에 대해 피의 복수를 맹세하고 정계를 장악해 나갔다. 사헌부를 앞세워 적의 비리를 샅샅이 찾아내거나 찾아내지 못하면 교묘하게 조작했다.

응팔이 술병을 들고 밖으로 나왔다. 그는 당고개에서 죄수들을 처형하는 망나니로 본디 살인강도였다. 포도청에 붙잡혀 사형당할 운명이었으나 망나니가 되는 조건으로 목숨을 부지했다. 백정 출신인지라 그 일을 쉽게 할 수 있었던 것이다. 응팔이 술을 따르며 묻는다.

"형님! 행색이 그게 뭐요? 또 무슨 꿍꿍이요?"

청주에서 올라온 이인좌가 히죽 웃으며 대꾸한다.

"벼슬하러 왔네. 권세를 잡은 노론 영수에게 명당자리 바치고 능참봉 자리라도 얻으려고……"

"능참봉 자리가 아니라 그 능에 들어갈 사람이 되려는 것 아니오?"

"예끼, 이 사람아! 날 더러 역모를 꾀하란 말인가? 자네 손에 목이 떨어지기는 싫네."

망나니가 허허 웃으며 처형장 쪽을 바라보았다. 이인좌가 나직하게 말했다.

"실은 누구를 찾으러 왔네. 구리개의 의원인데 그자가 가지고 있는 것이 필요해. 도와주게나."

경종이 죽고 왕세제(영조)가 등극했으나 탕평책을 내세우며 이광좌를 비롯한 소론의 중추 세력을 그 자리에 남겨두었다. 하지만 다음 해 초여름부터 노론의 공박과 사헌부의 고발이 이어졌다. 신임옥사(辛任獄事) 이후 숨죽이며 살았던 노론은 다시 활개쳤다. 인현왕후의 오빠로 강경파인 민진원이 대사간 김재로를 노론의 영수로 앉히고 뒤에서 조종했다. 사헌부는 광화문 앞에 늘어선 육조(六曹)의 중간쯤에 있다. 사간원, 홍문관과 함께 조선을 이끄는 권력기관이다. 법치로 조정에 충성한다지만, 정치권력에 아부하거나 스스로 권력의 중심에 서기도 했다. 사헌부는 노론 인사로 채워졌다. 김재로는 문중의 조카인 김학유를 사헌부 핵심인 집의로 임명해 무자비하게 칼을 휘두르게 했다. 김학유는 별명이 살쾡이인데 표독하기도 했지만, 권모술수에도 능했다. 그 결과 삽시간에 소론은 쭈꾸미처럼 되었고 노론은 부풀어 오른 복어처럼 강하고 독해졌다.

"집의 등청이시오!"

대사헌 김간이 신병으로 등청하지 못하니 두 번째 서열의 집의(執義) 김학유가 가장 웃어른이 되어 들어섰다. 바로 밑의 직급인 장령이 섬돌 아래에까지 내려와 김학유를 맞아 대청으로 올라갔다. 대사헌이 없어 의례가 생략된 것을 다행으로 여기고 다모가 올리는 탕약을 들이켠 다음 집무실로 갔다. 안태건 장령과 오신만 감찰이 문서를 검토하고 있다가 벌떡 일어나서 그를 맞았다. 체격이 우람한 안태건은 노론의 행동대장이었다. 감찰 오신만은 사헌부로 온 지 얼마 안 되었지만, 노론 상층부에 철썩 붙어 충성을 맹세한 약삭빠른 자였다.

"오감찰, 한명철의 동태는 어떤가?"

상관의 물음에 오신만은 쥐새끼 같은 눈을 반짝이며 공손한 어조로 대답했다.

"네, 우포도청 포교가 감시 중인데 한감찰 아니 한명철은 온종일 사랑방에 틀어박혀 있다고 합니다. 집안 식구들도 밥을 줄 때 외에는 얼씬도 하지 않는다고 합니다."

팽형을 당한 자는 집안에 틀어박혀 산다. 만약 밖에 돌아다니다가 죽임을 당해도 범인은 추적하지 않는다. 이미 죽은 사람이기 때문이다. 김학유가 코웃음 쳤다.

"흥. 그놈이 어디를 나다니겠어. 근데 포교라는 자는 믿을 수 있나?"

"네, 우포도청에 의뢰해 몇 번 일을 맡겼는데 한 번도 실수하지 않았습니다."

"눈을 부릅뜨고 감시해야 해. 그 집에 드나드는 자도 살펴보고. 혹시 누굴 만나려고 나올지도 모르네. 그러면 그때 확 낚아채는 거야."

팽형이 집행된 후에 김학유는 한명철의 집에 오신만을 보냈다. 늦게라도 장부의 소재를 알려주면 임금께 상소해 특별사면시켜 주겠다고 회유했다. 그렇지만 지금까지 답이 없다. 말을 마치자 오감찰이 고개 숙여 인사하고는 자리에서 물러났다. 나오면서 속으로 중얼거렸다.

'한명철은 당색이 없는 사람인데…… 노론과 척을 질 까닭이 없는데……'

한명철을 닦달할 때 옆에서 지켜본 오신만의 판단으로는 장부를 빼돌린 것은 그가 아니었다.

안태건도 뒤이어 나가고 김학유 집의가 한참 머리를 굴리고 있을 때 홍계희가 찾아왔다. 그가 집의와 마주앉자 다모 임성주가 탕약을 가져왔다. 그녀는 눈이 아주 크면서도 예쁘고 피부가 백옥같았다. 돌아서는 그녀의 뒷모습을 넋 놓고 바라보자 김학유가 히죽 웃고 말했다.

"대사헌 영감의 청지기 딸이지. 꿈도 꾸지 말게. 나도 손 못 대네."

김학유의 말에 계희가 어깨를 으쓱하고는 입을 열었다.

"집의님, 새 소식을 들었습니다."

"소식? 장부 말인가?"

"그게 아니고…… 한명철이 박문수의 집을 야밤에 찾았다고 합니다."

홍계희는 한감찰이 팽형 당할 때 구경꾼 속에 박문수가 있는 것을 보았다. 그래서 남산 아래 마른내(건천동)에 있는 박문수의 집으로 가서 주변을 염탐했다. 이웃집 여종이 밤에 웬 사내가 집을 잘못 찾아와 문을 두드렸다고 말했다. 인상착의를 물으니 한명철 감찰이었다.

"새벽에 장독대에서, 골목길을 빠져나가는 것을 보았다 하니 밤새 함께 했던 것 같습니다."

계희의 말에 김학유는 낮게 신음했다. 한감찰과 박문수가 내통하고 있었다는 말인가.

"둘이 급제 동기이긴 하지만…… 가만있자, 박문수는 주상의 측근이 아닌가?"

박문수는 영조가 왕세제로 있을 때 시강원에서 경사와 도의를 가르치는 설서(說書)로 있었다. 소론의 영수인 이광좌의 제자로 강화유수를 지낸 이태좌가 외삼촌이다. 그의 아내는 대동법을 전파한 김육의 후손으로 숙종의 어머니 명성왕후가 고모할머니이다. 소론 쪽에서는 노론이 미는 왕세제를 감시하는 것이고 왕실에서는 같은 일가이니 믿을 수 있다. 이런 미묘한 위치에 있는 박문수를 김학유는 위험한 인물로 보았다. 소론의 중심인물인 경주 이씨 가문을 외가로 두었으니 그렇게 판단한 것이다.

"지금은 예문관 대교인데…… 학문이 높은가?"

"그렇지는 않습니다. 우리 노론을 빼고 시험 본 토역과가 아니었다면 급제는 어려웠을 것이라 합니다. 하지만 여러 사람에게 들은 바로는 성격은 과격하지만, 머리는 잘 돌아간답니다."

김학유는 흐흥 하고 웃었다. 얼굴이 별명대로 살쾡이 같았다.

"지금 대사간께서 정언 나학천을 시켜 토역과는 무효이니 당시 급제자는 다 내치라는 상소를 올렸네. 박문수는 곧 쫓겨날 것이나 위험한 자니 잘 감시하게."

홍계희가 고개를 끄덕였다.

"대사헌께서는 신병으로 당분간 등청하시지 못하니 내가 처리할 일이 많네. 명단대로 일은 끝냈나?"

김학유의 물음에 홍계희는 소론 벼슬아치들의 명단을 내밀었다. 그중 스무 명의 이름 옆에 가위표가 표시되었다.

"표시된 자들은 내사가 끝난 자들입니다."

"없는 자들은 무엇인가? 꼬투리를 잡지 못했나?"

"아닙니다. 스스로 벼슬자리를 물러난 자들입니다. 그래도 뒤를 캐고 있습니다."

홍계희는 참판 홍우전의 아들이다. 스물을 조금 넘긴 젊은 나이였지만 머리가 비상하고 민첩했다. 벼슬길에 나아가면 장차 김학유를 이을 인재로 촉망받고 있다. 밖이 소란하자 김학유가 여닫이를 열어보니 키가 엄청나게 크고 체구가 장독 같은 다모가 커다란 돌절구를 번쩍 들고 성큼성큼 걸어가는 것이 보였다. 돌절구를 들지 못한 사내 둘이 머리를 긁적이고 다모들이 환성을 지른다. 김학유가 여닫이를 닫으며 말했다.

"저 괴물이 사헌부의 명물 고대수라네. 대사간 김재로 영감의 후광을 입고 있지."

다모의 이름은 고은정이라고 한다. 보통 사내보다 크고 힘이 장사여서 수호전(水滸傳)에 나오는 여걸 고대수의 별명을 붙였다. 본래 화장품을 파는 매분구로 대사간 안방마님의 가마를 막고 돈을 뜯어내려는 왈패들을 혼내주었다. 봉변을 모면한 마님은 그녀의 소원대로 사헌부 다모로 추천했다. 다모의 역할은 이름으로만 보면 탕약(茶)을 끓이는 것이다. 그러나 남성이 범할 수 없는 아녀자처소를 들어가 수색하는 일도 했다. 고대수는 사헌부에 들어온 지 한 달도 되지 않았지만, 역적 김일경의 잔당을 체포할 때 공을 많이 세웠다. 안채로 들어가려는 것을 막는 하인들을 가볍게 제압하고 안방에 숨어 있는 남자들을 붙잡았다.

김학유가 자리에서 일어났다.

"괴물이야기는 그만 하자. 근간 우리 노론 회합에서 이광좌를 비롯한 소론을 처단하게 될 것이야. 박문수 건은 거기서 다시 말하자고."

달콤한 꿀에 벌이 몰려들 듯이 집권당에 상인들이 줄을 이었다. 관의 비호를 받으며 독점으로 돈을 버는 시전과 관의 단속을 피해 창의적으로 판로를 개척하는 난전(私商)이다. 시세에 영악한 상인들은 어느 집단이 힘이 있는지 금세 알아챘다. 상인들이 제일 연줄을 맺고 싶은 것은 시장을 관리하는 평시서와 호조이다. 그들의 권력을 잘 이용해 이권을 얻으면 돈을 많이 벌 수 있다. 둘은 이권을 두고 죽기 살기로 싸웠다.

"제발 금난전권을 유지해 주십시오."

"제발 금난전권을 철폐해 주십시오."

시전은 금난전권을 계속 가지고 싶고 난전은 철폐하란다. 소론은 난전에 기울어서 금난전권을 폐하려고 했다. 반대로 노론은 금난전권을 유지해서 시전의 이익을 지켜주려고 했다. 그러나 돈에는 당파가 없다. 뒤로는 소론이 시전에게, 노론이 난전에게 돈을 받고 있었다. 노론 영수 김재로는 처형된 노론 대신들을 신원하고 계속 집권하기 위해서는 정치자금이 필요했다. 역적으로 몰려 재산을 잃은 사람이 태반이니 그들에게 나누어줄 몫도 있어야 했다. 시전 상인들이 원하는 것을 알고 있지만 요 몇 년 사이에 부쩍 성장한 난전이 간절히 바라는 것도 알고 있다. 밥줄이 걸려 있으니 다툼이 치열하다.

그러나 아직은 정경유착에 오랜 전통을 가진 시전의 힘이 세다.

사헌부 앞에는 아까부터 시전 상인과 난전 상인이 서성이고 있었다. 서로 외면하고 서 있다가 아는 녹사가 드나들 때는 옷소매를 잡아끌었다. 그리고는 미리 준비한 탄원서를 건네주는 것이었다. 처음에는 손사래를 젓다가 거듭된 요청에 못 이기는 척 받아 들고 안으로 들어간다. 마침 평시서에서 돌아온 다모 고대수와 임성주가 이 모양을 보았다. 다모방에 들어온 임성주가 속삭이듯 말했다.

"언니, 오늘 저녁 정녹사님, 숭어 먹을 거야."

"숭어?"

숭어만큼이나 긴 얼굴을 가진 고대수가 되묻는다.

"아까 그 장사치는 마포나루의 난전이니 물고기 진상일 거야. 숭어 두 마리가 든 바구니 안에는 석 냥이 들어 있고."

새로 다모가 된 고대수는 나이도 많고 괴이한 용모에다 목소리마저 걸걸했다. 다모들이 두려워 피할 때 맨 처음 웃음으로 맞아준 것이 임성주였다.

"야, 언니 정말 크다. 내가 턱 밑으로 들어가네."

이러면서 앞에서 껴안았다. 성주는 얼굴이 예쁘고 늘 쾌활하다. 애교가 철철 넘치지만 재미있게 말을 꾸미는 재주도 있어 모두의 귀여움을 받았다. 언문 글씨를 예쁘게 써서 가끔 서리들이 하는 행정문서 작성도 돕곤 했다. 성주는 호기심이 많아 여기저기 기웃거리며 궁금한 것을 귀동냥하는 것에도 능했다. 고대수는 성주의 충고대로 팔다 남은 분과 연지를 다모들에게 나누어주었다. 자연히 다모들과 거리가 좁혀졌고 성주와는 자매처럼 가까운 사이가 되었다. 사헌부의 아전들도 양반집 안채를 수색할 때 고대수가 큰 역할을 하기에 인정을 해주었다.

"전에도 그랬니?"

성주는 나이는 어려도 사헌부 다모중에서 최고참이다. 대사헌 김간이 배경이라 위세 당당한 감찰도 함부로 대하지 못했다. 그녀가 주로 맡은 일은 다모의 이름에 걸맞게 탕약을 끓이고 손님을 맞는 일이다.

"응. 윗분만 바뀌었지, 아전과 다모는 마냥 똑같아. 앞으로도 계속 그대로일 거야. 내가 보기에 아전들이 사헌부에서 제일 잘난 사람들이야. 어제까지 나으리, 나으리 하다가……"

성주가 허리를 굽히며 아첨하는 모습을 보인다. 아전들에게 양반 벼슬아치들은 우러러봐야 하는 대상이다. 하지만 육조판서라도 죄를 입어 옥에 갇히거나 유배형에 처하면 이들의 손아귀에서 처분을 기다려야 한다. 죄인의 나락으로 떨어진 벼슬아치의 가족들이 돈을 싸들고 와서 편의를 부탁할 때는 우쭐해진다. 소론이 집권하면 노론이, 노론이 집권하면 소론의 벼슬아치가 죄인이 된다. 그러나 세상이 바뀌어도 관리에게 약하고 죄인에게 강한 아전은 그대로다.

"감찰들은 어떤 인간들인가 가르쳐줄까?"

고대수는 사헌부에 들어오기 전에 이미 염탐을 통해 감찰들이 어떤 성격인가 다 파악했지만, 귀염둥이 성주를 통해 다시 듣기로 했다. 고대수의 부하들인 남자가 보는 눈과 여자의 눈은 다르기 때문이다. 성주는 대사헌 김간을 노론이 내세운 것은 늙고 병환이 많아 맘대로 휘두를 수 있기 때문이라고 했다. 집의 김학유는 호색한,

장령 안태건은 폭력배라고 말하고 감찰들에 대해서도 한 명 한 명 짚어가며 장단점을 말했다.

"고마워. 성주야. 내가 궁금한 것이 하나 있는데."

"궁금한 거?"

고대수는 손가락으로 창고 쪽을 가리키며 말했다.

"저기에는 뭐가 있길래 서리도 출입을 통제하니? 너는 들어가 보았니?"

고대수의 물음에 성주는 난처한 표정을 지으며 작은 소리로 말했다. 사헌부의 수사자료를 보관하는 곳인데 장부도난 사건 이후 출입이 엄격해졌다고 했다. 자신은 대사헌의 심부름으로 몇 번 창고에 들어갔다고 했다. 그리고 고대수가 가장 알고 싶어하던 말을 들려주었다.

"창고 안에 또 작은 문이 있어. 자물쇠가 붙은 걸 보니 굉장한 것이 안에 있나 봐."

조선의 양반은 반드시 벼슬을 해야 한다. 양반은 세금도 내지 않고 군역도 지지 않는 특혜를 누릴 수 있다. 대과 아닌 소과에 급제해 생원이나 진사만 되어도 4대는 양반을 유지할 수 있다. 대과에 급제해 벼슬자리에 있으면 존재감이 있지만, 자리를 그만두면 그날부터 투명인간이 된다.

토역과에 급제해서 자격이 없다는 사간원의 상소에 따라 박문수는 사직하고 집 밖을 나가지 않았다. 간혹 같이 쫓겨난 소론들이 찾아왔지만, 만나지 않고 돌려보냈다. 장작을 팔러오거나 새우젓 등

젓갈을 팔러오는 행상만 있을 뿐이다.

정오쯤 장작을 잔뜩 실은 우차가 골목 안으로 들어왔다. 박문수의 집 건너편 담장 밑에서 사내가 얼굴을 쑥 내밀었다. 집집이 들러 장작을 부린 중년의 사내가 또 다른 늙은이와 함께 박문수의 집 앞에서 장작이요! 하고 소리쳤다. 잠시 후에 문이 열리면서 늙은 여종이 나왔다. 장작을 내리자 여종이 말했다.

"팥죽을 끓였는데 좀 먹고 가시구랴."

사내는 반색하고 우차에 탄 늙은이는 아침에 먹은 밥이 아직도 위에 머물고 있다고 대꾸했다. 우차가 다시 골목길을 빠져나가고 중년 사내는 집안으로 장작을 던져놓고 안으로 들어간다. 문이 닫히자 장작을 옮기는 대신 성큼성큼 안으로 들어갔다. 박문수가 대청에서 그를 맞았다.

"어서 오십시오, 강포교님."

전직 포교 강호동이 박문수와 마주 앉았다. 그가 품 안에서 두툼한 봉투를 꺼내 건네주자 박문수가 봉투 안에서 문서들을 꺼내 쭉 훑어보았다. 이내 입가에 미소를 지었다.

"고맙습니다, 형님. 덕분에 일의 진척이 빨라졌습니다."

강호동이 공손하게 말했다.

"대교님, 예전에는 사적으로 형님 아우였지만 이제는 그만두십시오. 대교님은 저의 상관이십니다."

"무슨 말씀을. 형님이 제 말을 믿고 포교 자리를 그만두신 것에 감사할 뿐입니다."

박문수가 사직하는 날 임금이 따로 불러 위로의 말과 함께 밀봉

한 술병을 하사했다. 집에 돌아와서 술을 따르려 하니 술 대신 한 장의 밀지가 나왔다.

'그대와 나는 왕세제 시절 같이하면서 돈독한 우정을 쌓았다. 내가 노론의 힘으로 보위에 올랐으나 두려움이 크다. 사헌부를 장악해서 자신들과 뜻이 다른 자들을 억압하고 있다. 또한 부패를 척결해야 할 소임을 망각하고 안에서 썩고 있다니 그대와 뜻을 할 수 있는 무리를 모아 사헌부를 견제할 수 있는 기구를 만들라.'

임금이 친필로 쓴 밀지에는 옥쇄가 찍혀 있었다. 그리고 밀지와 함께 백 량짜리, 천 량짜리 어음이 나왔는데 모두 삼천 량이었다. 임금은 이 돈으로 은밀하게 움직이라 했다. 박문수는 몰래 우포도청 강호동 포교를 만나 밀지를 보여주고 어음을 건넸다. 비록 신분은 다르지만, 형제처럼 믿을 수 있는 사이라 강호동은 포교직을 곧바로 사직하고 함께할 사람을 찾았다. 박문수의 말대로 과거에 급제했지만, 정식 벼슬을 얻지 못하고 있는 젊은 권지(權知)들의 사정을 살펴 포섭하기로 했다. 대부분 소론 집안이나 무당파였지만 노론도 끼어 있었다. 은밀히 불러내어 임금의 밀지를 보이면 모두 승낙할 수밖에 없었다. 선발된 권지들은 모두 다섯 명으로 문.무과에 급제한 인재들이다.

"대교께서 뽑은 권지 다섯 명의 수족이 될 밀대들을 모으고 있습니다."

호동은 서민층에 스며들어 정탐할 밀대를 여러 가지 방법으로 모집했다고 했다.

"알겠습니다. 형님, 아니 포교께서 다섯 명을 포교 수준으로 만들어주십시오. 진위에……"

문수는 잠시 멈추고 강호동을 물끄러미 바라보았다. 그는 모친이 병환 중이라 집을 떠날 수 없는 형편이었다. 강호동은 다음 말을 짐작하고 이렇게 대꾸했다.

"집안보다 나랏일이 더 급한 것입니다. 어머니는 아내가 잘 보살필 것이니 걱정하지 마십시오."

밖에서 여종이 부른다. 우차가 와 있다는 것이다. 강호동은 벌떡 일어나 마루로 나와 여종이 건네주는 식은 팥죽을 후르르 마셨다. 입가에 죽을 묻히고 밖으로 나갔다. 박문수는 다시 문서를 펼쳤다. 이름과 함께 집안의 내력이 적혀 있다. 한 곳에 눈이 머물렀다. 덕수 이씨 이한신이라는 이름 밑으로 그의 집안과 현재 상황, 개인 성격 등이 상세하게 적혀 있었다. 다시 위로 올라가 원홍익 권지의 초록을 읽어보고는 문수는 낯을 찡그렸다. 개와 원숭이 같은 사이가 만났기 때문이다.

오후 늦게 박문수가 밖으로 나오자 건너편 집에서 감시하던 사내들이 부산해졌다. 그동안 드나드는 사람이라고는 여종뿐이었는데 오늘은 칩거 중인 주인이 외출하기 때문이다. 미행은 여러 사람이 번갈아 했는데 박문수는 눈치채지 못한 듯 마냥 걸어갔다. 미행자들은 박문수의 행선지와 만나는 사람 모두를 보고서에 기록할 것이다. 문수가 청계천으로 가더니 시냇물처럼 졸졸 흐르는 곳에서 빨래하는 아낙들을 잠깐 바라보다가 다리를 건너갔다. 그리고는 휘적휘적 걸어간 곳이 종로 보신각이다. 수도 서울의 시간을 알리는 커다란 종이 걸려 있다. 우두커니 바라보고 있는 표정에 시름이 많아 보였다.

물렀거라!

요란한 소리에 박문수가 고개를 돌아보니 교자 위에 우의정 민진원이 앉아 있는 것이 보였다. 옆에는 구사(丘史)들이 호위하고 있었다. 주위의 평민들이 엎드려 고개를 조아렸지만 몇몇 사람은 얼른 뒷길인 피맛골로 들어갔다. 피맛골은 세도가 나으리 행차마다 고개를 조아리는 것이 못마땅해서 만들어진 골목이다. 처음에는 단순히 행차를 피하는 것이었다. 사람들이 몰려오자 먹을 것을 파는 사람이 나타나고 차츰 술집이 늘어서게 되었다.

지글지글 보글보글

이미 자리 잡고 고기 안주에 술을 마시는 사람들로 가득 찼다. 박문수는 이리 기웃 저리 기웃할 뿐 들어가지 않았다. 미행자들은 좁은 골목이라 미행이 눈치챌까 봐 조바심을 쳤다. 이 마음을 아는지 모르는지 박문수는 술집마다 기웃거렸다. 모양새로 보면 누군가 찾는 모양이다. 하지만 그것도 아닌 것 같았다. 반쯤 허물어진 집 앞에서 우뚝 섰다. 화재로 불이 났는지 기둥이 검게 그을렸다. 마치 집을 짓는 목수처럼 기둥을 만져 보고 추녀도 살펴보았다. 옆의 술집에서 키가 작은 주모가 나와 박문수에게 말을 건다.

"나으리, 들어오십시오. 따끈한 약주와 너비아니가 있습니다요."

너비아니는 쇠고기를 칼로 다져놓은 것을 간장과 마늘로 양념하여 넓적하게 구어 낸 것이다. 문수가 키가 땅에 붙은 주모를 따라 안으로 들어갔다. 다른 주막에는 손님이 꽉 차 있는데 여기는 텅 비었다. 문수는 술과 안주를 앞에 놓고 묻는다.

"이 집은 왜 이리 한가하오?"

주모가 대꾸한다.

"옆집에 불이 나서 옮겨붙는 바람에 며칠, 문을 닫았습니다."

주모의 말에 의하면 사흘 전에 비어있는 집에 불이 났다고 했다. 반쯤 타버리고 자신의 집에도 불이 붙어 약간 수리해야 했다고 한다. 아마도 걸인이 추위를 피해 들어왔다가 불을 낸 모양이라고 했다. 뒤따라 들어온 미행자가 귀를 쫑긋하고 듣고 있었다.

"어서 오세요."

몇 명의 남자가 두런두런하며 들어오다가 그 중 한 명이 박문수를 보고는 깜짝 놀란 표정을 지었다. 얼른 몸을 휙 돌리며 일행을 떠밀다시피 해서 밖으로 나갔다. 주모가 뒤쫓아 나갔지만, 사람들은 골목 밖으로 나가고 있었다. 주모가 투덜대는데 박문수는 그 이유를 알고 있었다. 자신을 알아본 옛 부하였다. 같이 연루될까 봐 피한 것이리라.

"주모, 여기 술 한 잔 더 주시오. 피맛골이라 피하는 데는 익숙한 동네인가 보오."

주모는 그의 말에 영문을 모르는 표정을 지었다. 뒤에서 술을 마시며 감시하는 미행자들은 그 말뜻을 안다. 그뿐 아니라 황급히 나간 사람이 누군지도 알고 있다. 연거푸 석 잔을 마신 박문수는 셈을 치르고 밖으로 나왔다. 밖은 점점 어두워지고 있었다. 주막을 나온 박문수가 집으로 돌아오니 골목에서 서성거리던 청년이 깜짝 놀라

담장 뒤로 숨었다.

저녁밥을 먹고 난 문수는 자신의 방에서 머릿속에 암기했던 피맛골을 떠올리며 설계도를 그렸다. 강호동이 주막을 짓기 위해 사들인 집에 불을 낸 것이다. 계획서를 작성한 문수는 늦게 잠자리에 들었다.

또 며칠이 지났다. 박문수는 새벽에 일어났다. 평택 처가와 진위 외가를 방문하려는 것이다. 아내인 청풍 김씨는 벌써 일어나 부산을 떨고 있었다.

"다녀오리다. 당신도 정리하고 따라오시오."

박문수는 아내에게 집안일을 맡긴 후에 남종 삼돌이가 끄는 당나귀에 짐을 싣고 길을 떠났다. 미행자는 드러나지 않았다. 오류골 주막에서 점심을 먹는데 당나귀에게 먹이를 주는 삼돌이에게 어떤 아낙이 다가와 행선지를 물었다. 박문수는 이럴 것을 예상하고 있었다. 아니나다를까 진위로 가는 동안 앞서거니 뒤서거니 하면서 미행자들이 따라왔다. 박문수가 태어나고 어릴 적 뛰어놀던 진위현 외가 동네 입구에 도착했을 때는 해가 뉘엿뉘엿 저물고 있었다.

까악 까악 까악

수없이 많은 까마귀가 하늘을 날며 요란하게 울었다. 외가로 가는 길에 집 몇 채만 있을 뿐인데 미행자는 계속 따라오고 있었다. 눈에 보이는 것은 중년 사내뿐이지만 다른 곳에서 지켜보고 있는 자들도 있을 것이다. 약간 언덕 위에 있는 외가 밑으로 노비들의 집이 줄지어 있다. 입구에는 어릴 적 외사촌 동생 이종성과 함께 놀던 느티

나무가 여전히 우뚝 서 있다. 외할어버지의 묘도 눈에 들어왔다.

까악

까마귀 한 마리가 박문수 머리 위에서 울며 지나갔다. 늦은 저녁에 갑자기 들이닥친 문수를 보고 집안이 시끄러워졌다. 이종성이 막 저녁 밥상에 앉았다가 문수를 맞아 겸상하게 되었다. 상을 물린 뒤에 박문수가 은근한 목소리로 말하기 시작했다.

"종성아, 네가 나를 도와야 할 일이 생겼다."

외삼촌 이태좌가 외지에서 벼슬살이하고 있어 집안의 대소사는 모두 아들인 이종성이 처리하고 있었다. 박문수는 임금의 밀지를 받고 사헌부를 견제할 관서를 만들고 있음을 털어놓았다. 아내에게도 하지 않은 비밀을 입 밖에 내놓은 것이다. 이종성은 대과시험 준비를 하고 있지만, 박문수의 말에 따를 수밖에 없었다. 그날 사랑방에 나란히 누운 두 사람은 어릴 적 추억을 나누다가 종국에는 어지러운 정국을 한탄하는 것으로 끝났다.

박문수가 외가에서 하루를 머물고 평택의 처가로 갔다. 며칠 뒤에 아내가 짐을 꾸려 남종, 여종들과 함께 왔다. 박문수가 책을 읽다가 밖으로 나오면 멀리서 망을 보고 있는 남자가 꼭 하나씩은 있었다. 그러면 다시 집으로 들어가기를 하루에도 몇 번씩 했다. 문수는 그를 감시하는 것이 행동반경을 축소하려는 것에 있다는 것을 안다. 그것이 한감찰이 찾아와 밤새 하소연했던 것 때문이라는 것도 안다. 어쩌면 자기에게 노론의 초점이 모이는 것이 다행인지 모른다. 소론으로 향한 감시를 자기에게 돌릴 수 있기 때문이다. 또 며칠이 지났다. 아침 일찍 깨끗한 두루마기를 차려입고 처가를 나서 진위향교로 향했다. 진위향교는 여러 번의 전란으로 피폐한 것을 이종성의 집안인 경주 이씨 문중에서 재건을 맡았다. 향교로 가는 박문수의 뒤를 미행자가 따른다. 한 명, 두 명이, 향교에 들어섰을 때는 다섯 명으로 늘었다. 새로 향교를 건축한다는 고유제 행사로 인근의 양반들이 구름같이 모였다. 진위 현감이 향교로 들어가는 것이 보인다. 그 뒤를 양반들이 뒤따라가자 박문수도 끼어서 갔다. 뒤를 흘끗 돌아보니 미행자들이 난감한 표정을 짓고 있었다. 신분이 낮은 자들은 출입을 통제하기 때문이다. 문수는 얼른 향교를 지키는 수직 하인의 방 쪽으로 갔다. 그곳에는 전직 포교 강호동이 다섯 명의 권지와 함께 와서 기다리고 있었다. 강호동이 박문수를 소개하고 품속에서 밀지를 꺼내 건네주었다.

"여러분은 지금부터 어명을 받고 비밀리에 임무를 수행할 것이다."

그 말에 모두 엎드려 어명을 기다렸다. 박문수는 밀지를 낭독했다. 임금이 말하기를 나라가 당파싸움으로 어지럽고 부정부패가 심하니 백성의 고통을 덜어주겠노라고 서두를 꺼냈다. 이어서 윗물이 맑아야 아랫물이 맑다고 고위 벼슬아치만 따로 감시처벌하는 임시기구를 만든다고 했다. 명칭은 공수처(公守處)라 하니 이는 당파의 사적 이익을 버리고 만백성의 공적 이익을 지키는 것을 뜻한다고 했다.

"그대들의 이름과 집안에 대해서는 잘 알고 있으나 비밀을 지키기 위해 출신 지역의 인물을 따서 가명을 지었다. 먼저 가평출신 권지는 김육이라고 한다.”

대동법을 만든 김육은 박문수 아내의 선대 할아버지이다. 김포 출신은 양성지라고 했고 경상도 의령출신은 곽재우라고 했다. 체구가 우람한 원홍익과 날씬하고 예민하게 보이는 이한신만 남았다. 박문수는 두 사람을 흘끗 보고 글을 읽어 내려갔다.

“이곳 진위출신 권지는 원균이라고 하고 아산출신은 이순신이라고 이름 지었다.”

갑자기 원홍익의 얼굴이 벌게져서 옆자리에 앉은 아산 출신을 흘겨보았다. 그러나 이순신의 가명을 얻게 된 권지는 무표정했다.

“여러 권지들은 앞으로 벼슬길로 나아갈 인재들이다. 여러분의 노력 여부에 따라 시어사로서 익힌 지식이 앞으로 벼슬자리로 나아갈 때 큰 도움이 될 것이다.”

과거 성적이 매우 뛰어나거나 노론의 핵심가문 출신이라면 급제와 동시에 임용이 되었을 것이다. 그러나 이 자리에 나와 있다는 것은 핵심이 아니라는 뜻이다. 임금의 명에 의해 비공식적인 벼슬인 시어사(侍御史)가 되었다. 이들이 속한 공수처가 고위 벼슬아치들의 부정부패를 제어하는 데 성공한다면 앞으로 벼슬길은 탄탄대로가 될 것이다. 그러나 실패한다면 벼슬길이 막힐 것이다. 박문수도 그리 말했고 시어사들도 그것을 잘 알고 있다. 이미 대과에 합격했으나 벼슬을 하지 못한 권지들이다. 향교에 모여 학문을 연마한다는 것에 의심하는 사람들은 없을 것이다. 뒤에는 말달리고 활을 쏠 수 있는 넓은 마당도 있다. 여기서 시어사들은 무과 급제자 원균에게 무술을 배울 것이다. 이렇게 공수처는 진위 향교에서 은밀히 탄생했다.

2 사헌부의 타락

사헌부가 노려보면 육조의 관리들이 모두 떤다. 상인들도 마찬가지다. 세상에는 권력으로 이익을 주는 곳과 권력으로 해를 입히는 곳이 있다. 호조나 평시서 등은 상인들에게 이익을 주는 곳이라 상인들이 뇌물을 바치며 아부를 떤다. 그러나 반대로 뇌물죄를 파헤쳐 벌을 주는 곳이 있으니 의금부, 형조 그리고 사헌부다. 그중에서도 사헌부 관리는 장차 고관이 될 인재들이 반드시 거쳐 가야 하는 곳으로 다른 관리보다 청렴해야 한다. 그래서 청요직(淸要職)이라 하고 임금의 신뢰와 백성의 존경을 받았다. 하지만 세상이 당쟁으로 시끄러워지자 사헌부의 공정성, 중립성은 사라지고 당파의 기색을 드러내기 시작했다. 소론이 집권했을 때는 이렇지 않았다. 노론도 집권 초기에는 이러지 않았다.

경종이 세상을 뜨자 귀양에서 풀려난 김재로를 실세 민진원이 노론의 영수로 내세웠다. 그는 청렴하고 신망 있는지라 숙종도 총애

했었다. 대사간으로서 중추의 역할을 했지만, 노론에 점차 기울기 시작했다. 개인적으로는 물욕이 없어 청렴했지만, 모든 것을 잃었던 노론이 회생하기 위해서는 돈이 필요했다. 노론이 선택한 영조의 안전을 위해서도 돈이 필요했다. 나라가 거두는 돈이 아니니 상인들에게 우려낼 수밖에 없다. 평시서를 통해 시전 객주에게 돈을 바치라는 것이 제일 확실한 길이다. 만약 제대로 안 바치면 사헌부가 나서면 된다. 시전상의 비리를 밝혀내거나 아니면 거짓으로 꾸며서라도 끌고 와 문초를 하면 돈을 내놓게 되어 있다. 그러나 김재로의 타고난 성품으로는 할 수 없다. 이런 것을 잘하는 이는 집안의 조카인 김학유다. 대사헌 김간은 신병으로 자주 등청하지 못하니 집의 김학유가 사헌부를 총괄했다.

그날도 시전상인 조합의 우두머리 장일도 도중이 호출을 당했다. 김학유와 마주 앉은 장일도는 희끗한 머리를 쓰다듬고는 입을 열었다.

"집의님, 우리 시전상은 태조께서 조선을 세울 때부터 충성을 다해 온 장사치입니다. 그런데 지금 와서 어중이떠중이 장돌뱅이들이 우리 자리를 차지하려고 하니 말이 됩니까?"

도중 장일도는 시전상인들 앞에서는 큰소리치지만, 눈앞의 칼을 쥔 권력자에게는 꼼짝 못한다. 살쾡이 형상의 김학유가 눈을 깜빡이며 장일도의 하소연을 들었다. 금난전권은 현종 때 만들었다. 사상(私商)이 난립하자 세도가와 왕실을 배경으로 한 시전상들이 권익을 지키기 위해 만든 법이다. 시전의 상권 안에서 허가받지 않은 상인이 물품을 판매하면 시전상이 압수해 자기 것으로 하는 무지막지한

법이다. 그럼에도 난전이 수그러들지 않자 불만이 많았다.

"지금 마포나루와 송파장의 난전들이 금난전권을 폐지해 달라고 떼를 쓰니 세상이 거꾸로 가는 듯 합니다. 집의님께서 살펴보아 주십시오."

장일도는 입에 거품을 물고 난전의 잘못을 조목조목 들이댔다. 어제 찾아온 난전 대표들도 이런 식으로 시전의 비리를 성토했다. 의뭉한 김학유는 그 사실은 숨기고 두 곳의 말을 맞춰보고 있었다. 한참 만에 시전 도중의 말이 끝나자 김학유가 입을 열었다.

"난전의 무도함을 오늘 처음 듣네. 참으로 흉악한 자들이군. 시전이 바라는 것이 무엇인가?"

열네 살 연상의 시전 대표에게 반말하는 김학유의 머릿속에서 돈이 굴러다녔다. 난전이 신흥부자로 돈을 많이 벌었다. 하지만 뒷거래는 오랜 정경유착으로 단련된 시전이 뒤끝이 없다. 난전도 정치권과 거래하는 것에 서툴면서도 나름 약게 행동했다. 경종 당시 집권당 소론의 눈을 피해 힘 빠진 노론 벼슬아치들에게 몰래 돈을 주는 한편 금난전권 폐지를 목적으로 십만 냥을 축적했다. 그러나 거액의 비자금을 숨긴 곳을 기록한 암호 장부는 사라지고 없다. 이제 축적한 돈이 없는 노론은 시전의 손을 들어주는 수밖에 없다.

"금난전권을 모든 시전으로 확대해 주십시오."

시전 도중이 강력한 어조로 말하자 김학유가 빙긋 웃고 말했다.

"아, 어쩌나. 마포와 송파 그리고 칠패에서는 어제 금난전을 철폐하라고 상소를 올렸는데."

도중의 얼굴이 새파랗게 질려 입을 다문다. 그래서 지금 사헌부를 찾은 것이 아닌가. 김학유가 또 빙긋 웃는데 도중이 보기에도 살쾡이를 똑 닮았다. 교활한 놈 같으니.

"알았소. 도중이 이리 찾아와 하소연하니 아저씨께 시전의 어려움을 말해보겠네. 그럼."

장일도는 일어나면서 말하기를 오늘 저녁에 약소한 선물을 보낼 것이라고 했다. 말이 약소한 선물이지 각종 비단 몇 필에다 백두산 산삼이니 고가의 뇌물이다. 장도중이 나가자 김학유는 이 문제를 어떻게 처리할까 궁리했다. 이 일은 김용전 감찰이 적격이다. 호조에서 잔뼈가 굵은 자로 셈이 빠르면서도 치밀해서 데려왔다. 물론 그의 장인이 노론 당파로 예전에 사헌부 집의를 지낸 인연도 있다. 김용전은 평시서를 드나들며 시전상들의 비리를 잘 찾아냈다. 또 마포 객주 여춘삼과 친구로 노론과 다리를 놓았다. 일 처리나 충성도를 보면 노론의 돈주머니를 맡길 만했다. 밖이 소란스러워 내다보니 시전 도중 장일도와 어제 왔던 난전 객주 여춘삼이 삿대질을 하며 다투고 있었다. 김학유는 낯을 찡그리는 대신 미소를 지었다. 노론이 난전과도 손을 잡고 있다는 것을 알면 시전은 다급해질 것이기 때문이다.

"이놈, 나이도 어린놈이 어른에게 바락바락 대드냐?"

"어른? 오는 말이 고와야 가는 말이 곱지."

여춘삼이 아버지뻘 나이의 장일도와 서로 멱살을 잡고 있었다. 친구인 여춘삼을 불러온 김용전은 말리지 못하고 중간에서 쩔쩔매고 있었다. 이때 커다란 손이 둘 사이에 들어오더니 휙 하고 양쪽으로 밀쳤다. 고대수의 괴력에 두 사람은 뒤로 밀려났다.

우포도청 종사관 이몽룡이 귀양에 돌아왔을 때 낙담하고 말았다. 아내가 죽은 뒤에 아이들을 보살피던 첩 춘향은 집을 나가 어디론가 행방을 감췄다. 고향인 남원으로 사람을 보냈지만, 아무도 춘향을 본 적이 없다고 했다. 춘향이 서울로 온 지 얼마 안 되어 장모 월매는 병으로 죽었기에 돌아가 봐야 반겨줄 사람도 없다. 이몽룡의 어머니는 자신이 구박해서 춘향을 내쳤다는 말은 쏙 빼고 바람이 나서 나간 것 같다는 말만 되풀이했다. 벼슬을 구하기도 쉽지 않았다. 소론과의 싸움에서는 행동대장으로 앞장서서 상소를 올리고 임인옥사때에는 험지인 흑산도로 귀양가서 고생하지 않았던가. 섬에 전염병이 돌아 몇 달 늦게 나왔을 때 좋은 자리는 이미 다른 자들이 차지하고 있었다. 그는 자신이 장령으로 있던 사헌부로 돌아가고 싶어 부친의 친구였던 노론 영수 김재로를 찾아갔다. 그러나 이미 자리가 찼다고 해서 한직인 중추부에 있다가 최근에야 우포도청 종사관을 맡게 되었다. 그것도 이몽룡이 사헌부가 아니면 다섯 계급 아래인 포도청 종사관으로 보내 달라고 간절히 청원했기 때문이다. 오늘 이몽룡이 김재로를 찾았다.

"그래 종사관 일은 어떤가?"

김재로가 이몽룡을 강등시켜 우포도청 종사관으로 보내는 것도 쉬운 일이 아니었다. 몽룡이 공손히 대답했다.

"매일 하는 것이 도둑을 추포하는 일뿐입니다."

"허허, 자네는 역시 파사현정하는 일이 어울려."

노론 회의에서 김재로가 이몽룡을 우포도청 종사관으로 삼는 게 어떠냐고 하자 많은 이가 반대했다. 그중에서도 김학유가 강력하게 반대했다. 이몽룡과는 사헌부에서 나란히 장령을 했는데 그때도 사이가 나빴다. 김재로 개인의 의지와 달리 노론이라는 당을 이끌기 위해서는 타협해야 했다. 자신들이 부리고 싶은 사람들을 회유하는 제일 좋은 방법은 벼슬이거나 돈이다. 벼슬은 한정되어 있고 노론만이 독차지할 수 없다. 그렇다면 돈으로 상대방이 가지고 있는 정보와 힘을 사야 한다. 그런데 돈을 끌어들이는 것을 반대하고 나서는 자가 있으면 곤란해진다. 그래서 이몽룡을 사헌부로 들이지 못하는 것이다.

"내가 자네를 사헌부로 보내지 못한 사정을 이해해 주게."

김재로의 말에 몽룡은 아무 대답이 없었다. 그가 과거에 급제해서 소년 암행어사로 춘향을 구출한 것이 어제 같았다. 그러나 지금 사랑하는 춘향을 잃고 파사현정하는 사헌부에는 발도 들여놓지 못하고 있다. 김재로에게 우포도청 종사관 직을 간청한 것은 춘향의 행방을 알 수 있을까 하는 생각에서이다.

"혹시 박문수의 동정에 대해 들은 것이 있나?"

"지금 평택에 은거하고 있다는 말은 들었습니다."

박문수와 이몽룡은 나이가 같다. 이몽룡이 나이 스물 이전에 대과에 급제했기에 벼슬은 십 년 이상 선배다. 하지만 같은 곳에서 상사와 하급자로 일한 적이 있고 당파는 달라도 뜻이 맞아 친하게 지냈다.

"요즘 그자가 자주 서울에 올라와 소론의 지인들을 만나고 있다네."

정권이 바뀌고 일 년 뒤에 노론이 맹공을 퍼부어 소론이 밑바닥으로 추락했다. 이제는 임금의 탕평책으로 소론도 재등용되고 있어 박문수가 이들을 찾는 것은 당연한 일이다. 자기처럼 벼슬을 구하고 있는 것이다.

"벼슬자리를 알아보고 있는 게 아닐까요?"

"겉으로는 그렇게 보이겠지만 아닌 것 같네. 우리 노론의 허술한 점을 찾고 다닌다 하네."

김재로의 말에 몽룡은 잠시 생각해 본다. 며칠 전 노론이 난전에게서 받은 비자금이 존재한다는 것을 박문수가 임금에게 제보했다는 소문도 들었다.

"박문수는 대담한 자야. 나는 자네를 볼 때 박문수와 비슷한 것을 느껴. 그런 생각 안 드나?"

이몽룡은 부정부패를 미워하는 성품에서 박문수와 같다고 할 수 있다. 그래서 여러모로 다른데도 가까웠던 것이다. 춘향은 박문수의 아내인 청풍 김씨와도 친했다. 아차, 그렇구나.

"왜 그런 표정을 짓는가?

몽룡이 얼른 둘러댄다.

"말씀대로 박문수의 행동에 수상한 점이 많군요."

말은 그렇게 하면서 그의 머릿속에는 청풍 김씨를 찾아가는 춘향의 모습이 떠올랐다.

"수상한 정도가 아니야. 뭔가 작당하고 있는 게 틀림없어. 자네는 그것을 찾아주어야 하네. 사헌부에 대해 거칠게 비판한다고 하네."

사헌부가 무너지면 다시 소론에게 정권을 빼앗길지 모른다. 임금은 아버지 숙종 때처럼 환국을 통해 왕권을 강화하려고 할 것이다. 김재로는 그것이 두려웠다.

박문수가 본가를 떠나 고향으로 옮겼지만, 감시는 계속되었다. 서울도 아닌 평택에까지 쫓아와서 감시하는 것은 노론과 내통하고 있는 측근 내시의 귀띔이 있었기 때문이다. 노론 비자금을 다루는 송파 객주의 존재를 알린 것이 박문수로 의심된다는 것이다. 처음 평택으로 내려갔을 때는 관직을 잃은 시름으로 낙향했으니 별일 없을 것으로 철수했다가 그 말을 듣고는 다시 감시자의 숫자를 늘렸다. 하지만 박문수에게 특이사항은 없었다. 가끔 서울로 올라오기는 하지만 대부분 처가에 머물렀다. 진위와 평택 일대를 돌아다니면서 낚시나 하고 지역 유지들과 바둑을 두는 등 한가하게 시간을 보냈다. 그래도 감시자들은 끈질기게 감시의 눈을 번뜩였다. 그러다가 최근 진위향교에 들렀다는 말을 들었다. 진위 향교는 낡은 건물을 허물고 새로 지은 지 얼마 되지 않았다. 번듯하게 바뀌었음에도 조정에 교수관과 훈도를 요청하지 않았다. 인근 유생이 찾아와 공부하려는 것도 거절했다. 향교를 개수한 경주 이씨 가문이니 그 집안의 결정을 따를 수밖에 없었다. 그런데 몇 달 전부터 대여섯 명의 유생이 드나들며 공부한다는 말을 들었다. 그러다가 며칠 전 박문수가 감시자의 눈을 따돌리고 향교에 드나든 것을 들킨 것이다. 외가가 돈을 내놓아 지은 향교니 낙성식에 참석할 수도 있으나 그때는 코빼기도 비치지 않다가 몰래 향교에 갔다는 것이 매우 수상했다. 거기서 누구를 만났던 것일까.

"정녕 유생들뿐이란 말이지?"

박문수의 처가가 내려다보이는 언덕에서 홍계희는 감시자의 보고를 들었다.

"제가 알아보니 무과에 급제한 원홍익이라는 자만 이곳 진위 출신이고 나머지는 다른 지역에서 온 유생들이었습니다."

부하는 진위현에 기록된 명부에 따라 조사해보니 모두 대과에 급제했고 벼슬자리를 기다리는 권지라는 것이었다.

"그러면 내가 대과를 본 뒤에는 그자들과 만날 수도 있겠군."

홍계희는 내년 봄에 대과시험을 본다. 말이 시험이지 합격은 맡아놓은 것이다. 부정으로 급제할 것이니 장원급제는 어렵지만 서른세 명 합격자 명단 안에는 들어갈 것이다.

"원홍익이라는 자는 이곳의 토박이겠군. 그런데 왜 권지로 있을까?"

"무과 성적으로만 보면 충분히 벼슬에 오를 것인데 정원이 꽉 차 있는데다."

부하는 잠시 눈치를 보더니 말을 이었다.

"원균 가문이라 그렇다는 말도 있습니다."

"원균? 임진난 때 그 원균?"

"네, 무관 중에서 공이 큰 이순신, 신립 같은 가문에서는 무과시험 없이 등용했지만, 원균은 간신으로 매도되어 있어 후손이 급제해도 받아주지 않는다는 소문입니다."

칠천량 전투에서 대패해서 수군의 대부분을 잃은 원균은 시신마저 수습하지 못했다. 선조가 권율, 이순신과 함께 일등공신을 하사했지만, 역사는 패장에다 이순신을 모함한 졸장으로 남겼다. 패하지 않은 명장 이순신을 기리기 위해서는 왕명을 어길 수 없어 싸움터로 나가 전멸한 원균의 허물은 계속 남아 있어야 했기 때문이다.

"원홍익이라는 자는 어떤가?"

"열일곱 나이에 무과급제할 정도로 무예실력은 뛰어납니다. 제가 듣기로는 어려서부터 체구가 크고 싸움을 잘해 시장에서 불량배의 우두머리도 했다고 합니다."

홍계희는 원홍익이라는 이름 석 자를 새겼다. 자기가 벼슬에 오르면 원홍익을 자기편에 끌어들여야겠다고 마음먹었다. 간신으로 매도되는 원균 가문의 후손이니 한이 많을 것이라고 짐작했기 때문이다.

진위향교의 훈도로 위장한 시어사들이 우포도청 포교 출신 강호동의 강의를 듣고 있었다. 실력이 뛰어난 강호동에게서 탐문과 죄인 심문의 기법, 포박술 등 포도청의 무술을 배웠다. 그는 도성에서 밀대들에게도 훈련을 시키고 있다. 이 모든 비용은 박문수가 강호동에게 건네준 어음으로 치렀다.

"밤이 되면 포교는 포졸들에게 당일 구호를 알려주고 동네에서 으슥한 곳을 골라 잠복시킨다. 포교는 암등을 길게 늘어뜨려 땅바닥만 보고 쇠털을 단 미투리를 신고 발소리가 안 나게……"

호동이 살금살금 걸어가는 시늉을 해 보이자 원균이 묻는다.

"포교님, 혼자 다니면 위험하지 않을까요? 도둑이 흉기를 가질 수도 있을 텐데요."

“옳은 지적이야. 그래서 우리는 품에 이런 걸 가지고 다니지.”

품 안에서 나온 것은 도리깨였다. 모양은 쇠로 만든 도리깨와 비슷하지만, 재질은 소의 음경을 말린 채찍으로 보통 ‘쇠좆매’라고 한다. 호동은 쇠좆매를 휘휘 휘둘렀다. 타격했을 때 범인에게 큰 상처 없이 제압할 수 있게 만들었다. 한바탕 쇠좆매로 제압하는 시범을 보이고 나서 포졸들끼리의 수신호전달법을 복습하기로 했다. 원균이 테두리가 작은 갓을 쓰고 앞으로 나왔다. 갓의 왼쪽을 툭툭 쳤다. 그러자 가평의 김육 시어사가 답을 했다.

“잡지 말라는 신호입니다. 오른쪽은 꼭 잡으라는 뜻이고요.”

다음에는 다섯 손가락을 쫙 펴자 의령의 곽재우 시어사가 답을 말했다. 오랏줄로 묶으라는 신호다. 이렇게 번갈아 답을 맞혔지만, 아산의 이순신 시어사는 입을 떼지 않았다. 호동이 추궁하듯이 묻는다.

“이순신, 그대는 왜 말이 없는가?”

이순신이 차분하게 말했다.

“포교님, 미처 보지 못한 사람에게는 신호가 전달되지 못할 것입니다. 제 생각에는 말속에 은어를 넣는 것이 어떨까 합니다.”

“그렇지. 수신호 말고도 여러 가지가 있긴 하네. 수신호가 끝나면 가르치려고 했었어.”

호동은 오고 가는 말속에 은밀히 행동지시를 넣는 법을 설명했다. “한 발 놓아라.” 하면 빨리 가자는 뜻이고 “새벽녘이다.”라면 단서를 잡았다는 뜻이다. “우뚝 솟았다.” 하면 범인이 틀림없다는 것이고 “미꾸라지다.”는 범인을 놓쳤다는 것이다.

"범인을 발견했을 때 '파리'라고 소리를 지르면 포졸 여섯 명이 나오고 '참새' 하면 모든 포졸이 우르르 몰려와 붙잡는 것이다."

이순신이 묻는다.

"포졸이 도적을 잡으려 하면 그쪽도 방비가 있지 않겠습니까?"

"그렇지. 포졸들은 도둑들의 움직임도 알아야 하네. 도적들도 신발에 쇠털을 대서 소리를 내지 않고 다니지. 때로 장옷으로 몸을 가리고. 포교가 미행하면 도적이 '소리개 떴다.' 하고는 냅다 줄행랑치지."

이때 밖에서 향교를 지키는 하인이 안에 대고 소리쳤다.

"나리들, 양반님들이 행락을 가다가 유생들의 학문하는 모습을 보겠다고 왔습니다."

다급한 말에 포교와 시어사들은 놀랐으나 이내 침착하게 대응했다. 얼른 책상 밑에서 유교 경전인 '중용'을 꺼내 펼쳤다. 포교 강호동은 얼른 밖으로 나가고 나이가 서른이 넘은 문과 급제자 양성지가 유건을 쓰고 앞으로 나섰다. 그리고는 중용(中庸)을 읽어 내려갔다. 조금 있다가 진위의 양반들이 몰려왔다. 그들은 양성지가 읊는 글을 다 듣고서 감탄했다. 대과에 합격한 권지로 학문을 연마중이라 했는데 너무나 훌륭했기 때문이다. 누군가 이력을 묻는다.

"소생은 김포 출신의 양가로 본관은 남원이고 문양공 후손입니다."

말하는 태도가 공손하니 김포 유생이 진위 향교에 온 까닭을 물었다. 집안이 경주 이씨 가문과 아는 처지라 공부하려고 왔으며 나이가 많아 훈도를 하고 있다고 대답했다.

"이보시게들, 중용을 읽고 있으니 하나 묻겠네. 군왕이 할 일이 무엇인가 말할 수 있겠나?"

나이 지긋한 선비가 김육을 보고 말하자 그가 답한다.

"말씀 올리겠습니다. 군왕은 군자의 중용을 따라야 합니다. 그것은 때에 맞게 하는 것으로 세상이 평안해지는 것입니다."

양반들이 서로 마주 보며 고개를 끄덕였다. 원균이 유건을 쓰고 있는 것을 본 양반이 묻는다.

"자네는 원씨 가문의 홍익 아닌가? 무과에 급제했다고 들었는데 여긴 웬일인고?"

의아한 표정을 지으며 묻자 원균은 무과에 입문했지만, 성인의 가르침을 배워야 할 것 같아서라고 둘러댔다.

"아, 역시. 임진왜란 때 의병을 일으킨 원연 선생의 후손답네. 선생도 무관 명문가의 후손으로 태어났지만 문과 급제를 했지. 그 피가 이어 오니 보기에 좋네."

원홍익의 선조는 원균 장군의 아우 원연이다. 원연(元埏)은 무인 집안에서 드물게 문과에 급제했지만, 벼슬길에 나가지 않고 학문에 열중했다. 왜군이 쳐들어오자 진위에서 의병을 일으켜 용인으로 가서 왜군과 싸웠다. 기마술을 배우지 않았음에도 기병을 이끌고 왜군을 이리저리 끌고 다니다 의병이 매복한 협곡으로 유인해서 전멸시켰다. 그 공으로 적성 현감이 되었는데 황무지를 개간해 백성을 구제했다. 그러나 성품이 강직해서 관직에 높이 오르지 못하고 사직했다. 이런 집안내력을 잘 아는 양반들은 원균과 유생들을 격려한 뒤에 향교를 나갔다. 이들이 향교에 불쑥 나타난 것은 이유가 있었다.

의심많은 홍계희가 지역 양반들을 충동질해 향교에 보낸 것이다. 하지만 이럴 때를 대비했기에 속아 넘어갔다. 그들과 함께 갔던 부하가 보고했다.

"공부가 끝나자 공터에서 말을 달리고 활쏘기를 했습니다."

문과급제를 노리는 유생도 활쏘기와 말 달리기는 체력단련을 위해서 하는 운동이다. 특별히 수상하지는 않았다. 원홍익을 제외한 나머지 네 명은 모두 문과 급제자였으니 공부하는 데 힘들 것이 없다. 그 뒤로도 며칠 동안 향교 주위를 맴돌았지만, 수상한 것은 발견할 수 없었다. 시어사들이 간간이 강호동 포교에게서 수사 실전을 배우나 나머지 시간에는 병법, 역사 등 각종 학문을 공부했기 때문이다. 그들의 책 읽는 소리가 향교 밖으로 울려 퍼지자 홍계희는 의심을 거두었다. 박문수도 밀착 감시했지만, 벼슬자리에서 밀려나 처가가 있는 평택에서 빈둥대고 있다는 것으로 단정했다. 홍계희는 감시자들을 철수시키고 서울로 올라갔다.

몇 년 사이 사헌부는 더 나빠지고 있었다. 소론을 몰아내고 노론이 정권을 되찾았을 때 다시는 권력을 빼앗기지 않겠다고 다짐했다. 노론의 칼과 방패는 사헌부였다. 대사헌부터 집의, 장령 등이 노론 출신이고 중립을 지켜야 하는 감찰들 태반이 노론 편이다. 소론출신 감찰은 다른 관서로 보내 한 명도 없다. 아전들도 소론에 아부했던 자들이 노론으로 획 돌아 충성을 맹세하거나 눈치 보는 자들로 채워져 있었다. 김재로의 문중 조카 김학유는 간교한 꾀를 지녔다. 사헌부의 깨끗한 명성을 세간에 선전하는데도 명수였다. 옛날 청렴결백했던 사헌부 감찰을 찾아내어 그 후손에게 상을 내리거나 낮은 벼슬자리에 오르도록 상소를 올렸다. 부정부패한 관리들을 적발해 처벌하는 것도 소홀하지 않았다. 문제는 노론 관리는 지은 죄에 비해 처벌이 훨씬 약하고 그 외의 다른 관리에는 매우 엄중했다는 것이다.

"대사헌께서 또 병석에 누우셨다는 말이냐?"

대사헌 김간이 고뿔에 걸려 병석에 있다고 한다. 노론이기도 하지만 칠십에 가까운 고령이기에 대사헌 자리에 오래 머물게 하는 것이다. 예학으로 널리 알려진 사람이라 사헌부의 명성을 드높일 수 있고 병으로 자주 누우니 그 아래 직책인 김학유가 마음대로 전횡할 수 있다.

"네, 집의님. 며칠 나오시지 못할 것 같습니다."

"몸조리 잘하시게 쌍화탕이라도 보내야겠군. 오감찰. 평시서 최직장 건은 어찌되었나?"

공손한 표정을 지으며 앉아 있는 오신만 감찰에게 묻는다. 평시서 종7품 최직장(直長)은 종5품 영(令)의 명령을 받고 시전 영역이 아닌 곳에서는 난전권을 행사하지 말라고 경고했다. 시전의 탄원에 김학유는 철회하도록 했지만, 법령을 내세우며 고집을 세웠다. 이에 시전 도중이 사헌부에 최직장이 뇌물을 받았다고 무고했다. 최직장이 의금부에 억울함을 호소하자 김학유가 꾀를 썼다. 호조의 말단관리로 있는 최직장 아우의 뒤를 캐는 것이었다. 사헌부가 아우의 비리를 캐내 감옥에 보내겠다고 압박을 가하자 최직장은 받지도 않은 뇌물을 받은 것으로 자백해야 했다. 충실한 개가 된 오신만이 최직장을 어르고 달래는 역할을 했다. 오늘 그 결과를 보고하자 김학유가 크게 웃고 나서 말했다.

“하하하. 미련한 놈 같으니. 사헌부에서 검다고 하면 검은 것이고 희다면 흰 것을 그 나이가 되도록 몰라?”

최직장이 그만둔 것을 알게 되었을 것이니 오늘 저녁에는 그의 집에 감사의 답례품이 올 것이다. 사헌부 감찰방 쪽에서 큰 소리가 들렸다. 안태건이 야단치는 소리다. 김학유가 히죽 웃고 나서 오감찰에게 말했다.

“안장령이 또 발동했군. 재는 나도 감당이 안 돼.”

오신만이 아첨이 가득한 표정을 지으며 맞장구를 친다.

“우리 감찰 모두 안장령님 앞에서는 고양이 앞에 쥐죠. 저도 몇 번 크게 혼났습니다.”

“그게 다 감찰들 잘하라고 하는 거야.”

“네네, 물론이지요. 저도 야단맞고 나면 정신이 바짝 납니다.”

김학유는 두 손을 마주 잡고 맞장구를 치는 오신만이 기특하다. 동시에 비굴한 그를 경멸했다. 내 맘대로 움직일 수 있는 노비처럼 굴기 때문이다.

아첨꾼 오감찰은 자신이 비굴하다고 자괴감에 빠질 때마다 부모님을 떠올렸다. 몇 대 째 생원. 진사를 배출하지 못해 양반에서 퇴출당할까 봐 전전긍긍하지 않았던가. 열여덟 나이에 소과에 합격했을 때 동네 일가 모두 모여 가문에 천재 났다고 축하했다. 그 뒤로 몇 번 대과에 실패하자 주위 사람들의 반응도 시들해졌다. 그러나 서른셋을 넘어 대과에 합격하자 온 동네가 난리가 났다. 사흘 동안 잔치를 벌이고 현감까지 찾아와 축하를 해주었다. 그 나이면 늦은 것도 아니지만, 오신만은 더욱 높은 벼슬에 오르기를 원했다. 그가 벼슬에 나갔을 때 노론 일파는 소론에 의해 도륙이 나고 있었다. 노론 사대신이 죽고 그의 자식들이 곤장을 맞고 죽었다. 부녀자들이 목을 매고 죽은 것도 아홉 명이었다. 이렇게 쑥대밭이 되었을 때 많은 이들이 소론에 붙었으나 오신만은 신중했다. 병약한 경종보다 건강한 왕세제가 머지않아 왕위에 오를 것을 확신했다. 그래서 은밀하게 노론과 연줄을 대어 출세를 거듭하게 된 것이다.

"오감찰, 자네는 미미한 집안의 자손으로서 이만하면 크게 된 거야. 그러니 충성을 다하라고."

오신만의 귀에는 김학유의 말이 늘상 들려왔다. 내게 충성하는 것만이 네가 출세하는 지름길이라고.

시간이 갈수록 노론의 힘이 점점 더 세지자 다른 당파에 눈치 보는 일도 줄어들었다. 이럴 때 교만함은 커지고 숨겨놓은 발톱이 삐죽 나온다. 안태건 장령이 그런 자이다. 대부분 감찰은 윗사람에게 고개 숙이거나 아부 떤다. 그렇다고 심하게 질책당하면 당하는 사람은 견디기 어렵다. 오늘도 가는 막대를 든 안태건 장령 앞에 도열한 감찰들은 입에서 게거품을 무는 그의 질책에 잔뜩 질려 있었다. 소론 영수 이광좌의 뒷조사에서 아무 소득이 없자 신경질을 부리는 것이었다. 하지만 실제 아무 비리가 없으니 어쩌겠는가. 웬만한 사람이면 조작을 해서라도 엮겠지만, 상대가 소론 영수다. 이광좌는 온건하고 사리분별이 있지만, 재야의 소론에는 과격파가 많아 건드리면 벌떼처럼 달려들 것이다.

"이 세상에 털어서 먼지 안 나는 놈이 어딨나?"

안태건은 막대로 못마땅한 사람을 쿡쿡 찌르는 것이 버릇이다. 그는 소론의 영수를 터는 것이 어려운 일인지 알지만 여기저기 쿡쿡 찌르면 뭔가 나올 것이라 기대했다. 그런데 소론이 벼슬에서 멀어져 끼니 걱정을 하면서도 노론이 파놓은 함정에 좀처럼 빠지지 않았다. 첩보에 의하면 소론 영수 이광좌가 전직 소론 벼슬아치들을 찾아다니며 근신을 당부하고 있다고 한다. 뭔가 수상한 움직임이 있기는 한데 꼬리를 숨기고 있으니 그로서는 답답한 것이다. 뜻대로 일이 안 풀리면 화풀이를 해야 하는데 만만한 게 부하들이다. 그는 일렬로 세워놓은 감찰을 하나씩 훑어보더니 조강인 감찰 앞에 우뚝 섰다.

"조감찰, 요즘 맡은 일이 뭔가?"

"고발이 하나 들어왔는데 선주가 고의로 배를 침몰시켜 손해를 보았다고 합니다."

경강의 객주가 전라도에서 쌀 오백 석을 서울로 들여오려고 했는데 배가 암초에 부딪혀 수장되었다고 했다. 그런데 알고 보니 오다가 쌀을 빼돌린 다음 낡은 폐선을 침몰시킨 것이다.

"고발자가 누구인가?"

"경강 목포집 객주 김인수입니다."

"그으래? 덮게."

조감찰은 자신의 귀를 의심했다. 덮으라니. 근래 발생한 사건 중에서 악질적인 사기가 아닌가. 쌀을 판 지주들은 한 푼도 건지지 못하고 쌀을 수령하는 객주는 신용이 떨어졌다.

"집의께서 아까 말씀하셨어. 목포집이 고발한 것은 무고이니 조사하지 말라고. 알았지?"

안장령은 막대기로 배를 쿡 찌르고는 밖으로 나갔다. 조감찰은 얼굴이 벌게져 있고 다른 감찰들은 눈치를 보면서 슬금슬금 장령을 따라나갔다. 김용전 감찰이 나가면서 툭 한마디 던졌다.

"조감찰님, 선주는 집의님과 예전부터 가까운 사이였습니다. 저도 몇 번 본 적이 있습니다."

김용전은 호조에서 일할 때 조강인의 도움을 받은 지라 이렇게 귀띔해 주는 것이었다. 그러나 강인은 그냥 덮을 수가 없었다. 요즘 들어 운송사기가 많아졌다. 쌀을 조금씩 빼내거나 물에 빠뜨려 퉁퉁 불게 해서 양을 늘리는 수법도 저질렀다. 상행위에 거짓이 많아져 불신이 많아지고 있는데 상사의 명령이라고 그냥 덮을 수는 없었다. 모든 감찰이 밖으로 나가고 혼자 우두커니 마당을 바라보았다. 서리들 몇이 그와 눈이 마주치자 황급히 고개를 돌렸다.

사헌부 아전은 상급을 녹사라 하고 하급은 서리라고 한다. 그 밑으로 죄인을 체포하는 소유(所由)가 아흔 명이니 아전이라도 위세가 당당하다. 사헌부는 원래 수직형으로 상명하복이 철저한 집단이나 요즘 들어 더욱 심해졌다. 게다가 사헌부를 장악한 노론은 공공연히 임금을 우리가 만들었다고 떠들고 다니는 형편이다. 경종 때 피비린내 나는 권력다툼으로 죽고 귀양가 멸문했다가 다시 일어난 당파로 자신에게 붙지 않은 자들에게는 매우 가혹하게 대했다. 아전들은 그런 기류에 민감해서 유리한 쪽에 붙었다. 그야말로 죽으라면 죽는 시늉도 한다. 이들의 눈에는 누가 힘이 있고 힘이 없는가, 앞으로 누가 힘을 얻고 누가 힘을 잃을 것인가 금세 파악되었다. 양반 벼슬아치들은 강자에게 약하고 약자에게 강할 수 있다. 하지만 아전에게 현직 벼슬아치는 높거나 낮거나 모두 강자이다. 그래서 아전은 허리 굽히며 눈치 보면서 오직 자기 이익만 추구한다. 다른 관서는 냉정하게 대하지만 자기들끼리는 단합이 잘 되어 있다. 신분이 미미한 것들이 힘을 모아 사헌부의 실질적 지배자가 된 것이다.

정녹사가 윤서리에게 슬쩍 묻는다.

"윤서리, 목포 객주에 대해서 잘 알지?"

몇 년 전 마포나루에 살던 윤정태는 목포집 객주가 어떤 사람인지 잘 안다. 마포 나루에는 목포집, 마산집 등 옥호(간판)가 붙어있어 그 출신이 어디인지 금세 알 수 있다. 목포집은 오직 목포의 상인들만이 거래한다. 그 지역 상인은 이곳에서만 먹고 자면서 장사한다.

"네. 압니다. 지금 객주 아버지는 인정 있고 세상살이 이치를 아는 사람이지만 아들은 성질만 욱하지 머리가 빨리 돌아가지 않습니다."

"오늘이라도 객주를 만나서 고소를 취하하라고 해. 집의와 선주가 그런 사이면 이건 결판이 난 거야."

"알았습니다. 하지만 물정에 어두운 자라……"

윤서리는 말꼬리를 흐렸다. 김학유가 결론을 내린 사항에 따르지 않는 것은 계란으로 바위치기다. 그럼에도 김인수는 고집을 세우고 있다.

다모 임성주는 쇠좆매를 휘둘러 보았다. 도살장에서 황소의 성기(좆)를 잘라다가 신발장인에게 맡겨 말리게 했는데 막대기에 매달아 가져온 것이다. 고대수는 성주의 뒤태를 보았다. 원래 몸매나 얼굴이 예쁜 아이인데 요즘 들어 엉덩이가 더욱 곡선을 그렸다. 그녀는 괴기한 자기 모습을 떠올리며 성주가 부러워졌다. 갑자기 성주가 획 돌아서더니 쇠좆매를 앞에서 휘두르자 고대수가 놀라 뒤로 물러섰다.

"호호, 은정 언니 놀라는 모습이 귀엽다."

성주는 고은정이라는 이름과 달리 거인 같은 몸에 괴기한 용모를 가진 고대수를 좋아했다.

"성주야, 오늘은 야다시 안 하니?"

고대수는 야다시 전담인 성주가 여기서 노닥거리는 것이 이상했다. 야다시(夜茶時)는 사헌부 감찰의 업무 중에 하나다. 사헌부가 규찰 대상인 조정 관서의 부정부패를 염탐해서는 밤에 모여 그 결과를 보고한다. 정해진 것은 아니지만 몇 년 전까지만 해도 보름에 한 번씩은 했는데 차츰 줄더니 벌써 두 달 동안 야다시는 열리지 않고 있다. 고대수가 말 듣기로는 야다시는 전 왕조인 고려 때부터 있었던 것이다. 감찰들이 장사치나 떠돌이 점쟁이 등으로 변장하고 정보를 입수해서 보고하는 자리라 했다.

"응. 집의 나리께서 야다시를 중단시켰어."

호조, 평시서 등에 밀대를 박아 놓았기 때문에 이젠 감찰들의 암행이 필요치 않다고 했단다.

"내 생각에는 야다시는 필요해. 밀대를 박아 놓았다고 하지만 부정부패는 쉽게 안 드러나니."

밀대들의 목적은 이제 부패감시가 아니라 노론에 반대하는 것을 적발하는 데 있다. 사헌부에 부정부패를 탐지할 기능이 없어지자 마포나루 객주처럼 고소사건만 다룰 수밖에 없다.

"덕분에 내가 밤을 새워 차를 끓일 일은 없어졌어. 서리도 한가해졌나 봐. 아까 대사헌님 방에 들어가 청소를 했는데 윤서리님이 칼을 뽑아서 요리조리 보면서 닦고 있더라고. "

"칼? 방에 그런 게 있어?"

"응. 나랏님이 내리신 칼이라고 하던데. 날이 시퍼런 것이 철판도 뚫을 기세야."

성주가 얏! 하면서 쇠좆매로 고대수를 찌르는 시늉을 했다. 그리고는 다시 쇠좆매를 들어 이리저리 살피며 말했다.

"언니, 이게 황소 자지라는데 이렇게 큰 것이 어떻게 암소 보지로 들어갈까? 궁금하네. 사내 것도 이렇게 크나?"

성주가 자기 아랫도리에 쑥 집어넣는 시늉을 하자 고대수는 그냥 웃고 말았다. 허허

마포 나루에서 좀 떨어진 곳의 도화골은 색주가가 헤아릴 수 없을 만큼 많다. 그 옆에 공덕리가 있는데 주민들은 술을 만드는 것으로 생계를 이어가고 있다. 외진 곳에 조그마한 고약집이 있다. 환갑이 넘는 이가 의원이라는데 얼굴을 보았다는 동네 사람은 없다. 딸이라는 처녀가 주인을 대신하는데 손님은 주로 도화골의 갈보들이었다. 사타구니에 종기가 많이 나는데 불결한 환경 속에서 성관계를

자주 맺기에 얻은 병이다. 이런 곳이니 약방을 찾는 남자들은 거의 없다. 그런데 어느 날 갓을 쓴 양반이 찾아와 주인 영감을 찾았다. 딸이 출타 중이라고 하자 돌아올 때까지 기다리겠다고 주저앉았다. 갈보들이 찾아와 고약을 바르려 해도 남자가 떡 버티고 있으니 그냥 돌아갔다. 그러자 딸은 할 수 없이 안으로 안내했다. 약방 주인은 의심쩍은 눈을 하고 손님을 맞았다. 양반은 자신이 청주 사람 이인좌라고 했다.

"당고개 응팔의 말을 듣고 찾아다녔습니다."

"응팔? 그 사람이 누구요?"

주인은 시치미를 떼었지만, 눈이 놀람에서 두려움으로 바뀌었다.

"단도직입적으로 말하겠소. 그 시체는 어디로 갔소?"

이인좌의 말에 주인은 움칫했다. 응팔이 말했다. 교수형을 당한 시신을 구해 달라는 부탁을 받았다. 의원 중에는 공부를 위해 연고가 없는 시체를 사서 몸을 해부하는 이가 있다. 그래서 당고개의 망나니 일을 하면서 시신을 매장하지 않고 몰래 팔기도 했다. 그런데 시신을 사간 구리개의 명의 황의원이 다음 날 중풍으로 쓰러져 죽어 장례를 치른다는 것이었다. 아무래도 수상쩍었는데 얼마 뒤에 노론 사대신이 임금을 독살하려 했다는 죄명으로 귀양지에서 사약 먹고 죽었다. 또 몇 명은 당고개에 끌려와 망나니인 응팔에게 참수당했다. 이 말을 들은 이인좌는 황의원의 뒤를 캤다. 그랬더니 왕세제 연잉군(현재의 임금)의 처조카인 서덕수를 몇 번 만났다는 것을 알아냈다. 목호룡의 고변으로 서덕수가 곤장을 맞을 때 그 사실을 자백했지만 이미 저 세상에 간 황의원을 붙잡아올 수는 없었다. 이인좌는 일 년 동안 죽음을 가장한 황의원을 추적했다. 그리고 마침내 찾아낸 것이다.

"제가 말해 볼까요? 의원은 응팔이에게 시체를 구해 대신 장례 치르고 도망쳤지요."

황의원은 입을 꾹 다물고 몸을 떨었다. 이 앞에 앉아있는 자의 정체는 무엇인가.

"지금이 소론의 시대라면 당신은 육시처참 당하겠지만, 다행히 노론의 세상이 되어서 다시 돌아왔소. 도성 안으로 들어가지는 못하겠지만."

여기까지 말하고 이인좌는 버럭 의원에게 달려들었다. 그가 앉은 자리에 창이 콱 꽂혔다. 딸이라는 여자가 다시 창을 뺐을 때 이인좌는 한 손으로 의원을 붙잡고 비수를 목에 겨누고 있었다. 황의원은 손짓해서 물러나게 했다. 딸은 독기에 가득 찬 눈으로 노려보다가 창을 들고 밖으로 나갔다. 황의원이 묻는다. 원하는 것이 무엇이냐고.

"의원님을 보호하고 있는 결사의 이름이 무엇이오?"

딸이 방앞에서 그림자를 드리우고 서 있었다. 황의원은 묵묵부답이다.

"활빈당이 아니요? 내가 늙은 의원님에게서 무엇을 바라겠소. 당수를 만나고 싶소."

밖에서 딸이 대답했다.

"왜 그분을 만나려는 것이오? 포도청에 밀고하려는 거요?"

"그럴 리가. 활빈당은 수면 아래로 가라앉았다고 들었소. 지금 노론이 나의 원수인데 누구 좋으라고 그런 짓을 하겠소?"

"좋습니다. 당수님께 연락할 테니 기다리시오. 하룻밤은 지나야 할 거요."

딸의 말에 이인좌는 비수를 거두고 자리에서 일어났다.

"그쪽에서 그리 말하니 오늘은 가보겠소. 이틀 뒤 다시 찾아오겠소."

이인좌는 이렇게 말하고 밖으로 나갔다. 딸이 창을 쥐고 있었지만, 그는 개의치 않고 그 앞을 지나갔다.

이틀 뒤. 이인좌는 다시 찾아와 활빈당수와 만나게 되었다. 그는 당수가 여자이고 사헌부 다모라는 것에 놀랐다. 그리고 커다란 키에 괴기할 정도로 긴 얼굴에 두 번 놀랐다.

"배짱이 두둑하시군요. 오늘 죽임을 당할지도 모르는데요."

고대수의 말에 이인좌는 웃고 나서 말했다.

"큰 거래인데 어찌 죽음 따위를 두려워하겠소."

두 사람은 오랫동안 말을 나누며 협상 끝에 거래가 성사되었다.

3 창고 속 비밀

사헌부에 사기꾼 선주를 고발했던 목포집 객주는 분노했다. 처음에는 우포도청에 고발했지만, 담당이 사헌부라고 했다. 그런데 사헌부에서는 이것은 포도청 일이라고 떠넘긴다. 혈기에 넘친 객주는 사헌부를 고발하는 소장을 사간원에 냈다. 그러나 그곳에서는 접수를 거부하고 사헌부에 통보했다. 이에 사헌부에서는 소유 네 명을 마포나루로 보내 객주를 잡아 왔다.

"네 이놈! 감히 사헌부를 고발하다니. 네가 정신이 있는 놈이냐? 저놈을 매우 쳐라."

김학유가 얼굴이 벌게져서 객주 김인수를 노려보며 야단쳤다. 그러자 무릎을 꿇은 젊은 객주가 따지고 들자 더욱 화가 치민 김학유가 사헌부 내의 관리들을 모두 모이게 했다. 감찰, 아전은 물론이고 다모도 빠짐없이 나와 도열했다. 객주를 엎드리게 한 뒤 소유들이 태장을 치게 했다.

철썩, 아이고.

객주의 등에 가는 회초리가 날아들 때마다 비명과 함께 피가 튀었다. 마음 약한 다모들은 손바닥으로 눈을 가리고 서리들도 고개를 돌렸다. 서른 대쯤 매를 맞자 객주가 게거품을 물고 쓰러졌다. 태장을 친 소유들이 얼른 객주를 붙들어 옮겼다. 그제야 분이 풀린 김학유가 한바탕 훈계를 늘어놓았다. 임성주는 자기 뒤에 서 있던 고대수가 보이지 않자 주위를 둘러보았다. 감찰방 쪽에서 키가 커다란 고대수가 빠른 걸음으로 나오고 있었다.

"언니, 어디 갔었어?"

"응. 아까 감찰방 앞에서 넘어졌는데 노리개가 떨어졌나 봐. 그 앞에 떨어져 있네."

고대수가 노리개를 보여주며 나직하게 속삭였다.

"너, 줄게."

그녀는 성주의 손에 은으로 만든 노리개를 쥐여주었다. 얼떨결에 장식품을 얻은 성주는 어리둥절했다. 고대수는 성큼성큼 다모방으로 가고 고개를 갸우뚱하던 성주가 뒤를 따랐다.

칠흑 같은 밤이다. 그믐달마저 구름에 가려있다. 그래도 육조거리 곳곳에 밝힌 등불이 움직이는 사람의 형체를 드러내 보인다.

드르렁 드르렁

숙직하는 서리 두 사람의 코 고는 소리가 요란했다. 교대로 불 밝히고 있어야 함에도 곤하게 잠들어 있는 것이다. 물품 창고 속에서 부스럭거리는 소리가 들렸다. 잠시 후에 대나무로 튼튼하게 짠

통에서 시커먼 그림자 하나가 불쑥 나왔다. 검은 옷에다 검은 두건을 쓴 고대수였다. 그녀는 퇴근하는 척하고는 창고에 들어와 미리 보아둔 빈 대나무 통에 숨어 있었다. 업무가 끝났으니 창고에 드나드는 사람이 없고 늘 하던 대로 자물쇠를 채우지 않는다. 사람이 숨어있으리라고 꿈에도 생각지 못할 것이다.

문득 박문수가 머릿속에 그려졌다. 지금 그 사람은 어떤 생각을 할까. 박문수가 임금의 명을 받고 공수처 설립을 위해 암행하고 있다. 고대수는 몇 년간 사헌부 다모로 일하면서 두 가지 면을 다 보았다. 일반 백성에게 가장 큰 피해가 가는 부정부패를 근절하려는 강직한 감찰이 있는가 하면 상층부를 차지한 노론에 아부하며 부패에 동조하는 감찰이 있는 것을 보았다. 박문수가 몰래 만들고 있는 공수처가 사헌부의 환부를 도려내야 할 것이다.

'박문수는 대단한 이야. 그런 사람이 권력을 얻어야 백성이 편할 텐데.'

고대수는 박문수를 흠모했다. 토역과에 급제해서 임금의 측근이 되었다고 했다. 노론 사람들은 자기들이 배제된 상태에서 시험을 보았으니 부정급제자라고 비아냥거렸지만, 백성을 위한 마음이 남다른 사람이라고 여겼다. 가난하고 힘없는 민초를 위한 활빈당은 앞으로 그와 같이 가야 할 예감이 들었다.

경종 임금 초에 배신자를 앞세운 사헌부의 기습이 있었다. 활빈당 본부가 털렸을 때 몇 명의 당원이 죽음으로 막았지만, 각종 자료와 함께 활빈당 명단을 빼앗겼다. 고대수는 단신으로 배신자를 찾아내 칼로 두 토막 냈다. 자책한 당수는 활빈당을 이을 후계자가 정해져 있었지만, 차기 당수로 고대수를 지명하고 명단을 찾으라는 유서를 남겼다. 당수가 자결한 후 당원들은 활빈당 역사상 처음으로 여자인 고대수를 받들게 되었다.

그녀는 사헌부의 문서를 보관하는 창고로 들어가기 위해 매분구로 위장하고 계획대로 사헌부 다모가 되었다. 노리는 것은 얇은 명단이다. 그 안에는 암호로 기록된 활빈당원의 이름과 주소. 직업까지 상세히 기록되어 있다.

드르렁 드르렁

살며시 창고 문을 열고 나온 고대수는 발걸음을 문서보관 창고로 옮겼다. 살금살금 고양이처럼 걸어갔다. 창고 문의 열쇠는 아전들의 방에 있다. 문을 열 때는 창고대장에 기록한 다음에 열쇠를 관리하는 녹사가 내 준다. 그래야 창고 문을 열 수 있기에 열쇠를 복제하느라 꽤 오랜 시간이 흘렀다. 다행히도 아전들의 집무실을 청소할 때 슬쩍 열쇠를 복제할 수 있었다. 미리 준비한 작은 상자 속의 찰진 진흙에다 열쇠를 꾹 눌러 본을 떴다. 남은 것은 비밀창고. 임성주가 감찰실 벽에 걸린 열쇠가 창고 안의 또 다른 창고 열쇠라고 말했다. 기회를 엿보고 있는데 마포나루 객주를 매질하는 것을 보기 위해 사헌부의 눈이 한데로 쏠렸다. 그 틈을 타서 감찰방으로 들어가 열쇠를 복제하는 데 성공했다. 이제 활빈당 명단을 되찾을 때가 온 것이다.

드디어 창고 앞에 섰다. 철컥! 창고 문이 열렸다. 쉽다. 이날이 오기를 기다린 지 얼마이던가. 그녀의 눈과 신경이 몇 년 동안 고정된 창고 문이 드디어 열린 것이다. 고대수는 아주 조심스럽게 문을 열었다. 다시 나갈 때를 대비해서 문은 조금 열어두었다. 품 안에서 부싯돌을 꺼내 켜 보니 벽에 촘촘하게 칸이 나뉜 진열장이 보였다. 거기에 각종 문서가 넣어져 있었다. 사헌부 조사 기록이다. 부싯돌로 호롱에 불을 붙이고 얼른 비밀창고 앞으로 갔다. 그녀가 열쇠를 넣었지만 찰칵하고 열려야 할 자물쇠는 움직이지 않았다.

'뭐야, 이거? 이게, 이게. 웬일이야?'

맞지 않은 열쇠였기 때문에 빼기도 쉽지 않았다. 고대수는 등에 진땀이 흘렀다. 꽉 끼어 빠지지 않은 열쇠를 억지로 빼다가 손을 휙 뿌리치는 바람에 옆에 있던 진열장을 건드렸다. 벼루와 붓, 문서들이 우르르 쏟아졌다. 이제 고대수의 머릿속에는 문을 열고 들어가는 것이 아니라 이곳을 무사히 빠져나가는 궁리를 해야 했다. 요란한 소리에 숙직 서리가 잠에서 깼는지도 모른다. 그녀는 호롱불을 끈 다음에 창고 문을 빠져나왔다. 뜻하지 않은 결과에 정신이 아득했다. 이제 아침이면 사헌부는 난리가 날 것이다. 그녀가 어둠 속의 마당으로 나왔을 때 앞에서 뭔가 번쩍이는 것이 보였다.

야옹~

고양이가 그녀를 노려보고 있었다. 고대수는 얼른 창고로 들어가 대나무 통 안으로 들어갔다.

'어찌 된 거야? 어찌 된 거냐고?'

그녀는 울고 싶었다. 오늘 활빈당 명단을 찾지 못하면 다음 기회를 노릴 수 있다. 그러나 실수로 창고 안을 어지럽혔으니 아침이면 발칵 뒤집어질 것이다. 야옹~ 야옹~ 고양이 울음소리가 그녀의 가슴에 비수처럼 꽂혔다. 이제 한 시각 후면 해가 뜬다. 서리들이 창고에 들어갈 것이다. 그리고, 그리고. 머릿속이 하얗게 변했다.

점점 밖이 밝아 온다. 다모들의 출근이 제일 빠르다. 그다음에는 아전들이고 감찰이다. 고대수는 대나무 통에서 나와 창고 문에 바짝 붙어 밖을 내다보았다. 숙직 서리 두 사람이 사헌부의 빗장을 열고 문을 여는 것이 보였다. 문을 열어놓고 두 사람이 세수하러 가는 것이 보였다. 고대수는 그 틈을 타서 밖으로 나가 다모방으로 갔다. 조금 있다가 다모들이 하나둘씩 들어왔다. 맨 나중에 임성주가 엉덩이를 살랑살랑 흔들면서 들어왔다. 그녀는 고대수가 준 노리개를 옷에 달고 있었다.

"어머, 언니. 언제 왔어?"

"응. 내가 와보니 제일 먼저네."

"어제 어디 갔었어?"

성주의 물음에 고대수는 당황했다. 뒤이어 창고에서 서리들이 소리를 질렀다. 창고 문을 열고 들어간 서리들은 바닥에 흩어진 벼루와 붓을 보았다. 진열대에 꽂힌 문서도 엉망진창으로 흩어져 있었다. 어젯밤에 침입자가 있음을 알았다. 책임자인 정녹사가 서리들을 불러 창고 안을 보여 주었다. 뒤이어 출근한 감찰도 보고 안태건 장령, 김학유 집의도 보았다. 꼼꼼히 조사하니 비밀창고를 열고 들어가려 했다는 것이 드러났다. 사헌부는 순식간에 혼란에 빠졌다. 사헌부에 도둑이 든다는 것은 있을 수 없는 일이었다. 밤에 숙직을 선 두 명의 서리가 추궁을 받았다. 그들은 번갈아 교대하지 않고 함께 술을 마시고 잠이 들었다는 것을 자백했다.

사헌부는 한동안 살벌했다. 문서들을 문서대장과 맞춰보며 분실 여부를 확인해보았으나 없어진 것은 아무것도 없었다. 붓과 벼루 등 비품도 진열장에서 떨어졌을 뿐이었다. 창고의 자물쇠는 교체되었고 열쇠는 엄중하게 보관되었다. 당일 숙직자인 두 명의 서리는 안태건으로부터 호된 심문을 받았다. 상식적으로 볼 때 숙직자가 창고에 침입한다는 것은 스스로 옭아매는 짓이다. 그들이 공모했다면 흩어진 상태로 놔두지 않았을 것이다. 김학유는 침입자와 노론 비자금 장부를 곧장 연결시켰다. 비자금 장부를 훔친 자가 또 침입했다가 실패한 것이라고 추정했다. 며칠을 침입자를 찾는 데 주력했다.

야옹~

요즘 들어 몇 마리의 고양이가 사헌부를 비롯해 육조에 돌아다녔다. 병조(兵曹)에는 도둑고양이가 병적을 보관하는 창고에 들어가 새끼를 낳았다고 했다. 그러자 사헌부에서도 분실물이 없으니 인간의 짓이 아닐지도 모른다는 생각에 실험하기로 했다. 즉 사헌부 창고의 통기구로 고양이를 밀어 넣는다는 것이다. 때아닌 고양이 사냥이 벌어졌다. 고양이를 잡겠다고 달려들자 야옹, 야옹하며 이리 뛰고 저리 뛰고 도망쳤으나 결국 수놈 한 마리가 잡혔다. 아전들과 감찰들이 모인 앞에서 고양이를 통기구 안으로 밀어 넣었다. 안에서 밖으로 나오려고 안간힘을 하던 고양이가 창고 안에서 뛰어다니자 요란한 소리가 들렸다. 조금 뒤에 창고 문을 열어보니 고양이가 쏜살같이 달려나와 도망쳤다. 아전들이 우르르 창고 안으로 들어가니 처음 본 것처럼 붓과 벼루가 진열장에서 떨어져 있었고 문서도 여기저기 흩어져 있었다.

"고양이 짓이었구나!"

결론은 통기구로 들어온 고양이가 다시 나가려고 하다가 어지럽혔다는 것이다. 술에 취해 곯아떨어진 숙직 서리들은 소리를 듣지 못했다. 어떻게 고양이가 통기구로 다시 빠져나왔을까 하는 의문은 들었지만, 고양이 짓으로 단정하고 그냥 묻히고 말았다. 숙직 서리들은 호된 징계를 받아 두 달치의 봉록을 지급 받지 못하게 되었다.

"자네는 이것이 고양이 같은 미물의 짓으로 생각하나?"

김학유는 안태건과 마주 앉아 탕약을 마시며 은밀한 대화를 나누는 중이다. 안태건은 대답 대신 낯을 찡그렸다. 인간의 짓이 분명하다. 비밀창고에 붙은 자물쇠를 열려고 한 흔적이 남았기 때문이다. 고양이가 영물이어서 인간으로 변신했다면 모를까 자물쇠를 열 수는 없다.

"우리 사헌부 안에 도둑이 있어. 누군가 창고 속에서 뭔가 훔치려고 한 거야."

비밀창고 안에는 밖에 알릴 수 없는 비밀문서가 가득하다. 아직 미해결된 사건의 증거자료도 많다. 누가 무슨 목적으로 어떤 것을 노리는지 모른다. 숙직 서리가 임무를 다하지 않는다는 것을 알고 밖에서 침투했는지도 모른다.

"목적이 무엇일까? 수사기록을 훔쳐가려고 했을까? 아니면 우리 비자금 장부를 찾으려고?"

김학유는 혹시 비밀창고에 비자금 장부가 있을지 모른다고 했다. 감찰이 실수로 넣었을 가능성도 있지만, 안태건은 부정했다. 한 감찰에 혐의를 두기 전에 자신이 들어가 샅샅이 뒤졌으나 없었다.

그래도 창고 안에 누군가에게 소중한 것이 있다는 것은 분명했다.

강호동은 다섯 명의 시어사를 이끌고 도성으로 들어왔다. 그는 미리 정한 대로 우포도청 포교 백인기의 집으로 들어갔다. 한명철 감찰을 감시하려고 이사했기에 지금 이 집은 비어있다. 낭떠러지 끝에 있어 밑이 훤히 내려다보였다. 시어사들은 비교적 넓은 방에 옹기종기 모여서 삶은 밤을 먹고 있었다.

"백포교와 나는 의형제 같은 사이네. 몇십 년을 함께 했지. 한감찰을 감시하라는 명을 받지 않았다면 우리와 함께했을 거야."

이 집에서 이틀 정도 쉰 다음에 주막 뒤에 마련된 숙소로 간다고 말했다.

"자네들 모두 서울은 처음이지? 내일부터 도성 일대를 샅샅이 돌아다니며 길을 익히게. 만약 거동을 수상하게 여기면 이 패를 보여 주게."

강호동은 우포도청 밀대임을 증명하는 조그만 나무토막을 나누어 주었다.

"백포교는 잠복에 능한 사람이야. 그리고 변장도 아주 능하니 며칠 동안 변장술을 배우도록 하게. 변장 도구는 여기 다 있어."

그가 방 한구석에 놓인 왕골함을 열어 그 안에서 패랭이와 행상옷 등 변장에 필요한 도구를 꺼냈다. 거기에는 장옷도 있었는데 위기에 처하면 장옷을 둘러써서 여자처럼 보이라고 했다.

"포교님, 저는 좀 어렵겠네요."

덩치가 큰 원균의 말에 모두 하하 웃었다. 그렇지만 거구의 원균이 여자 변장을 할 수 없지만, 장옷을 뒤집어쓰면 멀리서는 여자로 보일 수도 있을 것이다.

"사헌부에 고대수라는 별명을 가진 다모가 있네. 키가 육 척에 힘이 천하장사인 괴물 같은 여자이지. 우리가 하는 일 중에 그 여자를 감시하는 일도 있어."

양성지가 묻는다.

"어디에 사는지도 모르는데 어떻게 감시를 합니까?"

"우리 눈에 보이는 곳에 있어."

호동은 창쪽으로 가더니 여닫이문을 열었다. 낭떠러지 밑으로 크고 작은 초가집들이 보였다.

"저기 바로 내려다보이는 곳이 다모의 방이야. 얼마 전에 이사 왔다네."

호동이 다시 문을 닫고 말을 이었다. 한 달 전 박문수가 장을 보고 돌아오는 여종을 통해 한 장의 편지를 받았다. 그 편지를 보낸 사람은 사헌부 다모 고대수로 썩은 사헌부를 그대로 볼 수 없어 비리를 알리겠다고 했다.

"매우 수상쩍군요."

원균의 말에 호동이 말을 이었다.

"놀라지 말게. 다모는 우리가 공수처를 만들고 있다는 것을 알고 있어."

침묵이 흘렀다. 노론의 엄중한 감시도 피할 수 있었는데 이런 낭패가 없다.

"아마도 나리가 평택에 은거하고 있다가 서울로 올라와서 소론을 만나는 과정에서 새어나간 모양이야. 노론에서도 어느 정도 눈치 채고 있었겠지. 증거를 못 잡았지만. 움직이면 드러나게 되어 있어. 그러니까 빨리 공수처를 만들어야지."

입이 무거운 이순신이 말했다.

"그 다모가 우리가 볼 수 있는 곳으로 이사 온 것도 다 이유가 있겠네요."

"그렇지. 그 여자는 우리와 수시로 연락할 곳을 마련해 달라고 했어. 그래서 나리가 저 집에 세를 얻어준 거야. 우리가 떠나면 밀대 중 한 명이 이곳에 숙식하면서 감시할 거야."

백포교의 아내가 저녁상이 마련되었다고 해서 모두 밖으로 나갔다. 원균이 창문을 열어 내다보자 이순신도 옆에 와서 함께 본다. 괴물 다모는 보이지 않았으나 어쩐지 신경이 쓰인다. 직감이 뛰어난 원균과 분석이 뛰어난 이순신이 토론해보면 좋은 방도가 나올 것이다. 원균이 커다란 얼굴에 미소를 짓고 나서 말했다.

"순신아. 너를 처음 진위에서 만났을 때 별명을 이순신이라고 해서 피가 거꾸로 솟는지 알았어. 까닭을 알겠니?"

이순신이 고개를 가로젓는다.

"네가 경주 이씨라고 하니 속으로 안도했지. 네가 덕수 이씨라고 했으면 콱!"

원균이 허공에 대고 주먹질했다.

"너하고 지금 이렇게 말도 섞지 않고 들들 볶아 그만두게 했을 거야. 이순신 일가가 우리 원씨를 간신 집안으로 만들었거든."

진위의 원주 원씨 가문은 무인 집안으로서 임진난이 일어나자

환자를 뺀 모든 남자가 참전했다. 열세 명이 공신에 책봉되었는데 그중 여덟 명이 전사한 사실을 말했다. 자신의 직계 할아버지 원연은 문과 급제자인데도 벼슬하지 않고 학문에 열중하다가 의병을 일으켜 용인전투에서 왜군을 무찔렀다는 것을 자랑했다. 뒤이어 큰할아버지 원균 장군의 시신을 찾지 못해 가묘를 쓰고 집안의 남자들이 전사해 유족이 가난하게 산 이야기들을 비통한 어조로 말했다.

"이런 충신 집안을 간신으로 만든 게 누구인지 알아? 이순신 가문의 이식이라는 놈이야. 자기 조상을 빛내려고 남의 집안에 오물을 씌우다니. 내 앞에 있으면 그냥 콱!"

원균이 목을 조르는 시늉을 하자 이순신이 움칫하고 뒤로 물러섰다.

"순신아, 너희 동네 출신 이순신 장군 말이야. 아산에서는 뭐라고 평가하니?"

이순신이 조심스럽게 답한다.

"구국의 명장이지요."

"그렇지 어쨌든 왜군을 물리쳤으니까. 그러면 원균 장군은?"

순신은 입을 다문다. 원균이 키는 크지만 여윈 이순신을 바라보며 말했다.

"칠천량 전투에서 왜군에 참패하고 시신마저 없어 가묘를 세운 패장이지?"

원균이 우뚝 서서 순신의 어깨를 움켜쥐고 물었지만, 순신은 아무 대답도 하지 않았다.

"맞아, 너희 동네 이순신 장군은 임금한테 반항하다 옥에 갇히고 우리 할아버지는 죽는 길인지 알면서도 나갔다 처참하게 돌아가셨지. 그러면 이순신 장군은 충신이고 우리 할아버지는 왜 간신 소리를 듣지? 임금한테 대든 이순신이고 임금에게 복종한 우리 할아버지인데."

"그거야……"

이순신은 말을 잇지 못하고 머뭇거렸다. 원균이 이순신의 몸에서 손을 뗀다.

"그거야? 우리 할아버지나 이순신이나 다 같이 공을 세웠어. 오히려 이순신 장군은 군인들 사이에서 겁많은 장군이라는 소리를 들었지. 싸우러 나가지 않는다고 부하한테 칼로 위협까지 당했어. 거기에 비하면 우리 할아버지 원균 장군은 전쟁이 나면 선봉장으로 나가 싸웠지."

"무슨 말씀을 하시려는 것인지 모르겠습니다."

이순신이 작은 목소리로 말하자 목소리를 높였던 원균이 멋쩍게 웃으며 말했다.

"하필 별명을 이순신이라고 했냐? 아산에 이순신밖에 인물이 없냐? 아산에 맹사성도 있는데."

"저는 이유를 모릅니다. 박문수 그분이 지으신 거죠."

원균은 이순신과 단짝이 되었다. 성격은 판이하였지만 서로 보완해 일을 수월하게 처리할 수 있었다. 그는 뭐든 거리낌 없는 자기와 달리 늘 조심스러워하는 아우 순신이 좋았다. 여동생이 있으면 매제를 삼고 싶은데 없는 것이 아쉬울 뿐이다. 원주 원씨 가문에 내려오는 말에 의하면 원균과 이순신은 남산 밑 마른내에 이웃하고 살

왔다고 한다. 이순신의 형과 원균은 동년배 친구였다고 한다. 이순신과는 별로 교유가 없었는데 원균이 부친을 따라 함경도에 갔기 때문이다. 이순신은 형의 친구인 원균과 성격이 달랐고 의견도 달랐다. 원균이 직감에 따라 과감히 행동하는 용장이었다면 이순신은 매사 치밀해서 승산이 없으면 나서지 않는 지장이었다. 문인에서 무인으로 진로를 바꾼 그는 '난중일기'라는 문장을 남겼다. 문서작성을 잘해서 전쟁에서 승리한 후에 누가 어디서 적을 몇 명 죽였는가 공적을 자세히 올렸고 반면에 정통 무인인 원균은 보고서도 '어느 전투에 나가 이겼습니다.'라고 간략하게 썼다. 그러니 공적이 분명하지 않아 똑같이 공을 세워도 이순신 휘하의 부하들은 포상했고 원균 휘하의 부하들은 포상에서 누락되었다. 둘의 불화는 원균과 이순신보다 부하들 사이에서 시작된 것이다.

드르르

문이 열리며 젊은 여자가 고개를 들이밀고 말한다.

"뭐하세요? 식사하셔야지요."

느닷없이 나타난 여자는 공수처 밀대다. 원균이 얼른 말했다.

"다모는 누가 감시하지요?"

"저, 똘이가 합니다. 어서 나오세요."

원균은 이순신에게 어깨를 으쓱해 보이고는 밖으로 나왔다. 젊은 여자 밀대가 고대수의 부하라는 것은 박문수만 알고 있다.

피맛골의 오래된 주막에 불을 질러 허물고 용도에 맞게 새로 지었다. 만약의 사태에 대비해 아래층으로 미끄러져 내려오는 장치도 만들었다. 이층 주막은 새로 지은 집이라 외관이 깨끗해 주위의 허름한 주막과 확실히 비교되었다. 여기저기서 전을 부치는 냄새가 진동했는데 음식이 싸면서도 맛있어 손님들이 몰렸다. 날씨가 봄이라 춥지 않기 때문에 계단을 통해 올라가는 손님도 늘었다. 이층 창문을 통해 멀리까지 보는 것도 즐거움이었다. 손님 중에 박문수도 있었다. 부지런히 음식을 나르는 이는 처가의 여종들이었다. 노론 염탐꾼의 눈에 들킬까 봐 서울로 불러올린 것이다. 이몽룡의 첩 춘향이 잘 가르쳐서 그런지 손님 접대에 어색함이 없다. 문수는 막걸리와 파전을 놓고 먹으며 귀를 쫑긋하고 손님들의 대화를 엿들었다. 시중에 떠도는 소문을 마구 옮긴다. 소론과 노론의 대립, 난전과 시전의 싸움이 주된 화제였다. 아무래도 정치에 민감하고 상업활동이 활발한 종로이다 보니 그런 것이 입에 오르내리는 것이다.

"여기 주모는 낮잠 주무시나? 코빼기도 보이지 않네."

"그러게 말이야. 주모 나오라고 해."

낮술에 취한 불량배들이 낄낄대며 주모를 찾는다. 하지만 주모 춘향은 나오지 않을 것이다. 대신 전직 우포도청 포교 강호동이 위로 올라와서 조용히 하라고 으름장을 놓는다. 그제야 그가 주막 주인인 것을 알고 입을 다물었다. 강호동이 밑으로 내려가자 박문수는 접시와 술잔을 비우고는 술을 나르는 하녀를 불러 셈을 치렀다. 평택 처가에 머물 때 집안일을 씩씩하게 처리하던 여종이었다. 영특한 여종은 박문수를 처음 보는 손님처럼 대했다.

이몽룡의 첩 성춘향이 이 비밀작전에 가담하게 된 연유가 있다. 노론가문 이몽룡이 신임옥사에 연루되어 사헌부의 장령에서 파직

되고 흑산도로 귀양을 갔다. 직전에 몽룡의 아내가 병으로 죽었는데 장례도 치르지 못하고 떠난 것이다. 집안이 풍비박산되자 첩인 춘향의 처지가 난처해졌다. 일 년 전 정실부인이 병으로 쓰러지자 본가에 들어온 춘향이 아이들을 길렀다. 춘향은 자녀가 없기에 자기 자식처럼 길렀다. 그럼에도 평소 아들의 앞길을 막았다고 꼬나보던 시어머니가 분노를 터뜨렸다. 며느리가 죽고 아들이 귀양가자 춘향이 '집안을 망칠 첩년'이라는 무당의 점괘를 내세우며 내친 것이다. 심신이 지치고 오갈 데 없어진 춘향이 친분을 쌓았던 박문수의 아내를 찾아가 의논했다. 박문수의 아내는 그녀를 딱하게 여겨 평택의 친정집으로 보내 일을 돕게 했다. 박문수는 춘향이 기생의 딸로 음식 솜씨가 뛰어난 것을 알고 야다시할 수 있는 주막을 맡아달라고 부탁했다. 춘향은 자신을 거두어준 은혜를 갚기 위해 청풍 김씨가의 여종 중에서 영리한 아이들을 뽑아 일을 가르쳤다.

"우포도청이 바로 코앞에 있으니 언젠가 이곳을 찾게 될 것입니다."

혹시 춘향을 알아보는 이가 있을까 봐 몸을 숨기고 있다. 하지만 언제까지 이몽룡을 속일 수 있을지는 모른다. 주막 뒤에는 시어사들과 밀대 그리고 주막 하녀들의 숙소가 있다. 방향을 달리 짓고 출입구가 달라 서로 마주치는 일은 없었다.

고대수가 사헌부를 나와 자기 집으로 갔다. 며칠 동안 사헌부를 뒤집던 침입사건은 도둑고양이 짓으로 결론을 내려 버렸다. 하지만 앞으로 비밀창고 안으로 들어가서 명단을 훔치는 것은 어렵게 되었다. 이제 남은 방법은 박문수와 이인좌를 이용해 비밀 창고를 여는 것이다. 신경 쓰이는 것은 임성주의 행동에 변화가 생긴 것이다. 고대수가 말을 걸기도 전에 팔에 달라붙어 애교를 부리던 것이 이제는 의혹에 찬 눈으로 멀끔히 바라보는 것이었다.

고대수가 사직동 뒷길로 올라갔다. 집으로 가는 것이다. 누군가 뒤를 밟는 거 같다. 그녀가 잠시 멈춰 고개를 돌리려는 참이었다.

"언니!"

낯익은 부름에 몸을 돌려보니 성주였다. 그녀가 손가락으로 앉을 수 있는 판판한 바위를 가리켰다. 고대수는 의아했지만 걸어가서 성주 옆에 앉았다.

"언니, 언니가 창고에 들어갔어?"

성주의 나직한 물음에 반사적으로 거짓말을 하려고 입을 열었지만, 막상 말은 안 나왔다.

"난 왜 언니가 그 창고에 눈길을 주는지 의아했어. 감찰의 수사 기록을 빼내려고 하는 것인가 라고 생각했지. 죄인으로 처벌될 사람들이 감찰 동향을 알아보려고 하거든. 언니도 알잖아."

포도청이 대부분 서민의 형사문제를 다루는 것이라면 사헌부는 양반이나 시전상 등을 다룬다. 그러니 자신이 어떤 형벌을 받을까 두려워하지 않겠는가. 사헌부에서는 수사 진행이 새나가는 것을 막았다. 성깔 사나운 안태건 장령이 이런 접촉을 철저하게 단속했다.

"집의님이 몇몇 감찰들하고 이야기하는 것을 엿들어보니 침입자는 비밀창고로 들어가려는 것이라고 했어. 열쇠가 맞지 않았을 뿐이지. 왜 들어갔어? 고양이 짓이라고? 고양이가 비밀창고 문을 왜 열어?"

성주는 고대수가 비밀창고 문에 대해 자꾸 묻자 장난을 쳤다. 감찰방 벽에 걸린 열쇠가 창고열쇠라고 한 것이다. 그 열쇠로는 감찰방 집기를 보관하는 궤를 열 수 있을 뿐이다. 성주가 품 안에서 노리개를 꺼냈다.

"언니가 이런 노리개를 하고 다니는 것을 본 적이 없어. 그런데 왜, 이게 떨어져. 언니가 감찰방에 몰래 들어가 열쇠를 복제할 때 들키면 둘러대려고 한 거지?"

성주가 노리개를 들이밀었다. 그녀는 침입사건이 나던 날 저녁 새로 이사한 고대수의 집을 찾았다. 집에서 만든 약식을 주려고 온 것인데 주인 할머니에게서 들어오지 않았다는 말을 들었다. 그것은 고대수가 사헌부 안에 숨어있었다는 추측과 일치한다.

"자, 가져가. 나 이딴 거 필요 없어."

노리개를 되돌려받은 고대수 앞에서 성주가 흐느낀다. 역시 여리고 착한 아이다. 자신이 이용되었다는 슬픔이 솟은 것이다. 고대수는 언뜻 머리에 떠오르는 것이 있었다.

"성주야, 미안하다. 너도 들어봤지? 임금님이 사헌부를 응징하려고 한다는 거. 노론 비자금을 알아내서 임금님에게 몰래 고한 것이 박문수라는 거. 바로 그분이 비밀창고에 들어가라고 시킨 거야."

고대수 말에 성주가 번쩍 고개를 들었다. 고대수는 성주가 평소 한감찰은 억울하다고 말한 것을 잊지 않았다. 거짓말을 늘어놓기 시작했다. 자신은 임금의 명을 받은 박문수의 부탁을 받았다고 했다. 그녀는 비밀창고 안에 노론의 비밀이 담긴 장부가 있을 것으로 믿는다고 했다. 그걸 찾아야 누명을 쓴 한감찰이 풀려나올 수 있다고 했다. 성주의 표정이 점차 바뀌었다. 온갖 거짓말로 간신히 성주를 설득시킨 고대수는 어둑어둑해져서야 집에 돌아올 수 있었다. 다시 얼굴이 환해져서 노리개를 달고 돌아가는 성주를 보고 고대수는 약간 미안하기도 했지만, 진실을 말할 수는 없다. 얼마 전 황의원 딸의 보고를 받고 이인좌를 만났다. 선왕인 경종 독살의 복수를 위해 활빈당과 손을 잡으려 한다고 했다. 그러나 고대수는 벌써 박문수와 내통하고 있었다. 이인좌는 당파의 권력을 위한 것이지만 활빈당과 박문수는 권력자의 부패를 척결하려는 것에서 공통점이 있기 때문이다. 주인 할머니에게 돌아왔다는 것을 알리고 그녀의 거처로 갔다. 단칸방에 부엌이 딸린 초가집이다. 고개를 들어 위를 올려다보면 낭떠러지 끝에 백 포교의 집이 있다. 그 방에서 공수처의 밀대이자 고대수의 부하인 똘이가 지켜보고 있을 것이다. 방문 고리를 잡는 순간 고대수는 등줄기가 서늘한 느낌에 뒤로 물러섰다. 고대수는 뒤돌아서 위를 올려다본다. 똘이의 방 창문에 빨간 깃발이 꽂혀 있었다.

"안에 있는 사람은 뉘요?"

대답이 없다. 잠시 시간이 흐르더니 벌컥 문이 열리면서 이인좌가 얼굴을 내밀었다.

"주인 없는 방에 들어와 기다렸소. 들어오시오. "

가죽이 두꺼운 자다. 그는 마치 자기 집이라도 되는 양 위통까지 벗어젖혔다. 그는 주섬주섬 옷을 입으면서 말했다.

"미안하오. 어제 잠을 한숨도 못 자서 일찍 와 잠 좀 잤소이다."

말은 이렇게 하지만 전혀 미안한 기색이 아니다. 고대수는 그가 옷을 입을 동안 툇마루에 앉아 있다가 옷을 다 입자 안으로 들어갔다. 안이 컴컴해서 호롱불을 켜야 했다.

"오늘은 그냥 넘어가겠소만…… 양반이 할 짓이 아니오."

"미안, 미안하오. 우리가 얼마 전까지는 남남이었으나 이제는 목표가 같은 사이가 아니오? 동업자끼리 너무 심하게 굴지 맙시다."

"무슨 일이 생겼소?"

"오늘 아침 사헌부의 아전에게서 들은 말이 있소. 누군가 창고 안으로 침입했다고 하더이다. 고양이가 저지른 것으로 일단 덮었지만, 심증이 가는 사람은 몇몇 있다고 하오, 혹시 다모의 짓 아니오?"

고대수는 허허 웃었다. 자신이 용의선상에 있으면 아까 성주가 찾아왔겠는가. 성주는 분명히 말했다. 집의가 말하기를 사람의 짓이라면 서리 중의 한 명일 것이라고 했단다.

"창고 안에서 압수한 비자금 장부가 분실되는 바람에 한감찰이 팽형을 받았소. 그렇다면 아직 창고 어딘가에 장부가 있다는 것이오. 당신은 그것을 찾고 있고."

이인좌는 고대수가 노론의 비자금 장부를 찾으려 사헌부에 침투한 것으로 판단한 것이다. 비밀결사 활빈당의 당원 명단을 찾는다는 것을 모르니 그의 생각에 맞춰주어야 한다.

"맞아요. 비자금 장부는 비밀창고 안에 있을 거예요. 한감찰이 끝내 입을 다물고 있지만, 어딘가에 숨겼을 거예요."

고대수는 이렇게 말하고 나니 정말 그 비밀창고에 노론 비자금 장부가 있을지도 모른다는 생각이 들었다.

4 사랑과 욕정

서울에 올라온 박문수에 대해 홍계희의 감시가 있었다. 몇 번 미행을 따돌리고 가는 박문수를 수상하게 여겼다. 그러나 미행에 성공해도 만나는 사람은 인척인 청풍 김씨들이나 벼슬하고 있을 때 사귀었던 사람이다. 그 안에는 노론도 꽤 있었고 오히려 소론 출신은 적었다. 이럴 즈음 임금을 최측근에서 보좌하는 내시 정중명에게서 노론 비자금의 존재를 어떻게 임금이 알았는가 하는 의문이 풀렸다. 정내시가 기회를 엿보다가 임금에을 수행한 선전관에게 슬쩍 물어보니 박문수에게 들었다는 것이 아니었다. 대궐 밖으로 임금이 미행을 나간 적이 있었는데 상인들이 자기들끼리 소곤대는 말을 들었다는 것이다. 이렇게 해서 박문수에 대한 감시는 느슨해졌다.

도성의 야간 통행금지는 인정(人定, 밤 10시)에서 파루(罷漏, 새벽 4시)이다. 이때 남자들은 모두 집에 있어야 하지만 여자들은 마음대로 다닐 수 있는 여자들만의 시간이다. 늦게까지 술을 마시던 손님들은 모두 집으로 돌아갔다. 주막에는 강호동과 백인기만 남아 있었다. 문수는 계단을 바라보다가 안쪽 부엌을 바라보기를 번갈아 했다. 판자로 막은 곳에는 춘향이 숨어지내는 작은 방이 있다. 백인기가 계단을 바라보며 말했다.

"주모는 아래에 있을 것입니다. 미끄럼 해서 밖으로 나갔습니다."

춘향의 방 옆에는 비상구가 있다. 돌발사건에 대비해서 미끄러져 도피할 수 있게 만든 것인데 춘향은 다른 용도로 쓰고 있는가 보다.

"우리가 야다시할 때 자리를 비켜주려고 하는 건가요?"

박문수의 물음에 강호동이 대꾸했다.

"아닙니다. 열흘에 한 번 정도 주막을 나갔다 돌아옵니다. 한번은 미행했더니 이몽룡 종사관의 집 뒤 언덕배기 위에 올라가더군요. 한참을 내려보다가 다시 돌아왔습니다."

더 묻지 않아도 춘향의 행동을 이해할 수 있다. 이몽룡에 대한 애정이 아직도 남아 있다. 그러나 쉽게 돌아갈 수는 없을 것이다.

"안 된 일입니다. 하지만 시간이 흐르면 달라질 수 있겠지요."

박문수는 이몽룡과 성춘향의 이야기를 잘 알고 있다. 사또의 수청을 죽기로 저항했을 때 암행어사 이몽룡이 구출한 이야기는 장안의 화제가 되기도 했다. 그러나 지금은 시가와의 불화로 쫓겨나 주막의 주모가 되었다. 박문수가 평택에 내려갔을 때 이몽룡이 찾아왔다고 들었다. 하인들에게 춘향의 행방을 물었지만, 시치미를 떼자 고개를 푹 숙이고 돌아갔다고 했다. 둘의 사랑은 식지 않았지만, 시어머니와의 갈등이 둘을 억지로 떼어놓은 것이다.

저벅저벅

계단 위로 올라오는 것은 원균과 이순신이었다. 원균은 영락없는 등짐 장사꾼이었고 이순신은 갓이 찌그러진 가난한 선비차림이다. 박문수는 이들의 변장을 처음 보았기에 허허 웃고 말았다. 둘도 박문수를 오랜만에 본지라 공손하게 인사를 하면서도 어색함을 감추지 못했다.

"두 사람의 활약상은 두 분 형님, 아니 포교님들에게서 듣고 있소. 이제 공수처 설치를 세상에 알리는 것도 머지않았으니 그때까지 수고해 주시오."

조금 뒤에 시어사들의 관리를 맡은 양성지가 올라오고 김육, 곽재우 두 사람도 올라왔다. 주막 문이 닫히면서 하녀들은 주막 뒤의 숙소로 갔다. 이제 주막에 있는 것은 이들과 주모 춘향뿐이다. 춘향은 아래층에서 그날의 수입을 계산하면서 동시에 침입자를 경계하고 있다.

"자, 그동안 우리끼리 야다시를 했지만, 오늘은 우리 공수처의 처장님이 되실 박문수 어른께서 주관하실 것이요."

강호동의 말에 따라 이들은 앞에 미리 준비한 탕약(차) 그릇의 뚜껑을 열었다. 탕약은 음료도 되고 약도 되는 재료로 끓인 차로 도라지, 당귀, 천궁 등이 주재료이다. 야다시(夜茶時)는 사헌부에서 하던 것이나 아직 공식적으로 발족하지 않은 공수처의 전유물이 되고 말았다.

"그동안 고생이 많았소. 여러분이 야다시에서 의견을 교환한 것은 양성지 시어사가 기록한 것을 읽어보고 파악하고 있었소. 오늘은 원균, 이순신 두 시어사의 활동을 먼저 듣고 싶소."

양성지가 붓을 들고 기록할 준비를 하고 있다. 박문수의 말에 따라 원균이 입을 열었다.

두 사람이 어제 간 곳은 마포나루였다. 도성 근처에 여러 개의 난전이 있지만, 경강(京江)상인이 몰려있는 마포나루의 난전이 제일 막강했다. 그들은 이곳을 여러 번 왔지만 올 때마다 자유롭게 상거래를 하는 모습을 보고 감탄했다. 고려가 상업을 통해 번성했다면 조선은 농업을 장려했다. 농자천하지대본(農者天下之大本)이라는 깃발을 내세우고 상업을 억압했다. 선비들은 '의로움은 있어도 이익은 없다'며 생존의 기본이 되는 농업만 중시했다. 조선 전기에는 명나라와 일본과의 중개무역으로 짭짤한 수익이 있었지만, 청나라가 들어서서 일본과 직교역을 하자 조선은 얻어지는 이익이 없게 되었다. 청과 일본이 상업이 발달해서 번성한 것에 비해 상업을 억압한 조선은 가난에 허덕이게 되었다. 모든 것을 농업에 의존하니 흉년이라도 들면 꼼짝없이 굶어 죽는 방도밖에 없었다. 상업이라고는 조정과 왕실 그리고 돈 있는 벼슬아치나 지주들이 찾는 육주비전만 있었다. 서민의 필수품은 시골의 5일장을 돌아다니는 장돌뱅이가 현물로 매매했다. 그러나 쌀농사에서 잉여농산물이 많아지자 공산품에 대한 욕구가 생겼다. 집과 가까운 곳에서 물품을 구하면서 자연스럽게 난전이 탄생했다.

"몇 번 기웃거리니 상인들이 저희를 수상쩍게 여겼습니다. 포도청 밀대나 시전에서 보낸 염탐꾼으로 보는 듯했습니다."

낯선 젊은 양반 둘이 마포 나루를 휘휘 젓고 다니는 것이 의심을 샀다. 물건값을 물어도 대답도 안 하고 외면하기 일쑤였다. 그래서 백인기 포교에게 배운 대로 변장하기로 했다.

"가위바위보로 역할을 나누어 제가 시골에서 상경한 선비, 순신은 짐꾼으로 했는데……"

외모에 어울리지 않는데다 맞는 옷도 없어 할 수 없이 바꿨다는 것이다. 그 말에 좌중의 사람들이 모두 웃었다. 하하하

"마침 고향에서 친하게 지냈던 장사치가 도라지를 팔러왔길래 하루만 제가 빌리겠다고 했습니다."

변장에 속아 넘어간 상인들은 두 냥에서 두 냥 닷 전까지 불렀다. 장사치에게 알아본 금액으로는 단골 가게에서 넉 량은 받을 수 있었다. 이들이 상인이 아니라서 후려치는 것이었다.

"단골이었으면 넉 량 이상은 받을 수 있겠지만, 그것이 한계였습니다."

이들이 시골에서 올라온 주인과 노비행세를 하며 이곳저곳을 돌아다니며 보고 귀동냥한 것은 밀대가 보고하는 것과 차이가 있었다. 보는 시각이 달랐기 때문이다. 원균이 자리에서 말하지 않았지만 어린 시절 동네 불한당을 때려눕히던 기개가 있었다. 가난한 선비로 변장한 이순신 대신 머리를 조아리며 물건값을 흥정했다. 사정도 하고 일부러 화도 내고 눈도 부라리며 진짜 얼치기 상인 행세를 했다. 이것이 다 원균이 진위현의 5일 장에 드나들며 장사치들을 겪어보았기 때문이다. 이에 반해 이순신은 목석처럼 우두커니 바라만 보았다. 대신 단둘이 있을 때 주인의 성격과 물건을 그 가격에 매매할지

안 할지 속셈을 들려주었다. 멍하니 있던 것이 아니라 원균과 주인과 오고 가는 말과 행동을 분석하고 있었던 것이다.

"주막에 들러서 상인들의 이야기를 엿들은 것도 제가 아니라 순신이었습니다. 연신 눈알을 좌우로 돌리고 귀를 쫑긋하는 게 보이더군요. 하하하"

그래서 이순신은 밥도 다 먹지 못했다고 한다. 원균이 몸으로 부딪치는 일을 잘했다면 이순신은 행동하기 전에 관찰하고 분석하는 것에 능했다.

"도라지는 그 장사치에게 돌려주었습니다. 마포나루에 단골이 있어 그곳에 넘길 것입니다."

상거래 질서가 엉망이라는 것을 알게 된 박문수는 혀를 찼다. 신뢰가 없는 곳에서는 협잡과 부패가 생겨나기 마련이다. 그것을 바로잡는 것이 법을 집행하는 사헌부인데 그곳이 썩었다. 부정을 단속해야 할 감찰에게 뇌물을 먹이면 죄를 짓고도 아무 처벌도 당하지 않는다. 임금도 열일곱에 궁을 나와 경복궁 옆 사저에서 백성과 어울려 살아 그런 말을 듣고 보기도 했을 것이다. 그러니까 공정해야 할 사헌부가 나라보다 개인과 당파의 이익을 추구하니 공(公)을 지키는 공수처의 필요성을 느꼈을 것이다.

"공수처가 설치되면 차차 손을 댈 사항이고 곽재우, 김육 시어사는 어떤가?"

이들 시어사는 자기가 태어난 곳의 인물을 가명으로 썼다. 세조 때 명신 양성지나 임진왜란 때 의병장인 곽재우나 대동법을 만든 김육의 이름을 따왔다. 시어사의 본명과 집안 내력은 오직 박문수와 강호동만이 알고 있다. 원균과 비슷한 성격의 곽재우가 입을 열었다. 그는 체구는 크지 않았지만 단단한 몸이었다. 시문에 능한 문과 급제자였지만 지리에 밝고 병법도 능해 병조의 벼슬아치로 적합했다. 경상도 출신이라 사투리를 심하게 썼는데 몇 년 사이에 완전히 서울 사람처럼 억양과 사투리를 바꿨다. 양성지도 김포 사람으로 키는 크지 않았지만 단아하고 머리가 비상하게 잘 돌아갔다. 그의 본명과 집안내력도 다른 시어사들은 잘 모른다. 공수처가 발족해 자리잡기 전까지는 모든 것을 비밀로 해야 했다. 집안 자랑을 드러내 놓고 하는 것은 오직 원균뿐이다. 종로의 육주비전을 돌며 정보를 수집하던 곽재우가 보고했다.

"김학유 집의는 북촌에 새집을 짓고 있습니다. 그 비용은 시골의 땅을 판 돈이라고 했지만, 한강을 오르내리는 선주들의 돈으로 짓는다는 소문입니다."

"드러내지 않고 옴츠리던 김학유가 새집을 짓는다…… 얼마 전과는 다른 모양이오."

박문수를 집요하게 미행 감시하던 때와 다르게 변화했다. 노론 비자금의 존재를 알린 것이 박문수가 아니고 임금이 궁을 나와 암행할 때 우연히 들은 첩보라 하니 방심한 모양이었다.

"사헌부 내의 동태는 어떤가?"

고대수가 부하이자 공수처 밀대인 똘이를 통해 주기적으로 언문 편지를 보내고 있다. 그래도 시어사를 통해 내용을 비교해 보려는 것이다. 곽재우는 안태건이 점점 난폭해져 감찰과 아전 등 밑의 사람들의 고통이 가중되고 있다고 했다.

"감찰 중에 문제 있는 사람은 없던가?"

"김용전 감찰에게 문제가 있습니다. 마포나루의 객주에 여춘삼이라는 자가 있는데 둘이 최근 들어 부쩍 가까워졌습니다."

이 사항은 박문수도 고대수에게서 듣지 못한 것을 보니 사헌부 내에서는 잘 모르는 모양이다. 곽재우의 말에 의하면 김용전이 어려서 마포에 산 적이 있는데 여춘삼과 동네 친구였다고 했다. 아버지가 일찍 돌아가셔서 외가가 있는 마포로 이사와 친구가 되었다고 한다. 어려서는 허물없이 함께할 수 있지만, 양반과 상인의 신분이 다르고 이제 김용전은 위세있는 사헌부 감찰이 아닌가. 공적인 일로 상인을 대할 수는 있지만, 사적으로 상인과 어울리는 것은 삼가야 한다.

"김용전은 노론의 자금을 관리하는 자인데 빼돌린 돈이 객주에게 흘러가는 게 아닌가?"

"그런 것은 아닙니다. 김학유가 출납을 수시로 점검하니 딴짓은 못할 것입니다."

"그러면?"

"김용전이 원래 욕심이 많은 자라 뒤를 봐주겠다고 하면서 돈을 뜯는다고 합니다. 여춘삼도 양반 감찰과 친구임을 자랑하며 객주들 사이에서 위상을 높이고 있답니다."

사헌부 감찰이 친구라거나 친척이라고 하면 세상살이에 도움이 된다. 돈 문제나 소송 문제가 얽혀 있을 때 포도청이나 사헌부, 의금부의 관헌이면 검은 것도 희게 만들고 흰 것도 검게 만든다. 든든한 배경이 있는 여춘삼은 마포 객주들 사이에서 어깨에다 힘주고 다닐 수 있다. 김용전은 그것을 잘 이용하는 것이다.

"김학유가 시전의 뒷배라면 김용전은 몰래 난전의 뒷배가 되고 있습니다. 노론에서도 알지만, 중개역할을 맡기려는지 그냥 놔두는 것 같습니다. 그쪽 자금력도 만만치 않거든요."

한감찰이 뒤집어쓴 비자금 장부 도난 사건도 송파 객주 때문에 벌어진 일이다.

"노론에 몰래 줄을 대고 있던 송파가 끊어졌으니 마포에 눈을 돌리는 것입니다. 요즘 들어 마포나루의 세가 시전을 압도하고 있습니다."

박문수는 조정의 비호로 자라나는 화초와 스스로 뿌리 내리는 잡초가 경쟁이 될 수 없다는 생각이 들었다. 그동안 상업을 억눌렀지만, 농업의 발달로 잉여농산물이 늘어나고 욕망이 커지는 지금은 많이 변했다. 일부 양반들은 몰래 집안의 종을 내세워 난전의 상업에 투자하고 있다.

"원균 어사의 말도 그런 것이지. 양성지 어사는 왜 말이 없는가?"

아까부터 심각한 표정으로 바라만 보고 있던 양성지가 박문수의 말에 움칫하고는 입을 열었다.

"나리, 송파 객주의 비자금 장부가 있다는 것이 정말 주상 전하가 암행 나오셨다 알게 된 것입니까?"

"그렇소. 진실이 밝혀지니 내 꽁무니를 쫓아다니는 것을 그만둔 게 아니겠소?"

"김학유는 그렇게 보지 않을 겁니다. 그자는 나리께서 주상에게 알렸다고 아직도 믿고 있을 것입니다. 경계해야 합니다."

양성지가 목에 힘주어 말했다. 이순신처럼 아주 내성적인 성격은 아니지만, 말수가 적다. 그러나 말할 때는 박력이 느껴진다.

"그건 어디까지나 양어사의 추측일뿐이오. 승정원을 통해 올렸으면 모두 알 것 아니겠소?"

"아니지요, 나리는 주상께서 암행을 나오셨을 때 전달하셨습니다. 상인들이 지들끼리 하는 말처럼 꾸미셨지요."

"오호? 그 당시 양어사가 주상 뒤를 졸졸 따라다니지 않았을 텐데 어찌 단언하오?"

박문수는 여전히 시치미를 뗀다.

"나리께서 송파의 객주를 만나시지 않았습니까?"

양성지가 정색을 하고 되묻자 박문수는 뜨끔했다. 지금의 임금(영조)이 왕세제로 있을 당시 임금(경종)을 독살하려는 음모가 있다고 목호룡이 고변했다. 그래서 노론이 처참하게 무너졌을 때 박문수는 노론에 돈을 대는 물주를 은밀히 찾아냈다. 송파 객주는 겁에 질려 집에만 처박혀 있었으나 몇 년 뒤 경종이 승하하고 왕세제가 임금이 되자 비로소 기지개를 켰다. 박문수에게서 송파 객주의 존재를 들은 임금은 등극하자 객주를 붙잡아오게 했다. 노론이 소론을 도륙낼 기세였기 때문이다. 아니나 다를까. 사헌부를 시켜 송파 객주를 붙잡자 노론은 잔뜩 긴장했다. 그래도 다행인 것은 송파 객주가 자살한 것이지만 비자금 장부를 잃어버렸으니 불씨는 여전히 남아 있는 것이다.

"나리, 객주는 도대체……"

양성지가 재차 묻는데 아래층과 연결된 종이 울렸다. 달랑달랑. 아래층의 춘향이 수상한 움직임을 느낀 모양이다. 김육이 얼른 호롱불을 껐다. 창문을 검은 천으로 가렸기에 밖에서는 사람이 없을 것으로 보일 것이다. 멀리서 순라꾼이 박을 때리는 소리가 들렸다.

따악따악

박문수가 살짝 천을 열어 밖을 내다보았다. 장옷을 뒤집어쓴 사내가 벽에 바짝 몸을 대고 주막을 바라보고 있었다. 좁고 어두운 골목길이었지만 보름 달빛이 사람 그림자를 뚜렷하게 만들었다. 사내는 얼른 주막 앞으로 와서 문을 여러 번 두드렸다. 한참 후에 춘향이 사람 얼굴이 드나들 수 있는 쪽문을 조심스럽게 열었다. 아무 말이 없자 사내가 작은 목소리로 말했다.

"비단전 홍행수요. 낮에 마신 동동주, 남아 있으면 좀 주시오. 병석에 누운 선대 주인께서 부탁하는 게요."

아무 대답이 없자 사내가 애원을 한다. 망령든 노인께서 소리를 지르고 있다고.

"좀 계시우."

춘향이 술을 가지러 갔는데 사내는 안절부절못한다. 잠시 후에 사내가 쪽문으로 돈을 건네자 술병이 밖으로 나왔다. 사내는 얼른 받아들고 장옷을 뒤집어쓰고는 빠른 걸음으로 골목을 나갔다. 박문수가 손짓으로 호롱불을 켜게 했다. 잠시 후에 성춘향이 위로 올라왔다.

"낮에 왔던 단골 비단전 행수예요. 용케 순라에 붙잡히지 않았군요."

"장옷까지 뒤집어쓰고 술을 사러왔던 말이요?"

"큰일 났어요. 술이 맛있다고 찾는 손님도 많아지고 저렇게 한밤중에도 오니……"

술집을 해서 돈을 버는 것이 목적이 아닌지라 춘향은 연신 불평했다. 자신이 주모라는 것이 드러날까 봐 손님 접대는 얼굴 예쁜 여종을 앞세우고 본인은 부엌에만 들어가 있다. 박문수는 히죽 웃었다. 이몽룡과 다시 합쳐지지 않으면 죽을 때까지 주막을 해야 할 것이다.

"자, 오늘 야다시는 이만 합시다."

박문수는 야다시를 끝냈다. 이들은 주막 뒤의 숙소로 들어가 한숨 자고 내일 아침 돌아갈 것이다.

이몽룡 앞에 한 남자가 마주 앉았다. 우포도청의 밀대이자 비단전 행수였다. 그의 앞에는 한 장의 인상서가 놓여 있었다. 춘향의 얼굴이다.

"종사관님, 분명합니다. 주모의 얼굴입니다."

밀대의 말에 몽룡은 물끄러미 인상서를 보았다. 춘향이 평택에 있는 박문수 처가에서 신세를 지고 있다가 서울로 왔다는 첩보를 입수했다. 여종 여럿이 함께 올라왔다는데 박문수의 집에 머물지 않았다. 몽룡은 밀대를 풀어 춘향의 행방을 찾았다. 기생의 딸인 그녀가 할 수 있는 것은 침모나 찬모를 하거나 주막을 연 것으로 판단했다. 도성 안을 샅샅이 뒤졌는데 드디어 종로 피맛골 주막에서 수상한 주모를 발견했다. 음식이 전라도식으로 매우 맛있는데 정작 이것을 만든 주모는 모습을 숨기고 있었다. 비단전 홍행수가 여러 번 찾아갔지만, 칸막이 너머 부엌에서 일하는 주모의 얼굴을 볼 수는 없었다.

"일하는 하녀들이 밤늦게 근처의 숙소로 돌아가면 주모 혼자 지키고 있다는 말을 들었습니다. 그래서 통금 시간에 주막을 찾은 것입니다."

밀대는 주모의 얼굴을 확인하기 위해 순라꾼을 피해 술을 사러 온 것으로 속인 것이다.

"수고했네. 그만 가 보게."

행수가 돌아가자 몽룡은 춘향의 인상서를 바라보며 깊은 생각에 잠겼다. 춘향이 생계를 위해 주막을 열 수는 있다. 그리고 포도청 종사관 첩의 신분을 드러내기 싫어 모습을 안 보일 수도 있다. 하지만 어쩐지 그 뒤에 박문수의 그림자가 보인다. 그는 임금의 최측근으로 노론에 의해 벼슬자리를 잃었다. 한동안 처가에 머물면서 낚시나 하며 소일하다가 최근에는 서울에 올라와 사람들을 만나는데 시국에 대한 말은 입 밖에 내지 않는다고 했다. 그것이 더 수상했다.

"수상한 박문수와 수상한 성춘향."

몽룡은 박문수와 춘향이 잠자리를 같이하는 것을 상상하고는 질투심에 빠졌다. 아니다, 아니다. 박문수가 여색에 빠졌다는 말을 들은 적이 없다. 춘향 또한 남원에서 변학도의 혹독한 매질에도 정조를 지키지 않았던가. 함부로 몸을 굴릴 여자가 아니라는 것을 안다.

"그렇다면…… 주막에서 정보를 입수해 주상에게 전하는 것일까?"

주막의 진짜 주인이 누군지 알 수 없었다. 몽룡은 박문수가 임금에게 노론 비자금의 존재를 알렸다고 한동안 노론의 감시를 받았다. 얼마 전에는 관련 없다고 감시가 풀어졌다고 들었다.

"아니야. 박문수가 그렇게 손쉬운 인간이 아니지."

몽룡은 자리에서 벌떡 일어났다. 춘향을 만나러 가겠다고 나섰지만, 신발을 신으면서 마음이 변했다. 어머니가 춘향을 받아들이지 않기로 한 이상 그가 할 수 있는 행동은 없다. 어머니는 춘향이 곁에 있으면 재혼하지 않을 것을 걱정하는 것이다. 재혼은 쉽지 않은 일이다. 아이가 여럿 딸린 자기에게 어떤 양반집 처녀가 오겠는가. 형편이 어려운 양반집에서 시집을 보낼 수는 있다. 하지만 춘향에게만 애정을 쏟고 아내와는 애정없이 여러 해 산 것도 미안한 일이다. 그런데 또 반복하란 말인가. 이몽룡에게 시부모 모시고 아이나 기르는 아내는 필요 없다.

"어쩌란 말이냐? 춘향아."

몽룡은 바닥에 놓인 춘향의 인상서를 바라보았다. 춘향도 울고 있는 것 같았다.

사헌부는 아침부터 부산을 떨었다. 야다시가 없어진 대신 그때그때 현안이 있으면 김학유의 주재로 회의를 연다. 감찰 여럿의 의견을 듣는 게 아니라 김학유의 결정에 따르는 요식이다.

사헌부에는 여러 종류의 인간이 있다. 감찰 성암인 경우 상명하복을 잘하는 전형적인 관리이다. 이런 류의 감찰은 상급자가 시키는 대로 꼭두각시처럼 움직인다. 상급자의 명령에 맞춰 하라면 하고 하지 말라고 하면 안 한다. 두 번째는 안태건 장령같이 상급자에게는 공손하나 하급자에게는 난폭하게 대하는 불한당 같은 자가 있고 세 번째는 김학유처럼 높은 직위를 이용해서 돈과 색을 밝히는 자가 있다. 노론 명문가의 후손이지만 부정으로 과거에 합격해 벼슬한 뒤 온갖 사악한 행동을 했다. 네 번째는 오신만 감찰처럼 사헌부를 출세의 발판으로 삼는 자와 직위를 이용해 금전을 탐하는 김용전 같은 자도 있다. 그리고 마지막으로 조강인처럼 강직한 성품으로 사헌부 본분에 충실한 감찰도 있으나 한두 명뿐이다. 예전에는 사헌부가 부정부패를 막는 첨병이 되었을 때도 있었으나 지금은 부정부패의 소굴이 되었다. 대사헌 김간이 신병으로 출근을 못하겠다는 통보를 받자 김학유가 이때다 싶어 회의를 열었다. 탕약을 든 다모들이 들어와 회의에 참석한 감찰들 앞에 탕약을 내려놓았다. 오감찰이 먼저 보고했다.

"시전 도중을 파헤치라는 호조의 명이 다시 있었으나 집의님 말씀대로 거부했습니다."

시전이 금난전권을 앞세우고 행패부리는 사건이 빈번하자 호조에서는 사헌부에 단속을 명했다. 그러나 시전과 밀착한 김학유가 사헌부의 실세인데 조사가 이뤄질 리 없다. 호조판서가 다시 조사를 재촉했지만, 사헌부가 까뭉개고 있는 것이다. 오감찰이 내민 문서에는 호조판서가 직접 글을 써서 시전에 대한 수사를 촉구했다. 내용은 시전의 죄악상을 숨겨주는 사헌부에 대한 질타도 포함되어 있었다. 한참 글을 읽어내려가던 김학유가 흥 하고 코웃음 쳤다.

"은혜를 모르는 인간이군. 도대체 얼마나 받아먹었나?"

작년에 호조판서 아들이 길 가던 양반집 규수를 성희롱하다가 붙잡혀 왔을 때 아버지의 간청으로 풀어준 일이 있었다. 둘째 사위를 피폐한 산골의 현령에서 짭짤한 수입이 있는 고을로 옮겨도 주었다. 얼마 전까지만 해도 김학유를 보면 고마워하던 호조판서다. 난전이 얼마나 돈을 싸들고 청탁하면 이럴까 하며 언젠가 손을 봐야겠다고 다짐했다. 김용전의 차례가 왔다.

"그만둔 박감찰을 다시 소환해서 처벌하라는 상소가 빗발치고……"

김용전이 김학유의 눈치를 보고 말을 이었다.

"상소가 여러 곳에서 올라왔다고 합니다."

박감찰은 도성과 거리가 먼 송파와 누원장을 돌아다니며 상인들을 협박해서 돈을 갈취했다. 이 사실이 사헌부에 알려졌지만, 사직 처리로 끝났다. 그러자 지금까지 쥐죽은 듯하던 소론에서 이 문제를 계속 물고 늘어졌다. 난전에 뒷돈을 대던 노론 계열의 양반들도 들고일어났다. 박감찰은 노론계열이 아닌 남인 집안이었기 때문이다.

"알고 있네. 하지만 박감찰은 우리 사헌부 출신 아닌가. 덮세."

현직의 사헌부 관리가 처벌되는 예는 별로 없다. 사헌부는 청요직으로 이곳을 거쳐야 고관이 될 수 있다. 이런 자부심이 사헌부가 곧 자기 자신이라는 등식이 되어 잘못이 있어도 싸고돈다. 예외적으로 한명철 감찰이 팽형을 당한 것은 그가 노론의 급소를 찔렀기 때문이다. 대사헌이 부재한 상태에서 감찰들의 회의는 김학유의 지시로 끝났다. 예전의 야다시처럼 부정부패한 관리들을 적발하기 위한 회의는 이제 없다. 고위급의 부정부패는 모른 체 넘어간다. 그래도 가끔 자질구레한 부패 사건을 적발해 처벌하고는 사헌부가 부패척결에 앞장서는 것처럼 자랑할 뿐이다.

감찰들이 자리를 뜨자 다모들이 들어와 탕약 그릇을 내갔다. 혼자 남은 김학유는 서랍에서 수행 평가서를 들여다보았다. 감찰들의 업무실적을 평가해서 승진 여부를 점수 매기는 것이다. 감찰이라도 같은 것이 아니다. 상급자들이 늘 주시하고 평가해서 승진 시기가 오면 우선 발탁한다. 가장 뛰어난 점수를 받은 것은 조강인 감찰이다. 책임감이 강하고 수사 능력이 뛰어나 아전들 사이에서 신임받는다. 당파도 없으니 매사 공정하다는 소리를 듣는다. 김학유가 노론으로 끌어들이고 싶어도 안태건 장령의 평가는 부정적이다. 고분고분하지 않다는 것이다. 다음은 노론의 재정을 맡은 김용전이다. 오신만 감찰이 올린 비밀보고서를 보면 마포 객주 여춘삼과 유착관계라 한다. 김용전은 노론의 비자금 관리자로 김학유의 청지기가 가끔 정치자금을 숨겨둔 곳으로 가서 확인해 보면 한 푼도 어긋남이 없다. 또 객주에게 귀한 화장품을 얻어 김학유 부인에게 상납하지 않는가. 살살이처럼 손바닥을 비비면서 승진 경쟁자를 헐뜯는 오신만이 믿음직스럽지 않다. 언제든지 뒤통수 칠 수 있는 자이다. 밖에서 서리가 외친다.

"집의 나리, 팔판동 영감님이 오셨습니다."

김학유는 그제야 전직 이조참판과의 약속을 되살렸다. 그의 조카가 돈푼이나 있는 지주들에게 주인이 있는 땅을 속여서 팔았다고 한다. 양반이니 의금부소관이나 죄질로 봐서는 포도청에서 다룰 사안이었다. 주범인 조카는 도망쳐 큰아버지의 집에 숨었고 나머지 두 명의 종범은 좌포도청 감옥에서 처벌을 기다리고 있다.

"어이구, 영감님. 몸도 편치않으신 데 어찌 오셨습니까?"

사기 친 돈을 반환하지 않았기에 주범은 중죄였다. 그러나 김학유가 압력을 넣어 슬쩍 빠지고 종범 두 명만 처벌당했다. 참판이 이렇게 직접 찾는 것은 감사의 인사일 것이다.

노론은 돈이 필요했다. 역적으로 몰려 죽은 노론들의 신원을 위해서는 돈을 뿌려야 했다. 가산을 잃은 사람에게는 생활기반도 마련해 주어야 한다. 정치 수완이 좋은 노론은 정치자금을 오랫동안 시전에서 구했다. 하지만 시대가 변하기 시작했다. 시전상인이 조정과 왕실에 납품하면서 구축한 상권이 새로운 상인들의 등장으로 흔들리기 시작했다. 농업의 발달로 귀한 쌀이 흔해지자 지주들은 다른 것을 찾기 시작했다. 예전에는 쌀이 많이 생산되어도 운송수단이 마땅치 않아 지역에서 소비할 수밖에 없었다. 그러나 해안선을 타고 오가는 배의 운송업이 발달하면서 쌀을 팔아 공산품을 사들이는데 눈이 뜨게 되었다. 이렇게 상공업이 발달하게 되었다. 조정의 허가를 받아 장사하는 시전(市廛)과 달리 자연스럽게 형성된 상인집단을 사람들은 난전(亂廛)이라고 불렀다. 이들은 시골의 5일 장에 계란 한 꾸러미나 먹고 남은 채소 등을 갖고 나와 파는 것에서 나루터에 가건물을 짓고 규모 있게 매매하는 상인으로 발전했다. 이제는 마포나루, 칠패, 송파, 누원 등에 버젓한 점포를 세워 물건을 파는 수준으로 바뀌었다. 포도청의 포졸은 급료를 받지 못했기 때문에 수공업도 병행했다. 수공품을 포졸의 아낙이 남대문 밖 칠패장에서 판매했다. 이렇게 이익을 추구하는 상업이 활발해지자 이들은 자신의 이익을 대변할 권력의 줄을 찾았다. 집권당은 이것을 잘 이용해서 양쪽에서 돈을 받았다. 장사꾼은 집권당은 물론이고 밀려난 당에도 은밀히 돈을 전했다. 정권이 바뀔 때를 대비한 것이다.

종로의 시전은 동대문에서 남대문까지 늘어선 점포이다. 시전은 관에서 지은 건물이라 세를 내야 한다. 이 거리를 사람이 구름처럼 모였다가 흩어진다고 해서 운종가(雲從街)라고 부르기도 한다. 이들에게는 도중(都中)이라는 상인조합이 있다. 이들의 목적은 자신들의 이익을 지키는 것으로 경쟁자인 난전의 움직임은 물론이고 정계의 흐름도 파악하느라 촉각이 곤두서있다. 이들은 상인들을 관리하는 호조와 평시서의 관리들에게 뇌물을 뿌렸다. 은밀하게 거래하는 별장은 북악산 중턱에 있는데 근처에 민가가 없어 사람 눈에 띄지 않는다. 결정권을 가진 권력과 상인의 이익이 유흥 속에서 녹아내리는 추악한 곳이다. 며칠 전 호조의 고관들도 왔었다. 그들은 이곳에서 기생들의 시중을 받으며 시전상인 대표들과 모의를 했다. 상인들은 법을 어기고 막대한 부당이익을 챙겼지만 두려운 구석도 있었다. 그것은 정경유착을 감시하는 사헌부였다. 이들의 눈에 띄면 시전의 상인은 물론이고 벼슬아치도 붙잡혀 치도곤을 당한다.

"사헌부를 우리 편으로 해야 하오. 자칫하면 패가할 수 있소."

벼슬아치는 기껏해야 곤장 몇 대 맞고 귀양가지만, 상인은 재산을 몰수당할 수도 있다. 몇 차례 그런 모습을 본 상인들은 사헌부를 내 편으로 해야 했다. 뇌물도 주어야 하지만 유흥을 즐기는 김학유 같은 자에게는 수시로 접대도 필요했다.

"김학유는 아주 난잡한 자라는 말을 들었소. 어찌 접대할 거요?"

“그자가 그러면 우리도 거기에 맞춰 망가질 수밖에 없소.”

시전의 지도부는 김학유와 몇 명의 감찰을 별장에서 접대하기로 했다. 상인들은 날짜를 통보하고 만반의 준비를 하고는 김학유 일행을 맞이했다.

해가 막 서산으로 기울 때 시전에서 보낸 가마 셋이 별장 앞에 도착했다. 맨 먼저 내린 것은 김학유였다.

“어서 오십시오. 나리.”

김학유가 거드름을 피우며 앞장서고 그 뒤로 안태건과 오신만이 뒤를 따랐다. 원래 김용전도 오려고 했으나 김재로가 부르는 바람에 빠졌다. 별장은 웅장했다.

“아주 잘 지은 집이오.”

마당에 들어서자 부엌에서 풍기는 음식 냄새가 나란히 서서 환영하는 기생들의 분내에 묻혀버렸다.

하하하

자리에 앉은 김학유는 양옆에 도성에서 제일 예쁜 기생 둘을 앉히고 의기양양했다. 술자리에는 안태건 장령과 오신만 감찰도 함께 했다. 목호룡의 고변으로 사헌부 장령에서 쫓겨나 귀양살이할 때의 고초가 머릿속에서 주마등처럼 흘러갔다. 노론 사대신을 비롯해 중추적인 인물들이 사약을 받았다. 그의 집안 남자들도 죽거나 귀양을 살았다. 하지만 천운으로 경종이 죽고 그들이 택한 임금이 왕이 되니 숨끊어지기 직전에 부활한 것이다. 복수의 피비린내가 진동하는 가운데 달콤한 권력이 폭발했다. 소론의 숨통을 완전히 끊지 못한 것이 유감일 뿐이다.

"하하하, 고맙소. 여기는 삼경 육조판서나 오는 곳인지 알았는데 내가 올 줄 몰랐소."

"아이고, 집의 나으리. 별말씀을 다하십니다. 그분들이 벼슬이 높아도 심지가 단단한 나리만큼은 못 되지요."

도중 장일도가 조카뻘 나이의 김학유에게 아부를 떨었다. 함께 술자리를 한 상인들도 마찬가지로 아부를 떨었다. 그들에게 판서보다 사헌부 집의가 더 높은 벼슬아치다.

"으음, 나를 과대평가하는 것 같소. 당신들에게 아무런 이익을 못 주는 사법관리일 뿐이요."

사헌부 일이라는 것이 법을 어긴 자를 처벌하는 것이다. 그러나 죄를 지었어도 처벌하지 않으면 그것이 바로 이익이다.

"나으리, 우리에게 직접 이익은 주지 못하시지만 대신 칼이 있지 않습니까? 휘두르면 저희 같은 장사치들은 그냥 베이는 거지요."

장일도의 말에 김학유가 크게 웃었다. 사헌부의 권력을 직시했기 때문이다. 술이 몇 잔 돌아가고 기생들이 춤을 추었다. 밤이 익어가자 술에 취한 김학유가 옷을 벗었다.

"오늘 날씨가 무더운데 술까지 들어가니 더욱 무덥구려."

봄치고는 이상하게 더운 날씨지만 이 밤이 옷을 벗을 정도는 아니다. 그럼에도 김학유가 옷을 벗자 시전의 객주들도 옷을 벗어 웃통을 드러냈다. 기생들도 춤을 추면서 하나씩 옷을 벗었다. 다른 손님이 있는 기생집도 아니니 알몸이 된들 누가 탓할 것인가. 마침내 김학유를 비롯한 사헌부의 관리들도, 시전 상인도, 기생들도 아랫도리만 가린 차림이 되었다. 김학유가 절세 미녀의 기생을 품에 안고는 도중 장일도에 묻는다.

"듣기로 장도중은 재취를 하셨고요. 나이 차이가 크다고 들었는데…… 또 엄청난 미인이고."

장일도가 어색하게 웃었다. 나이가 오십 가까이 된 그는 오 년 전 가난한 중인의 딸을 아내로 맞았다. 큰아들의 나이가 지금 서른인데 스물다섯의 아내와 사는 것이다.

"하하하, 역시 돈이 좋아. 안 그렇소? 여러분."

김학유가 상인들을 둘러보며 소리치자 맞습니다! 하고 맞장구를 쳤다.

"이보게. 오감찰 안 그런가?"

묵묵히 술잔을 들이켜던 오감찰이 지목당하자 깜짝 놀라 소리치듯 말했다.

"네, 네. 지당하십시다."

"하하하. 이런 자리는 처음인 모양이군. 나하고 같이 다니면…… 읔."

김학유가 과음했는지 술을 토했다. 주위 사람들이 놀라서 상 위 음식에 토하는 것을 그냥 바라볼 뿐이었다. 비틀거리며 자리에서 일어난 김학유가 바람 쐬러 가겠다고 일어섰다. 기생들과 오감찰이 따라나섰지만, 그냥 앉아 있으라고 명령하고는 혼자 나갔다.

휘청휘청

마루로 나온 김학유를 본 여자가 놀라서 어맛! 했다. 벌거벗은 남자를 보고 놀란 것이다. 아랫도리만 가린 김학유가 비틀거리며 걷다가 멈춘 곳은 부엌이었다. 음식을 만들던 여인네들이 비명을 지르며 뛰쳐나갔다. 곁방에 있던 아낙만 어쩔 줄 몰라서 떨고 있는데 술 취한 김학유가 보니 절세미인이었다. 김학유는 침을 질질 흘리며 다가갔다.

"너는 이름이 뭐냐? 어디 기생이냐?"

아낙이 밀치고 빠져나가려 했지만, 술 취한 김학유가 팔을 움켜쥐고 놔주지 않았다.

"이름이 무어야? 초월이, 미향이?"

"나리, 놔 주십시오. 저는 남편이 있는 유부녀입니다."

아낙은 소리를 치려고 했지만, 입안에서 맴돌 뿐이었다. 아낙은 시전 도중 장일도의 후처였다. 귀한 손님이 오신다고 남편이 부엌에서 감독하게 한 것이었다.

"남편 누구?"

"도중의 처입니다."

김학유는 앞에서 떨고 있는 여자가 도중의 후처임을 알았다. 그러자 갑자기 오기가 생겼다. 자신은 남들이 두려워하는 사헌부의 집의지만 세 살 위인 늙은 아내와 산다. 그런데 돈 있는 놈은 이렇게 나이 어리고 예쁜 계집과 재미를 보고 있지 않은가. 김학유가 젖가슴을 움켜쥐자 아낙이 비명을 질렀으나 역시 입안에서 삼키고 있었다.

"늙은 서방보다 내가 더 어울릴 거다."

김학유는 도중의 처를 자빠뜨렸다. 그리고는 속옷을 벗어버리고 덮쳤다. 아낙은 비명도 지르지 못하고 옷이 벗겨지고 밖에서는 여인네들이 비명을 질렀다.

악몽의 시간이었다. 시전의 객주들이 달려왔을 때 도중의 처는 겁탈을 당하고 울고 있었다. 욕심을 채운 김학유는 바닥에 엎어져 드르렁드르렁 코를 골고 있었다.

5
녹슨 칼, 사헌부

김학유의 별장 강간사건은 엄청난 후폭풍을 몰고 왔다. 술에서 깬 김학유는 엄청난 일을 저질렀음에도 아무 말 없이 별장을 떠났다. 남편을 도우러 왔다가 참담한 꼴을 당한 장일도의 후처는 자리에 누웠고 시전상은 모두 입을 닫았다. 사헌부는 별일 아니라는 듯 평상시처럼 움직였지만, 내부적으로 긴박하게 돌아갔다. 김학유는 평상시와 다름없이 사헌부에 출근하고 안장령과 오감찰을 불렀다.

"아, 내가 너무 취했나 봐. 기생하고 유부녀를 구별 못 하다니……"

김학유는 겸연쩍은 얼굴로 술에 취한 것이 실수였다는 변명만 늘어놓았다. 그리고는 집무실 문을 닫아걸고 아무도 만나지 않았다. 퇴근 때에도 홀로 나섰다. 안장령이나 오감찰도 별장의 사건을 입밖에 내지 않았다. 사흘 뒤에 안태건이 면담을 요청했다. 장일도의 처가 고발했다는 것을 의금부에서 알려왔다는 것이다.

"집의님. 문제가 더 커지기 전에 덮어야겠습니다."

김학유는 고개를 떨어뜨리고 침통한 표정을 지었다. 시전의 우두머리인 도중의 처를 겁탈했지만 이렇게 고발할 줄은 예상치 못했다. 하찮은 장사치의 계집 아닌가.

"장도중의 처가 율관의 딸이라 고발장을 직접 써서 의금부로 가져왔다고 합니다."

율관(律官)은 법을 다루는 아전을 말한다. 법을 아는 똑똑한 여자이니 사헌부로서도 감당이 쉽지 않다. 방법은 의금부에서 고발장을 묵살하거나 시전을 압박해 취하하는 것이다. 안태건 장령은 의금부에 있다가 사헌부로 자리를 옮긴 조강인 감찰을 불렀다. 인맥도 있고 신망도 있기에 그의 부탁이면 해결할 수 있을 것으로 생각한 것이다. 그러나 조감찰의 반응은 차가웠다.

"장령님. 그 문제는 의금부에서 처리할 것인데 왜 제가 막아야 합니까? 제 직책으로는 할 수 없는 일입니다."

맞는 말이다. 의금부에 재직했다는 이유만으로 엄청난 죄를 지은 김학유를 옹호할 수는 없다. 안태건이 사나운 눈으로 노려보고는 뒤돌아서는 조감찰에게 소리쳤다.

"두고 보자! 네가 무사한지."

조감찰에 거절당하자 안태건은 오감찰을 불러 시전을 협박하게 했다. 오신만은 별장에서 김학유의 추잡한 행동을 목격했지만, 누구에게도 말할 수 없었다. 그에게는 아들이 없었다. 하지만 아내를 사랑하기에 첩을 들이라는 주위의 권유도 뿌리쳤다. 기생집에 가서도 음담패설에 맞장구는 쳐도 잠자리는 하지 않았다. 그러기에 유부녀

그것도 자신을 초청한 도중의 젊은 아내를 겁탈한 그런 행위가 용납되지 않았다.

'남자가 그럴 수도 있지.'

오신만은 애써 김학유의 행위를 옹호해 본다. 그러나 매춘과 강간은 엄연히 다른 것이다. 그는 자신을 설득하는 일이 이렇게 힘든 일인지 몰랐다. 높은 벼슬을 못한 조상을 둔 그의 목표는 승진이다. 간. 쓸개 다 빼놓고 위로 올라가 마지막에는 영의정 자리에 오르는 꿈을 늘 꾸고 있었다. 사헌부가 바로 그 꽃길이다. 가난했던 그에게 가문의 명예를 높여주기 바라는 일가친척의 도움이 많았다. 지금이 선택의 순간이다. 김학유의 비행을 막아주면 노론의 신임을 받아 승진의 길이 열린다. 그러나 거부하면 벼슬길이 끝난다.

"망설이고 있는가? 그러면 김용전에게 넘기겠네."

안태건의 말에 그는 펄쩍 뛰며 말했다.

"아닙니다. 어떻게 해야 시전 장사치들의 입을 막을 수 있을까 궁리 중입니다."

사헌부 내에서 승진하려면 김용전 감찰과의 경쟁에서 이겨야 한다. 그는 김용전이 노론 영수 김재로의 신임을 받는 것을 늘 경계하고 있었다. 난전과 줄 대고 있는 것을 고자질했지만, 반응이 없었다. 일러바친 사실을 알면 김용전이 가만있지 않을 것 같아 께름칙했다. 그런데 이제 확실히 김재로의 신임을 받을 기회가 왔다.

"내일쯤 시전에 가보겠습니다."

오신만이 시전에 나가기로 결심을 굳혔을 때 종로 시전의 상인 조합인 도중에서는 회의가 한참 진행 중이었다. 회의 주재자는 대행수가 하고 장일도는 구석에서 고개를 푹 숙이고 있었다. 아내가 자리에서 일어나 고발문 쓰는 것을 막지 못했다. 김학유가 후안무치한 놈이지만 자신이 아내를 별장으로 불렀던 것에도 책임이 있다.

“사헌부 집의를 접대해서 시전의 이익을 도모하려다 낭패를 보게 되었소. 도중님 댁의 봉변도 안 된 일이지만 부인께서 의금부에 소장을 냈으니 불똥이 시전으로 튈까 두렵소이다.”

상인들은 이것으로 사헌부와 등을 지게 되면 난전과의 다툼에서 배경을 잃게 된다. 무섭게 치고 올라오는 난전의 위력을 자신들의 힘만으로는 버틸 수 없다. 적당한 선에서 끝내자는 상인과 그냥 지나치면 난전이 얕보고 시전을 함부로 대할 것이라는 상인이 대립했다. 열띤 토론이 있었지만, 사헌부와 대적한다는 것은 계란으로 바위치기라는 현실론에 부딪쳤다.

“도중님, 몹시 어려운 부탁이나 부인이 의금부에 낸 고발장을 취하해 주기 바랍니다.”

대행수가 고개를 숙이고 부탁하나 장일도는 난처한 표정을 지으며 대답했다.

“그건 어려울 것 같소. 안 사람은 자신이 당한 것도 수치스럽지만, 사헌부 고위관리가 짐승보다 못한 짓을 한 것에 더 분노한다고 했소.”

장일도는 아내의 아버지와 친구사이였다. 그래서 자주 집에 드나들었는데 율관이 급사하자 그 집안을 보살폈다. 그러다가 딸이 나이 스물이 되었을 때 상처한 장일도의 후처를 자원했다. 그동안 받은 은혜를 갚겠다고 나선 것이다. 친구의 딸을 후처로 삼았다는 욕을 먹기 싫었던 장일도는 손사래를 쳤지만, 단식까지 하며 매달리자 할 수 없이 새 장가를 들었던 것이다.

"집 사람이 나이는 어리지만 굳건한 사람이라 절대 포기하지 않을 것이오."

후처의 성격을 아는 상인들은 그의 말을 믿을 수밖에 없었다. 다음 날 다시 만나기로 하고 회의는 끝났다.

사헌부는 어둠이 깔렸다. 일이 이렇게 커질 줄은 몰랐다. 이전에도 기생들과 꽃놀이 갔던 김학유가 술에 취해 나물 캐던 아낙을 덮친 일이 있었다. 추잡한 일을 저질러도 대부분의 사람은 고개를 돌렸을 뿐이다. 이 밖에도 나랏돈을 횡령하고 투옥된 호조의 서리를 그의 딸과 하룻밤 잠자리하는 것으로 풀어준 적도 있었다. 이런 일은 알려진 것이고 비밀리에 거래한 것은 수없이 많았다. 모두가 김학유의 회유와 협박 그리고 돈막음으로 없었던 일이 되었다. 하지만 장일도의 후처는 달랐다. 시전 상인 중에서 제일 돈이 많은 장일도의 아내일 뿐 아니라 강골인 아낙이었다. 자신이 봉변당한 것으로 끝나지 않을 악당이니 반드시 처벌해야 한다는 것이었다. 김재로의 경고로 김학유는 집에 칩거하고 있게 되었다. 사헌부에는 노쇠한 대사헌 김간이 있었지만 그마저 병환으로 며칠째 출근 못하고 있다. 대사헌, 집의가 없으니 세 번째 서열인 정4품 장령이 지휘를 해야 한다. 새로 부임한 또 한 명의 장령은 홍문관 출신으로 사헌부 일을 모른다. 장령 아래로 정5품 지평이 두 명 있지만 한 명은 존재감이 없고 한 명은 병조로 자리를 옮겼다. 지평 자리를 두고 조강인, 오신만, 김용전 세 감찰이 경쟁하는 것이다. 안태건은 오신만을 불렀다.

'으음. 내가 출세할 기회가 왔구나.'

오신만은 가슴이 두근거렸다. 감찰에서 지평이 되면 대우가 달라진다. 형식적으로 계급은 두 단계 위지만 체감으로는 세 단계 이상이다. 감찰을 부릴 수 있는 자리이기 때문이다. 조강인 감찰은 유력한 지평 후보이다. 부정부패한 관리를 추적하거나 피의자 심문에서도 능력이 뛰어났다. 그러나 윗분들에게 찍혔으니 지평 자리에 오르지 못할 것이다. 그가 안장령의 방에 불쑥 들어서자 안태건이 얼른 장부를 덮었지만, 조강인 옆에 下(하)라고 쓴 것을 놓치지 않았다. 겉표지에 아무 글씨도 없었지만, 그것이 감찰 개인평가라는 것임은 금세 알 수 있었다. 안태건이 탐색하는 듯 뾰족해진 눈으로 오감찰을 바라보며 말했다.

"기침이라도 하고 들어오게. 시전에 나간 일은 어찌 되었나?"

"네. 대행수를 만나 말을 들어보니 의견이 둘로 나누어졌나 봅니다."

"의견이 둘로?"

안태건의 눈매가 사나워졌다. 오감찰의 머릿속에 下자가 떠올랐다. 일 잘하는 조강인도 미움을 받아 최하 점수를 받았는데 여기서 실수하면 지금까지 얻은 점수 모두 잃는다.

"도중의 마누라를 동정하는 자들이 몇 명 있기는 합니다. 그리고……"

대부분 상인은 사헌부와 어찌 대결하느냐고 포기했지만 몇몇 젊은 상인들은 저항을 촉구했다. 이들은 김학유의 악행을 눈감으면 또 다른 김학유가 나온다고 했다. 도중의 아내를 겁탈한 사실이 이미 세상에 널리 퍼졌으나 불리할 것이 없다는 것이었다.

"문제는 시전 여러 곳에 집의님을 모함하는 벽서가 붙었다고 합니다. 얼른 떼어내서 본 사람이 없다고는 합니다만."

안태건은 입을 꾹 다물었다. 오늘 새벽에 송파와 마포나루의 장에도 김학유가 도중의 후처를 겁탈한 사실을 적은 벽서가 나붙었다. 장에 나온 사람들이 구름처럼 몰려들었다고 한다. 벽서는 뜯어냈지만, 소문은 날개를 달았으니 지금쯤 종로에 드나드는 상인에게 알려졌을 것이다.

"젊은 상인들을 설득하느라 힘들었습니다."

말이 설득이지 오감찰은 어르고 달래야 했다. 사헌부의 표적이 되면 어떤 보복을 당할 것인가 하나씩 짚어내니 저항하려는 상인들도 입을 다물어야 했다.

"문제는 몇 명의 장사치가 아니야. 장일도의 마누라지."

"장일도의 집에 찾아갔으나 만나주지 않았습니다. 그래서……"

아무리 사헌부 감찰이고 언변이 능해도 치욕을 당한 유부녀를 설득하는 일은 어려운 일이었다. 꼭 닫아 걸은 그녀의 방문 앞에 돗자리를 펴놓고 한 시간에 걸쳐 어르고 달랬다. 그 말속에는 능욕당한 아픔을 공감하고 김학유의 악독한 행위를 증오하는 말도 했다. 나중에는 남편 장일도가 사헌부에 의해 고통을 당하고 알거지가 되어 가족이 흩어지는 장면도 상기하게 했다. 사헌부가 마음먹으면 할 수 있는 일이다. 옆에 서 있던 장일도가 통곡하고 문밖에서 안을 살피던 하인과 하녀들도 훌쩍였다. 이윽고 방안의 장일도 후처도 통곡

했다.

"그래서? 어찌 되었나?"

안태건이 고개를 들이대며 재촉했다.

"장일도가 시간을 달라고 했습니다. 오늘 저녁이면 통보가 올 것입니다."

확실하게 해결된 것은 아니지만, 성과는 있는 것이다. 오감찰은 인사고과표를 흘끗 바라보았다. 고발장을 철회하면 오신만 감찰 옆에 上(상)자가 써지고 몇 달 후에는 지평이 될 것이다. 그러나 그가 모르는 것이 있었다. 도중의 후처는 의금부에 고발장을 내놓았지만, 뒤늦게 우포도청에도 고발장을 낸 것이다.

우포도청 종사관 이몽룡이 노론 영수 김재로를 찾아왔다. 홍문관 부제학에서 물러나 집에 있던 김재로는 이몽룡의 느닷없는 방문에 의아해했다. 몽룡은 자리에 앉자 시전 도중 장일도의 후처가 우포도청에 김학유를 강간으로 고발했다는 말을 했다. 김재로는 의금부에만 고발장이 들어간 줄 알고 있었다. 이몽룡이 고발장 사본을 내밀었다.

"김학유를 어찌하실 겁니까?"

고발장을 읽어본 김재로는 대답할 말이 없었다. 사적으로 조카뻘이고 노론이 다시 정권을 되찾는데 공이 많은 핵심이다. 소론에서도 인정할 정도로 신망있는 김재로로서는 난감한 일이다. 법으로 하자면 김학유는 귀양 이상의 벌을 받아야 한다. 시전 상인들의 접대를 받은 것도 위법이거니와 유부녀를 강간한 것은 더욱 심하다. 사형 아니면 팽형이다.

“고발장이 사실이라면 응당 벌을 받아야지만……”

김재로가 말꼬리를 흐렸다. 집권 초반기에는 소론을 몰아내는 것에만 전념을 다하더니 이제 마음이 해이해지다 못해 오만해지고 타락한 모양이다. 하지만 조카를 죽거나 살아있는 시체로 만들 수는 없다. 이몽룡의 눈이 분노로 이글거리는 것을 보자 움칫했다. 이몽룡이 사헌부로 복귀하려는 것을 막은 것은 김학유다. 그의 능력이 발휘되어 자기보다 앞서는 것이 두려웠기 때문이다.

“자네가 학유에게 유감이 있는 것은 알고 있네만 집의 자리를 내놓는 것으로 끝내는 것이 어떨까?”

김재로는 일이 더 커지기 전에 불을 끄고 싶었다. 그러나 몽룡은 고개를 가로젓는다.

“안 됩니다. 벌써 김학유의 죄상이 관가에 널리 퍼졌습니다. 용단을 내리셔야 합니다.”

김재로는 고개를 숙이고 한참 생각하더니 손짓을 했다.

“됐네, 그만 돌아가게. 곧 회의를 열겠네.”

이인좌가 늦은 저녁에 고대수를 찾아왔다. 공덕리의 의원이 하루아침에 사라졌기 때문이다. 근처의 잡화점 주인에게 돈을 주고 동태를 감시하게 했는데 밤중에 감쪽같이 이사해 버렸다는 것이다. 한밤중에 달구지 소리가 났지만, 마포나루로 가는 장사꾼 행렬로 알았다고 했다. 아침에 가보니 쪼개진 그릇 하나 없이 몽땅 사라졌다는 것이다.

저녁 설거지를 하고 막 들어왔을 때 불청객이 들이닥치자 고대수는 적잖이 당황했다.

"이렇게 불쑥 아녀자의 방에 쳐들어오다니, 무례하지 않은가요?"

쏘는 말에도 이인좌는 성큼성큼 들어와 앉았다.

"홍길동 사라지듯이 내빼는 것이 활빈당의 장기인가?"

"이사할 때 남의 눈을 의식해야 하나요? 가고 싶을 때 가는 거지."

"음험한 편지와 함께 말이오?"

음험한 편지란 서덕수가 경종을 독살하기 위해 약을 구하는 편지다. 반란을 계획하고 있는 그로서는 최고의 보물이다. 그것만 있으면 아우가 형을 죽이고 임금 자리를 차지했다는 증명을 할 수 있다.

"음험한 편지라니? 당신이야말로 음험한 마음으로 온 거 아니요?"

흐흐흐 이인좌가 웃었다. 거대한 몸에 얼굴까지 거인형의 괴기한 얼굴을 가진 고대수의 말이 우스웠던 것이다. 고대수가 벌컥 화를 냈다.

"그럼, 아니요?"

그 순간 이인좌의 눈에는 고대수의 수박같이 커다란 유방이 눈에 들어왔다. 저 괴물 계집의 젖가슴은 어떻게 생겼을까.

"좋소, 그렇다고 칩시다."

이인좌는 몸을 날려 고대수를 덮쳤다. 그리고는 목을 조르기 시작했다.

"말해. 서덕수 편지는 어디 있어?"

고대수는 졸린 목을 움켜쥐고 힘을 썼다. 이인좌가 더욱 힘있게 눌렀다. 그러나 그것은 잠시뿐이었다. 두 팔을 붙잡고 한번 힘을 가하자 이인좌의 몸이 뒤로 젖혀졌다. 어어, 하다가 뒤로 넘어진 이인좌의 배 위에 고대수가 올라탔다. 순식간에 자세가 역전이 되었다.

"흥! 그 정도 힘으로 나를 제압할 수 있나?"

그녀의 손이 이인좌의 어깨를 눌렀다.

"그만, 그만 합시다. 내가 잘못했소."

고대수가 덩치는 크지만, 그래봤자 여자라고 얕본 것이 잘못이다.

"왜 서덕수의 편지가 필요하지? 그것으로 무슨 짓을 하려고?"

"그거야……"

이인좌가 용을 한번 쓰자 고대수의 몸이 옆으로 쓰러졌다. 재빨리 그녀의 배에 올라탄 이인좌가 말을 이었다.

"세상을 바로 잡아야지. 이렇게 뒤집듯이."

밑에 깔린 고대수가 흥 하고 비웃더니 말했다.

"그게 쉽게 뒤집어지나? 수만 명 목숨이 달린 건데."

"내가 임자 배 위에 올라타듯이 하면 어려울 것도 없네."

고대수가 힘껏 힘을 주고 뒤집으려 했지만 이인좌가 위에서 팔을 눌렀다.

"사내가 여자 배 위에 쉽게 올라탄다고 착각하지만 안 되는 여자도 있지."

고대수가 팔에 힘을 주고 쭉 뻗으니 이인좌가 붕 날아서 호롱불을 건드렸다. 그러자 기름이 쏟아지면서 불이 붙었다. 놀란 두 사람이 불을 끄려고 방 한편에 놓인 베개와 이불을 들고 타오르는 불을 덮었다. 어이쿠! 두 사람은 이마를 부딪치고 뒤로 벌렁 넘어졌다.

"다모! 괜찮소?"

어둠 속에서 손을 더듬는데 물컹하고 고대수의 유방에 닿았다.

"어머, 왜 이래요?"

고대수가 비명을 지르자 이인좌는 손을 빼기는커녕 그냥 덮쳤다. 그리고는 손으로 젖가슴을 문질렀지만, 고대수는 아무 저항도 하지 않았다. 숨만 거칠어졌을 뿐이다. 어둠 속에서 이인좌의 손이 바삐 움직였다. 순식간에 알몸이 되었고 잠시 후에 두 남녀는 하나가 되었다.

방문으로 달빛이 들어왔다. 벌거벗은 고대수의 알몸을 훑고 지나가는데 검은 그림자가 비쳤다. 벼랑 위에서 밑을 내려다보며 경호하고 있던 똘이였다.

'망할 년. 뭐하고 자빠졌다가 지금 나타나누.'

고대수는 속으로 중얼거렸다. 나중에 알았지만, 저녁 먹은 것이 체해서 뒷간에 들락거렸다고 한다. 얼씬거리며 방안의 동정을 살피자 고대수가 소리쳤다.

"됐다. 가라!"

밀대인 똘이의 그림자가 순식간에 사라졌다. 고대수 옆에서 거친 숨을 몰아쉬던 이인좌가 놀라서 묻는다.

"왜, 왜 그러는 거요? 화났소?"

고대수가 심드렁한 목소리로 대꾸했다.

"도둑 고양이에요."

그제야 안심한 이인좌는 손을 더듬어 옷을 찾다가 엎어진 호롱을 바로 세우고는 부싯돌을 찾아 불을 켰다. 환한 불빛 아래에서 보니 방이 온통 난리가 났다. 기름이 바닥에 흐르고 그 위를 남녀가 뒹굴었으니 그 꼴이 말이 아닐 수밖에. 고대수가 얼른 속곳과 치마로 몸을 가리고 저고리를 입었다. 이인좌도 옷을 입으려 했으나 온통 기름투성이였다. 고대수는 할 수 없이 벽장에서 치마를 꺼내 건네주고는 방바닥을 닦았다. 한참 시간이 흐른 뒤에야 방은 정돈되었다. 이인좌가 아랫도리를 감추고 있던 치마를 벗어 던지자 고대수가 얼른 외면했다.

"자, 본격적으로 다시 해 봅시다."

이인좌가 성큼 다가가 고대수의 옷을 벗겼다. 그녀는 아무 저항도 하지 않았다. 알몸은 기름과 땀으로 범벅이 되었지만 아랑곳하지 않고 힘껏 껴안았다. 폭풍이 다시 한번 몰아치고 기진맥진한 남녀는 알몸으로 나란히 누웠다.

"내일 사헌부에 가기 전에 청소를 단단히 해야겠소."

"순휴일이니 나가지 않아요."

순휴일(旬休日)이란 관공서가 열흘에 한 번 쉬는 날이다. 고대수가 말한다.

"서덕수의 편지를 왜 찾는 거지요? 그게 뭔가요?"

호호호 이인좌가 웃고 나서 대답한다.

"만리장성을 쌓은 사이인데도 시치미를 떼는구려. 내, 말해 주리다. 그 편지는 우리 성상이신 경종을 아우가 시해한 것을 증명하니 전국적으로 봉기를 일으킬 수 있소.”

“역모를 꾸미고 있다는 말이오?”

“역모가 아니라 반정이지. 활빈당에서도 벌써 감지하고 있을 텐데.”

이인좌가 몇 마디 더 하는데 고대수가 아무 대답이 없다. 코를 골기 시작한다.

“아, 이런.”

이인좌는 웃으면서 호롱불을 끄고 잠자리에 들었다. 고대수가 코를 요란하게 곯아 이인좌는 한숨도 자지 못했다.

사헌부 서리 윤정태는 열흘에 한 번 형의 집을 찾았다. 명색은 어머니를 자주 뵙는 것이지만 실은 가까운 곳에 있는 한감찰의 집을 살피는 것이다. 그는 동네를 휘젓고 다니는 어머니를 통해 한감찰의 동정을 들었다.

“그 양반, 말도 마라. 살았어도 송장 아니냐. 온종일 집에서 책만 읽고 있다고 하더라.”

한감찰이 장례를 치를 때 근처 높은 언덕에 우포도청 포교가 이사 왔다고 했다. 그의 아내가 온종일 아래를 내려다보며 감시하기 때문에 여종이 생필품을 사러 드나들 뿐이라 했다.

“누가 그런 끔찍한 벌을 받은 사람 집에 오고 가겠니?”

몇 달 동안 사람이 드나들지 않자 포교네도 감시가 소홀해진 것 같다고 했다. 그런데도 가끔 한밤중에 젊은 남자가 포교의 집을 찾아온다고 했다. 윤서리는 그가 홍계희라고 단정했다. 나이는 어리지만 김학유의 대를 이을 모사꾼이다. 비자금 장부를 분실했을 때 사헌부 내에 의심되는 이는 모두 불려 가서 닦달을 당했다. 제일 혼난 것은 문서를 만지는 정오용 녹사다. 그가 잠시 감찰방에서 자리를 비운 사이에 장부가 사라졌기 때문이다. 다행히 그는 노론 김학유의 심복이기에 용의선상에서 빗겨갔다. 윤정태는 품 안에 손을 넣어 비자금 장부를 만졌다.

'나리, 모두 제 잘못입니다.'

그날 윤정태는 감찰방에서 자신이 압수한 시전의 장부를 들고 나왔다. 몇 군데 시전을 돌고서 평시서에 들어가서 장부를 꺼내고 비로소 뒤바뀐 것을 알고 급히 사헌부로 돌아왔다. 그러나 그때는 사헌부가 발칵 뒤집혀 있었다. 한감찰이 김학유의 추궁을 받고 있는데 그 이유가 장부를 훔쳤다는 죄목임을 알고 새파랗게 질렸다. 잠깐 들여다본 장부는 뇌물 받은 관리의 이름과 금액이 암호로 적혀 있었다. 비자금을 숨긴 장소도 적혀 있는 것 같았다.

'그때는 이미 늦었습니다. 제가 그것을 내놓으면 제 목은 달아났을 것입니다.'

태워버릴까 하다가 한감찰의 누명을 벗기기 위해 안전한 곳에 숨기기로 마음먹었다.

갑자기 머리가 어지러워진다. 그는 어렸을 때가 문득 떠올랐다. 그의 집은 가난했다. 엿장수가 엿을 파는 것을 보고 먹고 싶었지만, 돈이 없었다. 맥없이 집으로 돌아왔는데 문득 이웃집에는 돈이 있을 것이라는 생각이 들었다. 지방을 떠도는 장사치의 집안이었다. 그는 사다리를 놓고 담장을 넘었다. 집에 아무도 없는 것을 보고는 방

안으로 들어가 궤를 열었다. 엽전이 가득 있었다. 그는 한 움큼 집고 다시 담을 넘었다. 손에 넣은 엽전에서 두 푼으로 엿을 샀다. 그리고는 몰래 숨겨두고 먹는데 옆집에서는 그 집 아들이 회초리를 맞고 있었다.

'엉엉. 나는 안 훔쳤어요.'

그는 심한 죄책감에 시달리며 집 밖으로 뛰쳐나갔다. 산으로 들어가 몸을 숨기고 싶었다. 한참 가다 보니 절벽 근처에 암자가 보였다. 그곳에는 부처님이 있었다. 나중에 알았지만 지장보살이었다. 그는 자기 죄를 털어놓으며 용서해 달라고 빌었다. 정작 용서해준 것은 암자를 지키는 노보살이었다. 정태의 고백을 듣고는 그를 데리고 하산했다. 그리고는 나머지 돈에다 노보살의 돈 두 푼을 더해서 옆집 아낙에게 돌려주었다. 누가 훔쳤는지는 말하지 않았다.

'미안합니다. 한감찰님. 미안합니다. 노보살님.'

속으로 중얼거리는데 누가 앞에서 손을 쑥 내민다. 윤서리가 놀라서 뒤로 물러서는데 걸인이 고개를 조아리며 도와달라고 했다. 정태는 얼른 괘낭에서 엽전 몇 푼을 꺼내주고는 황급히 골목길을 빠져나갔다.

걸인이 그의 뒤를 한참 바라보는데 다른 골목에서 엿 목판을 멘 원균이 모습을 드러냈다. 원균이 순신의 옷에 코를 대고 킁킁대고는 낯을 찌푸렸다. 영락없는 거지차림이다. 거지 분장은 싫다는 이순신에게 억지로 거지차림을 시켰더니 진짜 거지가 되었다. 이순신은 빈틈이 없다. 원균은 배짱 좋고 임기응변이 능하지만 허술한 구석도 많은지라 그저 감탄할 뿐이다.

"순신아, 나리 말씀이 맞구나."

이순신과 원균은 보따리에서 평민 옷을 꺼내 갈아입었다. 둘이 골목을 빠져나왔을 때 이순신이 말을 꺼냈다.

"네, 같이 일했던 한감찰을 동정하는 것은 이해하겠지만 그렇다고 이렇게 자주 출몰하는 것에는 이유가 있다고 봅니다."

"나도 그렇게 생각한다. 사헌부 서리 말로는 그리 가까운 사이도 아니라는데."

박문수가 저번 순휴일에 왔을 때 윤서리가 한감찰 집 주위를 맴도는 것을 보았다. 백인기의 처가 그가 사헌부의 서리라는 것을 말해주었다. 그래서 원균은 피맛골에 술 마시러 온 사헌부 서리들에게 윤서리의 먼 친척으로 가장해 염탐했다. 비자금 장부를 잃어버린 후에 한감찰을 비롯해서 서리들 몇몇이 혼이 났다고 한다. 윤서리도 감찰방에 자주 드나들었기 때문에 추궁을 당했지만, 분실 당시 외근 중이어서 무사히 넘어갔다고 했다.

"형님, 제 생각에는 장부를 가져간 것이 윤서리가 아닐까 합니다."

"그럴까? 혹시 김학유의 명을 받고 한감찰의 동태를 살피는 것이 아닐까?"

홍계희가 백인기 포교로 하여금 감시하고 있는 것은 잘 알고 있다. 그러나 또 한 명의 감시자가 있을 수 있다.

"한번 휘이 둘러보고 가는 것으로 동태를 파악할 수 있을까요? 아까 그 눈빛으로 보면 죄책감에 사로잡힌 것 같았습니다."

"비자금 장부를 가져갔다면 무슨 까닭일까? 그 안에 돈을 숨긴 곳이 있다는 것을 알았을까?"

"알고 있어도 지금 가져가지는 못할 겁니다."

"우선 나리 아니 처장님께 보고해야겠다."

박문수가 이들의 보고를 받으면 야다시를 열 것이다. 그때 백인기 포교도 참석해서 서로 말을 나누어보면 뭔가 나올 것이다.

사헌부는 어수선했다. 오감찰이 장일도의 집에 찾아가 회유와 협박으로 불을 끄려고 했다. 하지만 우포도청에도 고발장을 낸 바람에 골치 아파졌다. 이몽룡은 김재로에게 통보하고 상소했는데 임금이 읽어보고 진노했다고 한다. 이몽룡은 일찍이 소년 급제하고 정인인 성춘향과의 약속을 지킨 멋있는 남자로 세간에 알려졌다. 백성의 신망이 만만치 않은 이몽룡이 김학유의 패륜을 떠들고 다니면 노론의 수치가 된다. 이몽룡은 사랑을 지키기 위해 춘향을 구했는데 김학유는 춘향의 정조를 짓밟으려 했던 변학도 같은 악당이라는 소문이 돌 것이다. 시전 도중의 후처를 강간했는데 처벌이 미약하다면 백성의 미움을 받게 될 것이다. 대사헌도 없고 집의도 없는 사헌부의 우두머리가 된 안태건 장령은 매사 짜증을 부렸다.

"도대체 그 일이 어떻게 새나간 거야?"

사헌부의 일은 점점 많아지는데 새로 온 지평은 업무파악도 제대로 못 하고 있고 그 밑의 감찰들은 자꾸 실수만 저질렀다. 병조에서는 함경도로 발령난 것을 경상도로 바꿔달라고 뇌물을 주고받았다는 고발이 들어왔다. 소유를 보내 붙잡아와서 심문하니 무고임이 드러났다. 또 인사권을 가진 이조(吏曹)의 벼슬아치가 공문을 위조

해서 고발당했는데 이조판서가 억울하게 붙잡아 갔다고 항의가 왔다. 이 일로 심문하던 성감찰을 불러다 심하게 질책했는데 평시에는 나 죽었소, 하고 고개만 숙이고 있었는데 오늘은 달랐다.

"장령님. 당사자는 부인하지만, 지시를 받은 서리가 자백했습니다."

"성감찰은 말단 서리의 말이 판서보다 더 우위라 생각하는가?"

"죄상이 분명히 드러났으니 저로서도 어쩔 수가 없습니다."

성감찰은 서리의 자백서를 받아 이미 의금부에 넘겼다고 했다. 안태건은 펄펄 뛰었지만, 감찰 전결사항이라 결재없이 넘겼다고 말했다. 규정이 그러니 더 꾸짖을 수 없었다. 상명하복에 철저한 성감찰이 물러난 뒤에 분을 참지 못하고 씩씩거리는데 염장을 지르는 일이 벌어졌다.

"뭐라고? 그게 사실이야?"

이몽룡이 별장사건에 소상히 알고 있는 것이 내부에서 기밀을 유출한 것으로 추측하고 오신만 감찰을 불렀다. 그가 보는 앞에서 평가를 기록하는 장부를 보여주었다. 빈칸으로 되어 있는 난에 上(상)이 되거나 중, 하가 되는 것은 오직 안태건의 손에 달려있다. 오감찰은 그것을 보고는 눈이 확 뒤집혀 곧바로 사헌부 내의 서리와 다모를 은밀히 불러 캐물었다.

이몽룡이 사헌부를 찾았을 때 안장령이 마침 출장 중이라 그냥 돌아갔던 날의 일이었다. 조감찰에게 귓속말을 하는데 언뜻 들으니 저녁에 집으로 오라는 것을 들었다고 했다. 그 말을 들은 안태건은 주먹을 불끈 쥐고 몸을 부르르 떨었다.

"이 눔이, 이 눔이."

별장사건은 이미 도중의 후처가 올린 상소로 상세하게 알려졌다. 문제는 왜 사헌부가 처리를 질질 끄는 것인가가 밝혀지는 것이다. 그것은 사헌부의 내부 기밀이니 밖으로 유출해서는 안 되는 것이다.

"오감찰, 조강인 이놈 오라고 해."

안태건이 시뻘게진 얼굴로 소리소리 지르자 오감찰이 뛰쳐나갔다. 그리고는 마침 지나가는 윤정태 서리를 불러 세워 조감찰을 불러오게 했다. 문서를 허위로 꾸민 평시서 관리에 대한 고발장을 검토하고 있던 조강인 감찰은 일을 중단하고 안장령의 방으로 갔다. 들어서자마자 안태건은 손에 든 장부를 조감찰을 향해 던졌다. 그러나 살짝 피하자 장부는 문 옆에 장식한 백자를 쓰러뜨렸다. 쨍그렁

"아, 왜, 이러십니까?"

조감찰이 놀란 목소리로 외치자 안태건은 얼굴이 시뻘게져서 소리쳤다.

"쌍놈의 새끼. 네 죄를 몰라? 이몽룡의 집에는 왜 갔어?"

"네에? 무슨 말씀이신지요."

조감찰이 어리둥절한 표정을 지으며 되묻자 안태건이 오감찰에게 들은 말로 추궁했다. 그러자 이몽룡이 의금부에 같이 근무했던 관리의 부친이 환갑이니 같이 가자고 했다는 것이다. 그러나 자신은 가지 않았다고 했다.

"어쭈? 이제는 거짓말까지 하네. 이리 와, 이리 와."

아닌 밤중에 홍두깨라 조감찰이 멍하니 서 있는데 안태건이 주

먹으로 뺨을 때렸다. 그리고는 왼손으로는 배를 때렸다. 조감찰이 휘청하다가 쓰러지자 안장령이 얼굴을 발로 밟았다. 밖에서 안의 동태를 살피던 오감찰이 황급히 뛰어들어와 안태건을 말렸다.

"너는 우리 사헌부에 있을 놈이 아니야. 당장 사직서 가져와."

조감찰이 코피를 흘리며 자리에서 일어났다. 그리고는 소리쳤다.

"장령님. 제가 하급자라고 해서 이렇게 폭행하고 사직을 강요하십니까?"

"이게, 아직도 입을 나불거리네."

오감찰이 가운데 끼어서 안태건을 말린다.

"장령님. 그만 하십시오. 보는 눈이 있습니다."

하고는 조감찰을 붙들고 밖으로 나갔다. 안을 기웃거리던 감찰과 서리들이 순식간에 흩어졌다. 딱하다는 표정으로 바라보던 다모 사이에서 임성주가 나와 손수건을 꺼내 조감찰의 피투성이가 된 얼굴을 닦았다. 안장령이 노려보며 소리쳤다.

"저런 놈은 사헌부에 필요 없어! 임성주, 너 이리 와!"

안태건의 불호령에 놀라서 도망치는 성주에게 소리쳤다.

"너, 이 년."

길길이 날뛰는 안태건을 오감찰이 붙잡고 새로 온 지평이 달래서 겨우 조용해졌다. 조감찰은 눈물을 쏟으며 사헌부 밖으로 나갔다.

다음 날 아침. 조강인은 출근하지 않았고 안태건은 감찰과 아전, 다모, 소유들을 불러 모았다. 신임 장령과 지평은 방에서 꼼짝도 않고 있었다.

“조강인은 사헌부를 스스로 물러났다. 그러니 그자를 보더라도 아는 체를 해서는 안 된다.”

조감찰이 사직했다면 사헌부에 오지 않을 것이다. 그런데 아는 체를 하지 말라는 것은 무슨 소리인가. 감찰들은 서로 얼굴을 마주보며 어리둥절했다. 그러나 아전들은 그것이 무슨 뜻인지 안다. 정식으로 사직서를 내지 않았지만 편들거나 가까이하지 말라는 경고였다. 말이 끝나자 안장령은 임성주를 비롯한 두 명의 다모를 자기 방으로 오라고 명령했다.

제자리로 돌아간 아전들은 사헌부에 밀어닥친 불길함을 감지하고는 서로 소곤댔다. 정직 중인 김학유의 측근인 정녹사가 안장령과 독대하고 있자 불안은 더욱 증폭되었다. 반 시각쯤 지났을 때 정녹사가 심각한 표정으로 들어왔다. 서리들이 눈치를 보고 있는데 그가 먼저 입을 열었다.

“장령께서 말씀하시기를 감찰실에서 증거품으로 압수한 장부를 빼돌린 혐의로 조감찰을 지목하셨네. 그래서 지금 오감찰님이 소유를 이끌고 체포하려고 갔네.”

서리들이 놀라서 술렁댔다. 조강인이라는 사람이 그런 짓을 할 사람이 아니라는 것은 누구나 안다. 사헌부 아니 노론의 표적이 된 것이다. 윤정태 서리가 크게 소리쳤다.

“무슨 증거라고 있소?”

“있지. 다모 성주가 조감찰이 감찰방에서 뭔가 가지고 나오는 것을 보았다고 자백했네.”

정녹사의 말에 의하면 한감찰이 팽형을 당하고 나서 임성주가 다모 몇 명에게 털어놓았다고 했다. 그러나 다모들은 입을 다물고 있었는데 조감찰이 당하는 것을 보고 마음을 바꿨다. 나중에 추궁받을 것이 두려워 안장령을 찾아가 자백했다는 것이다.

"감찰방에서 감찰이 문서를 가지고 나오는 것이 왜 수상하다는 말이오?"

얼굴이 벌게진 윤정태의 말에 서리들이 고개를 끄덕였다. 보고하기 위해 문서나 장부를 갖고 나가는 것은 일상업무다. 그러나 문제는 바로 그때 노론 비자금 장부가 분실되었다는 것이다.

"임성주가 자백했소?"

"그 계집이 오래된 일이라 기억이 나지 않는다고 해서 뺨을 몇 대 맞았소."

이때 밖이 소란했다. 서리 한 명이 급히 뛰어들어오더니 조감찰이 자기 집에서 목을 매었다는 것이다. 유서도 남겼는데 내용은 다음과 같다. 과거에 급제해서 큰 꿈을 안고 사헌부에 봉직했다. 그러나 권력있는 자는 죄를 지어도 풀려나오고 없는 자는 억지 자백을 받아 벌을 받는 세태에 스스로 목숨을 끊어 사죄한다고 썼다.

우르르 쾅

천둥 번개와 함께 비가 억수로 쏟아졌다. 사헌부에는 아전과 소유가 대부분 퇴근하고 몇 명만 남아 있었다. 안태건은 자기 방에서 골몰하게 생각에 잠겼다. 조감찰이 자살하기 전에 장문의 상소를 올렸다. 그동안 자기가 겪은 사헌부의 비리를 소상히 적어 승정원으로 보냈다. 그러나 노론인 도승지는 무고혐의가 있는 상소문을 임금에게 올릴 수 없다고 보류했다. 이 사실을 통보받은 안태건은 격노했다. 조감찰이 증거품을 빼돌린 사실을 빨리 증명해야 했다. 그래야 범죄 혐의자가 처벌이 두려워 자살한 것으로 몰 수 있다. 목격했다는 다모 임성주는 지금 다모방에 갇혀 있다. 고대수가 옆에서 지키고 있는 것을 정녹사가 밖으로 쫓아냈으니 혼자 있을 것이다. 기억이 가물가물 하다고 발뺌을 하고 있지만, 고문을 가하면 실토하게 될 것이다.

우르르 쾅

번쩍하고 번개를 쳤다. 하늘이 두 갈래로 갈라졌다. 안태건은 자리에서 일어나 밖으로 나갔다. 비가 폭포수처럼 쏟아졌다. 그는 우산을 집어서 쓰고 뒷마당에 있는 다모방으로 갔다. 문 앞에서 정녹사가 지키고 있다가 얼른 안장령을 맞아들였다. 안태건이 성주의 동정을 물었다.

"안에서 계속 울고 있습니다. 제가 몇 번이나 추궁해 보았지만, 장부는 아닌 것 같다고 반복해서 말하고 있습니다. "

안장령이 방문을 열고 들어가니 흐느껴 울던 성주가 놀라서 그쳤다. 어두컴컴한 방이라 얼굴이 잘 보이지 않았지만 두려워 떨고 있는 것은 느낄 수 있었다.

"성주야, 마지막으로 묻겠다. 조감찰이 그 시각에 장부를 가지고 밖으로 나간 게 분명하지?"

성주가 벌벌 떨며 대답한다.

"나리, 아무리 생각해도 장부는 아닌 것 같습니다. 봉투였거든요.”

“봉투에 장부를 넣을 수도 있지 않으냐. 뭘 갖고 나가는지 모르게.”

안장령의 말이 맞다. 비밀장부를 가지고 나가면 눈에 뜨이니 봉투 속에 넣어 나갈 수 있다.

“하지만. 제가 곰곰이 생각해보니 시각이 다릅니다. 점심시간 직전에 갖고 나가셨습니다.”

소동이 벌어진 것은 오후였다. 서리들은 그날 정녹사만 빼고 누구도 들어간 사람이 없다고 말했다. 성주에게서 자기가 원하는 말이 나오지 않자 안태건은 속이 부글부글 끓어 올랐다.

“지금 네가 조감찰을 편드는 거냐?”

“아, 아닙니다. 저는 진실만 말하는 겁니다. 다른 다모에게 말한 것은 착각이었습니다.”

안태건이 버럭 소리를 질렀다.

“이 미친년. 왜 그때 입을 다물고 있었던 거야.”

안태건은 뺨을 후려쳤다. 어이쿠! 하며 쓰러지면서 치맛단이 올라가고 허연 허벅지가 드러났다. 그것을 본 안태건은 갑자기 아랫도리가 불끈했다. 이 못된 년에게 뜨거운 맛을 보여줘야겠다. 대사헌을 배경으로 까불거리던 이 년을 눌러야 한다. 그는 바지춤을 내렸다. 그리고는 성주의 치마끈을 풀고 속곳을 벗겼다.

우르르 쾅

요란한 천둥소리와 함께 번개가 하늘을 찢었다.

6
진범은 따로 있다

사헌부에 맨 처음에 들어선 것은 다모 고대수였다. 그녀의 얼굴은 두려움과 불안으로 일그러져 있었다. 잠도 제대로 자지 못하고 있다가 통금이 풀리자 부리나케 사헌부로 왔고 문앞에 쭈그리고 앉아 열리기를 기다렸다. 날이 밝아오자 고대수는 주먹으로 문을 두드렸다. 숙직한 정오용 녹사가 문을 열자 그녀는 후다닥 뛰어들어갔다. 정녹사가 만류하는 것도 뿌리치고 다모의 방으로 가니 임성주가 죽어 있었다. 아니, 죽은 듯이 쓰러져 있어 고대수가 호롱불을 켰다. 끔찍했다. 임성주의 얼굴은 퉁퉁 부어 있었고 옷은 갈기갈기 찢겨 있었다. 고대수는 주먹을 움켜쥐었다. 정녹사가 밀어내도 이 방을 나가면 안 되는 것이었다. 고대수는 정신을 가다듬고 임성주의 옷을 벗겼다. 아랫도리는 피가 엉겨붙어 있었다. 몸에도 매 맞은 흔적이 보이는 것으로 보아 격렬한 저항이 있었던 것 같다.

"고대수, 어서 나와!"

밖에서 정오용 녹사가 부른다. 하지만 고대수는 아무 대꾸도 않고 왕골함에 넣어둔 치마와 저고리를 꺼냈다. 감찰, 소유와 함께 양반집을 기습할 때 쓰는 변장 옷이다. 녹사가 재차 부르자 고대수가 문을 벌컥 열었다.

"정녹사님! 어서 물이나 떠와요."

고대수가 눈을 부라리며 소리치자 정녹사가 찔끔해서 뒤로 물러섰다. 고대수는 정녹사가 가져온 대야의 물로 대충 닦은 다음에 옷을 입혔다. 성주는 마냥 울기만 했다. 고대수는 그녀를 달랜 후에 밖으로 데리고 나왔다. 정녹사에게 고대수가 큰 소리로 말했다.

"성주는 제가 당분간 데리고 있을 거예요."

정녹사는 반색했다. 이 꼴로 집으로 보내면 난리가 날 것이다.

"그래 주겠나? 그러면 내가 성주의 집에 가서 당분간 고대수 자네 집에서 다닐 것이라고 말해도 되겠나?"

"다른 사람에게는 성주가 갑자기 아파서 내가 데려갔다고 말해주세요. 저, 오늘은 집에 있겠어요."

"아, 알았네. 고마우이. 성주가 딴짓 못하게 잘 달래게."

안태건은 정오용에게 돈을 주면서 뒤처리를 맡기고 비가 쏟아지는 밤중에 집으로 돌아갔다. 정녹사는 안장령 때문에 조감찰이 자살했는데 다모까지 강간한 사실이 밖으로 알려질까 두려웠다. 가마꾼이 아침 일찍 오도록 조치했다. 출근한 사헌부 사람들이 보면 안 되기 때문이다. 잠시 후 가마를 든 가마꾼 두 명이 도착했다. 정녹사는 엽전 두 꾸러미를 고대수에게 건네주었다. 받지 않으려다 강제로 쥐여주자 가마에 성주를 태우고 사헌부를 빠져나갔다. 정녹사는 안도

의 한숨을 내쉬었다. 휴우~

이몽룡은 주먹을 부르르 쥐었다. 감찰 조강인은 이몽룡이 의금부에 있을 때 상사와 부하로 함께 일했던 사이다. 서로 맡은 일에 뛰어난 능력을 보여 신뢰했고 인간적으로 친밀하기도 했다. 며칠 전 자기 집에 오라고 한 것이 잘못이었다. 기다렸지만 그는 하인을 보내 사헌부 감찰로써 이런 시국에 사적으로 만나는 것은 도리가 아니라고 했다. 그런데 안태건은 조강인이 이몽룡에게 사헌부의 동향을 일러바친 것으로 잘못 알았다. 혐의를 받고 폭행을 당한 조강인은 자신의 처지를 비관해 자살한 것이다.

"조감찰, 모두 내 잘못이다."

이몽룡은 초상집을 찾아가 통곡했다. 거기서 문상 온 친구들에게서 조감찰이 안태건에게 수시로 욕설을 듣고 모욕을 당했다고 들었다. 노론과 연관된 부패에 손을 대려고 하면 말 잘 듣는 감찰에게 이관했다고 했다. 조강인은 억울한 이가 없도록 일했지만, 결과는 항상 권력 있는 자의 편을 들게 되어 괴로워했다고 했다. 울분을 가득 담고 있다가 안장령의 폭행이 자살로 몰고 간 것이다. 이몽룡은 조강인의 처에게서 죽기 전에 상소를 냈다는 말을 들었다. 그러나 그런 사실을 처음 듣는 이몽룡은 몹시 놀랐다.

"처음 듣는 말이오."

문상 온 승정원 소속 관리인 주서(注書)에게 물으니 상소는 올라왔지만, 도승지가 막고 있다고 했다. 그 소리에 이몽룡은 자리에서 벌떡 일어나 소리쳤다.

"고이한 놈들. 나랏법이 엄연히 살아 있거늘……"

스스로 목숨을 끊으면서 상소했다. 그럼에도 그것을 승정원에서 임금에게 올리지 않는다는 것은 국법을 어기는 짓이다. 그가 자리에서 일어나자 주위에서 말린다. 특히 사실을 말해준 승정원 주서가 사색이 되어 붙잡았다.

"염려 말게. 내가 아주머니에게 들었다고 할 것이니."

휭하니 상가를 나온 이몽룡은 어둑어둑한 길을 더듬어 종로 피맛골로 향했다. 상가에 갔으니 삼가야 하는 행동이지만 성춘향이 눈에 어른거려 자기도 모르게 발길을 옮기는 것이었다.

오전에는 한가한 피맛골이었지만 저녁이 가까워질수록 손님의 숫자가 늘어났다. 고위 관리의 행차를 피해서 들어오기도 하지만, 친구와 함께 술을 마시기 위해 찾는 사람이 더 많다. 골목에 들어서지도 않았는데 각종 전을 부치는 소리와 함께 냄새가 풍겨 나왔다. 이몽룡이 우포도청 종사관이 되었을 때 포교들에게 이끌려 몇 번 온 적은 있었다. 엎어지면 코 닿을 곳에 춘향이 주모로 있을 것이라고는 생각하지 못했다. 그가 박문수에게 혐의를 두고 서울 집과 평택의 처가를 샅샅이 훑어 결국 피맛골 이층주막에 있다는 것을 알아냈다. 우포도청과 내통하고 있는 비단전 행수를 시켜 얼굴까지 확인했다. 그러나 춘향을 향해 걸어갈 수 없었다.

처음부터 몽룡의 어머니는 춘향을 탐탁하게 여기지 않았다. 아는 이들이 이몽룡이 남원에 가서 첫사랑 성춘향을 구해온 것이 장하다고 사연을 물어오는 것을 불쾌하게 여겼다. 어머니는 춘향이 아들의 앞날을 막았다고 분개했다. 소년 급제해서 암행어사로 남원으로 내려가기 전에 영의정의 손녀딸과 혼담이 있었다. 춘향과의 일이 세간에 퍼지자 혼담은 깨졌다. 그래도 친정 쪽에서 혼담을 주선해 양반집 딸과 혼인했지만, 실제로는 춘향과 먼저 혼인한 셈이다. 이몽룡의 처가 무던한 여자라 춘향과 다투지 않고 살았지만, 시름시름 앓다 죽었다. 몽룡의 어머니는 춘향이 때문에 아들이 빨리 출세 못하고 며느리마저 실의에 차서 죽었다고 믿었다. 몽룡이 죄를 입어 흑산도로 귀양간 것도 춘향이 재수 없는 계집이기 때문이라고 여겼다. 집에서 쫓겨나다시피 한 춘향을 어찌 볼 수 있겠는가.

골목 안에 들어가서 우두커니 이층 주막을 올려다보고 있었다. 백인기 포교와 전 우포도청 포교 강호동이 이몽룡을 보았다. 서로 눈짓을 하다가 백포교가 꾸벅 인사를 하며 말을 건넸다.

"종사관님. 어쩐 일이십니까?"

몽룡이 고개를 휙 돌아보자 강호동도 꾸벅 인사했다. 강호동은 전직포교이지만 예전에 본 적이 있었다.

"아, 여기서 누구와 만날 사람이 있소. 가 보시오."

두 포교는 인사를 꾸벅하고 골목 안으로 들어갔다. 강호동이 속삭인다.

"백포교, 종사관이 왜 혼자 피맛골에 왔을까?"

"혼자 이런 술집을 찾을 분이 아닌데……"

"아까 바라보는 쪽이 우리 주막 아니던가?"

그 말에 백인기가 슬쩍 뒤돌아보니 이몽룡의 눈이 춘향이 주모로 있는 주막의 이층을 바라보고 있다.

"눈치챘나 보네."

강호동은 이층 주막 옆의 작은 주막으로 들어섰다. 손님이 한 명도 없었는데 주모가 강호동을 알아보고 반가워했다. 백인기가 살며시 문을 열어 골목 안쪽을 보았을 때 이몽룡은 보이지 않았다. 백포교가 주모에게 말했다.

"주모, 막걸리 한 잔씩 주게. 급히 갈 곳이 있네."

주모가 사발에 막걸리를 붓자 두 사람은 단숨에 들이켰다. 엽전을 꺼내 얼른 셈을 하고는 밖으로 나갔다. 골목 입구로 살금살금 나왔지만 보이지 않는 것으로 보아 돌아간 모양이었다.

"어떻게 알았을까?"

강호동이 걱정 섞인 어투로 말했다. 얼마 뒤에 공수처 설치를 공표한다고 한다. 그래도 당분간 이층 주막이 시어사들의 야다시 장소로 남아 있어야 한다. 그런데 이몽룡이 알게 되고 그것이 세간에 전해지면 야다시 장소를 다른 곳으로 옮겨야 할지도 모른다.

"샅샅이 뒤져라!"

조강인 감찰이 발상하는 날 근처에서 대기하고 있던 사헌부의 관리들이 들이닥쳤다. 서리 윤정태는 압수수색의 경험이 많은 다섯 명의 소유들을 이끌고 집을 샅샅이 뒤졌다. 윤서리가 이곳저곳 돌아다니며 숨겨둘 만한 곳을 손으로 가리키면 소유들이 찾았다. 천장이 찢어지고 벽도 뚫었다. 마루 밑도 들어가고 지붕 위로도 올라갔다. 안채와 부엌을 샅샅이 뒤졌다. 금세 집안은 난장판이 되었다. 텅 빈 집을 지키는 늙은 여종을 꼼짝 못하게 하는 것은 다모 고대수였다.

조감찰이 보던 서책과 작성한 공책과 문서가 사랑방으로 모였다. 윤정태 서리는 미리 준비한 공책에 압수물품을 품목별로 기록했다. 그는 쌓인 서책 중에서 공책 한 권을 찾았다. 일기였다. 펼쳐보니 매일 쓴 일기는 아니고 한 달에 서너 번 특이한 일만 기록했다. 윤정태는 휘휘 둘러보고는 비자금 장부를 잃어버린 후의 기록을 들여다보았다. 순간 그의 몸이 뻣뻣하게 굳었다. 주위를 다시 한번 살피더니 품속에서 작은 칼을 꺼내 한 장을 도려내 얼른 품 안에 넣었다. 한 시각 정도 지나자 수색작업이 끝났다. 소유들은 압수품들을 보따리로 싸서 준비한 우차에 실었다.

"아이고, 어쩌나. 이게 무슨 난리여~"

고대수의 감시에서 풀려난 여종이 난장판이 된 집안을 보고 울음을 터뜨렸다. 압수품을 실은 우차가 사헌부로 향하고 그 뒤를 소유들이 따랐다. 맨 뒤에는 윤정태 서리와 고대수가 따라갔다. 우차가 골목길로 꺾어질 때 고대수가 속삭였다.

"윤서리님, 아까 그것은 왜 잘라내셨어요?"

고대수의 물음에 윤정태가 움칫하더니 더듬거린다.

"무, 무얼 말인가?"

"패물이라도 넣으셨습니까?"

부유한 상인의 집을 수색할 때 서리나 소유가 값나가는 것을 훔치는 일이 가끔 있었다. 그래서 목록을 만들고 소유와 다모가 서로 감시하게 했다. 그렇지만 청백한 선비의 집에 책 말고 값나가는 물건이 있을 리 없다. 윤정태의 목소리가 작아졌다.

"말하지 말아 주게. 조감찰님 일기 한 장을 떼 냈을 뿐이야. 나중에 말해주지. 부탁하네."

그의 목소리는 애원에 가까웠다. 당연했다. 일기에는 이렇게 쓰여있었다. 그날 조감찰은 창고에서 서류를 찾다가 윤정태에게 감찰방에 가서 평시서에서 빌린 장부를 돌려주라고 했다. 나중에 비자금 장부를 훔친 범인이 한명철 감찰이라는 것을 뒤늦게 들었을 때 조감찰은 윤서리를 의심했다고 쓰여 있었다.

고대수가 끈질기게 물었다

"내용이 뭐지요?"

"……"

"뭐냐고 묻잖아요?"

고대수의 소리가 컸는지 앞에 가던 소유가 뒤돌아보았다.

"쉿! 이, 이따 말해주, 주겠네."

윤정태의 목소리가 떨렸다. 고대수가 목소리를 높였다.

"조감찰은 청백한 분이네요. 부인의 방에 패물 하나 없어요."

안태건의 명령으로 조감찰의 집을 뒤졌지만, 서책과 문서만 그득할 뿐 값나가는 건 아무것도 없었다. 청렴한 남편을 따라서인지 부인의 장롱 안에 분갑 하나 없었다. 조감찰을 아끼는 이들의 부조가 없었다면 장례도 못 치렀을 것이다.

덜컹덜컹

우차가 험한 길에 들어섰나 보다. 요란한 소리를 내고 이들의 대화도 묻혀버렸다. 어떻게 고대수는 조감찰의 집에 가게 되었을까? 임성주가 말하기를 장부가 분실되고 한감찰이 의금부로 붙잡혀갔을 때 윤서리가 안절부절못하는 것을 기억한다고 했다. 그래서 좇아와 윤정태를 줄곧 지켜보다가 일기를 끊어내는 것을 본 것이다.

조감찰의 상가에서 물품을 압수해온 일행이 돌아왔을 때 사헌부 감찰방에는 냉기가 돌았다. 감찰의 윗자리인 지평을 두고 오신만 감찰과 김용전 감찰이 경쟁하고 있다는 것은 모두가 안다. 그러나 승진에 목매는 오감찰이 아무리 노론의 앞잡이를 자처하며 아부해도 앞서긴 어렵다. 김용전은 노론의 돈줄을 관리하기 때문이다. 그래서 어떡하던 그의 비리를 밝혀내려고 하고 있는데 오늘 노골적으로 부딪쳤다.

"김감찰, 요즘 마포나루에서 자주 모습을 드러낸다고 들었네."

오신만이 비아냥거렸지만 김용전은 대수롭지 않다는 듯 대꾸했다.

"그렇습니다. 제가 그 동네에서 잠시 살았거든요."

"으흠, 그러면 장사치들에 대해 잘 알고 있겠구먼."

가시 돋친 말이 숨겨 있는데도 아는 건지 모르는 건지 어렸을 때 마포 나루에 몰려드는 배를 보고 자랐다고 대답했다. 그래서 지금도 자주 상인 친구들을 만나서 술을 마신다고 했다. 돈을 받는다는 말은 쏙 빼고 말이다.

"좋은 친구들이군. 나도 소개해 주게. 공짜 술 좀 먹어보게."

"술을 드시려면 시전 상인들이 낫지 않을까요? 여긴 다방골이 있지만, 마포 도화골은 색주가라 오감찰님에게는 어울리지 않습니다."

"그럼, 김감찰은 색주가에 자주 가봤나 보네."

얕보는 말이었지만 김용전은 색주가에도 용모가 빼어난 계집이 많이 있다고 했다. 창(唱)이 아니라 잡가만 듣게 되는 것이 아쉬울 뿐이라 했다. 김용전은 숫자에 밝기 때문에 속임수로 꾸민 장부도 금세 밝혀냈다. 그는 조사한 상인이 지은 죄를 모두 밝혀냈다. 다섯 개의 죄를 밝혀내면 위에는 가벼운 죄 두 개만 보고하고 나머지 중한 죄 셋 가지고 흥정했다. 제대로 처벌하면 가산이 몰수되는 죄도 김용전에게 뒷돈을 주면 벌금형으로 끝나니 거절할 까닭이 없다. 김용전은 이렇게 받은 돈을 시전 상인들에게 고리로 빌려주고 있다. 그는 굳이 지평으로 승진하려고 노력하지 않는다. 돈이 많이 들어오는 자리에 있으면 된다. 돈만 있으면 지금처럼 예쁜 첩도 둘 수 있다. 그러니 상사에게 열심히 손바닥 비비고 승진 경쟁자에게 불을 켜고 달려드는 오신만 감찰을 여유있게 대할 수 있다. 사헌부에는 조강인 감찰 빼고 누구나 뒤를 봐주는 상인이 있다. 장사하다 보면 법을 어기는 일이 많은데 사헌부 감찰의 위세로 처벌을 면할 수 있기 때문이다. 고지식하게 상명하복하는 성감찰에게도 뒷배가 있다. 이들이 사헌부를 떠나 다른 관서로 가면 돈과 권력을 맞바꾸는 끈끈한 관계를 동료에게 선물로 넘기곤 했다.

김용전은 마포나루로 출장을 가기 위해 자리에서 일어났다.

"감찰님, 또 출장 가십니까?"

출납서리가 난처한 표정을 지으며 묻는다. 출장을 나가면 출장비를 지급해야 하는데 보통 감찰보다 더 많이 나가기 때문이다. 그래도 김용전은 출장비를 받고 사헌부를 나갔다. 얼마 지나지 않아 안태건 장령이 급히 서리방으로 들어왔다.

"윤정태, 윤정태. 여기 있나? "

격한 목소리로 윤정태 서리를 찾는 안태건의 손에는 조감찰의 일기장이 들려 있었다. 성감찰이 압수한 물품을 정리하다가 일기를 보았을 때 교묘하게 뜯어진 것을 발견했다. 날짜가 비자금 장부가 사라져 한감찰이 체포당한 직후라는 것을 알게 되었다.

"창고에 갔습니다. 장령님."

정녹사가 급히 창고에 갔을 때 윤정태는 없었다. 사헌부 정문을 지키는 소유가 말하기를 방금 밖에 나갔다는 말에 뒤를 쫓았으나 그는 보이지 않았다. 비자금 장부를 잃어버린 날 이후의 일기를 잘라냈다는 것이 무엇을 말하는가.

"그놈이야, 그놈이 가져간 거야."

초점을 한명철 감찰에서 윤정태 서리로 옮기자 모든 것이 명확해졌다. 그때 감찰방 책상 위에는 평시서로 보낼 장부가 놓여 있었다. 그것은 겉모양이 비슷한 비자금 장부를 실수로 집어갔다는 것이 된다. 만약 정치적 의도가 있었다면 벌써 소론에 의해 이용되었을 것이다. 이들이 흥분해서 떠드는 소리에 귀를 기울이던 고대수가 마당에서 서성거리고 있는 윤정태 서리에게 빨리 도주하라고 일렀다. 탄로 났다는 말에 번개처럼 사헌부를 빠져나갔던 것이다.

사헌부에 난리가 난 것을 모르는 김용전은 말을 타고 마포 나루로 향했다. 김용전 감찰은 먼저 마포나루의 행정기관인 한강방(漢江坊)을 들러 상황을 보고받았다. 그리고는 여춘삼의 안내를 받으며 선주들을 만났다. 객주 여춘삼에게 김용전은 별로 도움이 되는 일은 못하고 있지만, 그는 친구가 사헌부 감찰임을 자랑하고 미래에 투자

하고 있다. 김용전이 말을 들어보니 영남의 선주들이 지역에서 수확한 쌀을 한강의 세곡선에 맡기지 않으려 한다. 자신들이 운반하겠다는 것이다.

"저희가 입수한 정보에 의하면 영남 선주들이 노론의 유력자에게 줄을 대고 있다고 합니다."

흰 머리가 성성한 선주가 하소연했다. 나라에 바치는 세곡선을 누가 맡느냐에 따라 이들의 생존이 달려있다. 뱃길이 서툴다고 세곡선 운반을 못 하던 영남 선주들은 해도를 구하고 기상을 연구했다. 그런 다음 은퇴한 한강의 숙련된 사공을 초빙해 선원들을 훈련시켰다. 이들은 자신들도 세곡선을 운용할 수 있다고 상소를 하는 한편 비변사에도 상황을 적은 문서를 제출하려 한다는 것이다. 세곡선의 선주들은 마포나루 객주와 별도로 돈을 모아 노론에 바치고 있다. 그건 재정을 맡은 김용전이 잘 알고 있는 일이다. 마포의 선주들은 그동안 쉽게 재물을 긁어모으다가 일격을 당한 것이다. 마포 나루 객주의 사업은 시전과 달리 배를 운용하는 것에서 큰 이익이 있다. 객주 여춘삼도 최근 큰 배를 구입해 세곡선을 운용하기에 난감한 지경에 빠진 것이다. 노론의 진짜 실세 민진원이 배후라면 김용전도 어쩔 수 없으나 말을 들어보니 아니었다. 자신에게 힘이 있는 것처럼 속인 자의 농간이 분명했다.

"내가 노론의 재정을 맡고 있지만 그런 사실은 처음 듣는 일이오. 나도 모르게 영남 선주들의 뒷배를 봐주는 이가 누구란 말이오?"

여기까지 말하고 입을 다물었다. 선주들은 서로 얼굴을 쳐다보았다. 김용전이라는 줄을 잡으면 영남 선주들이 꾸미는 짓을 막을 수 있다는 묵언이다.

"알았소. 내가 김재로 영감을 뵙고 자초지종을 알아보겠소."

이 말을 하면서 김용전은 얼마를 우려낼 수 있는가 가늠해 본다. 천 량? 아니다. 이 일을 노론이 막으려면 만 량은 있어야 한다. 그는 자기 몫만 생각한 것이다.

"그만 합시다. 나는 갈 곳이 있소."

김용전이 자리에서 일어나자 모두 따라 일어난다. 이제 선주들이 믿을 사람은 김용전이라는 것을 알았다. 그가 자리를 비키면 상납할 금액을 결정할 것이다.

"춘삼이, 내가 영감에게 잘 말씀 드릴 테니 걱정하지 말게."

여춘삼의 얼굴이 환해진다.

"아이고, 용전이. 아니, 김감찰님. 우리 마포나루의 운명은 김감찰님에게 달려 있습니다."

연신 허리를 굽히며 아부를 떠는 친구에게 우선 천 량을 마련하라고 하고 미향의 집으로 향했다. 김용전은 여춘삼과 자주 가던 삼패 기생집에서 만난 기생 미향을 첩으로 들여 앉혔다. 마포 객주들에게 받은 돈으로 기생첩에게 작고 아담한 집을 사주었다. 집 근처로 가자 짙은 분내가 코를 찌르는 것 같았다. 오늘은 첩 미향이 어떤 애교를 떨까. 무뚝뚝한 아내에게서 볼 수 없는 즐거움이다. 그의 눈에 천 량이 허공에서 날아오는 듯 보였다.

김재로는 홍계희를 데리고 사헌부로 달려왔다. 노론의 숨통을 쥐고 있는 비자금 장부를 훔친 자가 서리라는 말에 모두 놀랐다. 한명철 감찰이 완강히 부인하며 참혹한 형벌까지 받았다. 그런데 엉뚱하게도 서리가 범인으로 밝혀지자 황당했던 것이다.

"여러모로 꿰어 맞춰보니 윤정태가 실수로 가져간 것입니다."

안태건은 조감찰의 일기를 꼼꼼히 살펴본 결과를 말했다. 만약 한감찰이 정치적 목적으로 비자금 장부를 가져갔다면 지금껏 드러나지 않은 것이 더 이상하다고 했다. 홍계희가 물었다.

"장령님. 실수로 그자가 가져갔다면 그런 소동이 일어났는데 왜 말하지 않았을까요?"

"무서웠을 것이야. 그 내용을 읽어보고 두려웠을 것이지."

안태건은 서리들을 모아서 말을 들어보았더니 그 사건 이후 행동에 변화가 있었음을 알 수 있었다. 평소 느긋한 성격인데 한감찰이 팽형을 당한 후 우울한 표정을 짓고 말수도 적어졌다고 했다. 그리고는 깜짝깜짝 놀라기도 했다고 한다. 묵묵히 듣고 있던 김재로가 입을 열었다.

"지나간 일은 할 수 없네. 빨리 그자를 잡아 장부를 회수하는 방법을 찾아보자구."

"사헌부의 힘으로는 어렵습니다. 포도청에 알려야 하는데 그러면……"

안태건이 말꼬리를 흐렸다. 이 사실을 이몽룡이 알면 안 된다. 뇌물 장부 가지고 도망친 서리를 잡으라면 일이 더 크게 번진다. 김재로가 잠시 고개를 숙였다 들어 보다가 김용전 감찰과 눈이 딱 마주쳤다.

"김감찰, 자네 생각은 어떤가?"

"네에? 저 말입니까?"

자신을 노론의 영수가 지목하자 김용전이 화들짝 놀란다. 다른 때 같으면 청탁의 기회지만 지금 상황으로 봐서는 영남 세곡선은 입에 꺼내지도 못하겠다.

"수에 밝으니 암호로 된 장부를 찾으면 풀 수 있겠는가?"

송파 객주는 뇌물을 받은 사람의 이름을 기록했다. 받은 이들은 이 돈의 절반을 노론 지도부에 바쳐야 했으나 중간에 꿀꺽한 자도 있을 것이다. 금난전권 철폐를 위한 비자금을 숨겨둔 곳도 암호로 표시했다. 본인만 알고 있다고 하지만 암호를 풀 줄 아는 사람에게 들어가면 쉽게 풀릴 수도 있다.

"저는 풀지 못하고 암호를 해독할 수 있는 자가 비변사에 있다는 말은 들었습니다."

"음, 그렇다면 빨리 장부를 찾아야겠군. 이건 불한당을 동원해야 할 것 같네."

김재로는 사헌부에서 추적하는 것과 별도로 뒤를 쫓으라고 했다.

이몽룡은 우포도청의 포교와 포졸 몇 명과 함께 도중으로 갔다. 시전상인 조합인 도중(都中)은 번화한 시전의 뒤편에 자리 잡고 있는데 우두머리도 도중이라고 부른다. 새로 도중이 된 사람은 비단전을 하는 백인철이었다. 몽룡에게 시전의 정보를 제공하는 밀대가 그 밑의 홍행수이다. 그는 춘향이 이층 주막에 있다는 것을 보고했고 주막 자체가 수상하다는 말도 덧붙였다. 행수에게 정보를 알려주는 지게꾼이나 허드레꾼들에 의하면 변장한 젊은 남자들이 드나든다는 것이었다. 박문수가 가끔 찾는다는 말도 했다.

'박문수라, 박문수가 움직이고 있다.'

소론의 신진인사이자 임금의 측근인 박문수다. 그냥 소일이나 하고 있을 사람이 아니라는 것은 이몽룡은 알고 있다. 뭔가 꾸미고 있다.

"나으리, 다 왔습니다."

김포교의 말에 몽룡은 퍼뜩 정신이 났다. 그는 피맛골쪽을 한번 바라보고는 도중이 있는 골목길로 들어섰다. 시전의 젊은 상인 한 명이 도중 문 앞에서 이몽룡 일행을 맞았다.

"자네들은 여기서 기다리게."

포교는 포졸들을 사방에 배치하고 이몽룡만 안으로 들어갔다. 시전 대표들이 모두 모여 이몽룡과 회의에 들어갔다. 새로 도중이 된 백인철은 사헌부의 압력에 대해 하소연했다.

"종사관 나으리, 어제는 의금부에서 도사가 나와 조사했습니다."

이몽룡의 항의로 승정원에 묶였던 조강인의 상소를 임금이 보고는 김학유에 대한 조사를 의금부에 명령했다. 그러나 노론이 장악한 의금부에서 수사를 제대로 할 리 없다. 현황만 파악하고 돌아갔다. 눈치 빠른 시전 상인들은 노론의 핵심이자 사헌부의 고관인 김학유를 처벌하지 않는다는 것을 알았다. 그래서 이몽룡에게 소극적으로 대하기로 입을 맞췄다. 다만 문제가 되는 것은 장일도의 아내가 끝까지 포기하지 않는다는 것이다. 지금은 단식까지 하고 있다. 그러나 상인들은 이 사실을 숨기고 거짓말을 했다.

"장도중의 안 사람도 포기하려는 모양이고 의금부에서 조사하고 있으니 우포도청에서 굳이 나설 일이 아니라 생각됩니다."

백인철의 말에 다른 상인들도 이구동성으로 찬성했다. 이몽룡은 아무 소득이 없자 자리에서 일어났다. 내일쯤 비단전 행수가 시전상인들의 동향을 보고해 올 것이다.

이층 주막 앞에서 머뭇거리던 이몽룡은 결국 안으로 들어갔다. 다른 주막에서 서너 병의 술을 마셔서 취한 상태다. 이층 주막 안은 늦은 시각이라 손님 몇이 마지막 술잔을 비우고 있었다. 이몽룡이 계단을 밟고 이층으로 올라가니 텅 비어 있었다. 자리에 앉은 몽룡은 하녀에게 주모를 불러오라고 했다.

"나리, 곧 문을 닫을 시각입니다. 주모는 왜 찾으시는지요?"

하녀의 물음에 이몽룡이 눈을 부릅뜨고 소리쳤다.

"춘향, 성춘향을 불러오라는 말이다. 알았냐?"

그 말에 하녀가 기겁해서 뒤로 물러났다.

"나리, 그런 사람은 어, 없습니다."

"없다고? 내가 누군지 아느냐? 우포도청 종사관 이몽룡이다. 주모, 나오라고 해라."

하녀는 잔뜩 겁에 질려 죽어가는 소리로 말했다.

"나리, 그런 사람은……"

이몽룡은 자리에서 벌떡 일어나더니 탁자를 뒤엎었다. 쾅하는 소리에 하녀는 주저앉았다. 몽룡이 휘휘 둘러보며 소리쳤다.

"이보게. 춘향이. 어서 나오게. 다 알고 왔다네."

그러나 주막 안은 조용할 뿐이다. 몽룡이 다시 소리쳤다.

"네 남편이 왔다. 흑산도에 귀양 갔다가 돌아온 이몽룡이다."

칸막이 뒤에서 성춘향이 천천히 모습을 드러냈다.

"나리, 벼슬하신 양반님께서 남의 주막에서 무슨 행패이신가요?"

이몽룡은 춘향을 보자 귀신에 홀린 사람처럼 우두커니 서 있었다. 몇 년 만에 보는 얼굴이던가. 춘향의 표정은 무덤덤했다.

"임자. 서울로 돌아온 뒤에 얼마나 찾았는지 모르오. 갈만한 곳은 다 찾아다녔고 남원까지 내려가 헤맸소. 간신히 박문수 대교의 처가가 있는 평택에 내려가 수소문 끝에 서울에 있다는 것을 알아냈소. 그런데 어떻게 여기 주모가 되었다는 말이오?"

춘향의 눈매가 사나워졌다.

"서방 없는 집에서 쫓겨난 미천한 첩이 어디 가겠어요? 기생딸이 하기에 딱 맞는 일이지요."

이몽룡이 춘향에게 다가왔다.

"미안하오. 귀양이 풀려 출도하려고 했지만, 전염병이 도는 바람에 섬에 갇혀 있었소."

춘향이 입을 가리고 웃었다. 호호호

"출도요? 오래전 그때가 생각나는군요. 그때도 옥에 갇혀 있는 나를 시험하셨지요."

춘향의 말에 이몽룡이 어색하게 웃으며 말했다.

"그때는 미안하오. 내 한번 장난질 한 거요."

이몽룡이 어사출도를 한 뒤에 부채로 얼굴을 가리고 수청을 강요했던 일이다.

"장난질? 그래요. 당신은 여러 번 약속도 어겼어요. 내가 비록 기생의 딸이라 해도 아버지는 고을 사또였으니 반쪽 양반이에요. 정실부인이 못 될 운명이라면 첩 노릇이라도 잘하게 해 주어야지요."

하녀들이 계단에 늘어서서 이들을 지켜보고 있었다. 이몽룡은 춘향의 질책에 아무 대꾸도 못했다. 남원에서 그녀를 구출해 서울로 왔을 때 춘향이 설 자리는 첩의 지위뿐이었다. 소년 등과한 이몽룡에게는 돈과 권력이 있는 명문가의 혼처가 기다리고 있었다. 그때도 몽룡은 눈물로 호소하며 자신의 사랑은 오직 성춘향뿐이라고 했다. 그리고 두 집 살림이 몇 년간 지속되었다. 본처에게서는 아들딸이 쑥쑥 나오고 춘향은 아이를 생산하지 못했다. 적서차별이 심한 세상이니 차라리 아이를 낳지 못하는 것이 다행이라고 자위하면서 살았다. 춘향이 악을 썼다.

"이제 더 못 참아요. 돌아가요! 돌아가!"

임성주가 사헌부로 돌아오자 누구보다도 놀란 것은 고대수였다. 닷새간 고대수의 집에 머물던 성주는 첫날은 아랫도리를 물수건으로 박박 닦으며 울기만 했다. 그 다음 날은 미친 것처럼 웃더니 사흘째 되는 날에는 안태건을 증오하며 이를 갈았다. 그 다음 날에는 다시 울다가 웃다가 하다가 마침내 입을 다물었다. 고대수는 성주가 목이라도 맬까 봐 집으로 돌아오면 밤늦게까지 달랬다. 닷새째 되는 날 아침에는 집으로 돌아가겠다고 했다. 표정이 매우 담담했다.

'언니, 걱정 마. 나 절대로 안 죽어. 그 인간 죽는 것 보고 나서 죽을 거야.'

그리고는 집으로 돌아갔다. 고대수는 성주가 걱정되어 며칠 동안 매일 성주를 찾아갔는데 성주의 엄마는 딸이 겁탈당한 것을 모르는 모양이었다. 다시 사헌부에서 다모로 일하고 싶다고해서 설마 했는데 정말 돌아온 것이다.

"내가 아니면 당장 굶는데 어쩌겠어."

성주의 가정형편을 아는 고대수로서는 위로할 말이 없다. 당한 것은 당한 것이고 우선 사람이 살아야 한다. 오감찰이 성주를 보고 놀라서 눈을 동그랗게 떴다. 즉시 안태건 장령의 방으로 가서 그녀가 돌아온 것을 말했다. 그러자 안태건이 입술을 치켜세우더니 냉소했다.

"제까짓 년이 어쩌겠어. 그냥 놔두게."

하고는 감찰들이 올린 보고서를 들여다보았다. 김재로는 조카 김학유만큼은 봐달라고 하지만 우포도청 종사관 이몽룡은 꼭 처벌해야 한다고 주장한다. 몽룡이 김학유와 사이가 나쁜 이유도 있겠지만 누가 봐도 행동이 지나쳤다. 많고 많은 계집 중에서 하필 도중의 처를 겁탈한다는 말인가. 널린 게 계집 아닌가. 창문 너머 보니 다모들이 지나가는데 그 안에 성주도 끼어 있다. 안태건은 임성주가 눈을 동그랗게 뜨고 저항하던 것이 머리에 떠올랐다. 하지만 힘으로 어떻게 당할 것인가. 아니지, 장령의 위세로 저항을 누를 수 있었다. 그날은 강제로 하는 바람에 아랫도리가 즐겁지 않았다. 다음에는 계집에게 진짜 사내 맛을 보여주겠다고 다짐했다.

"저, 장령 나리."

자신을 부르는 소리에 뒤돌아보니 정녹사가 문밖에서 찾고 있었다. 안태건은 그제야 생각이 났다. 경상도 감영에서 소장이 날아왔는데 사헌부 감찰 김용전이 영남 세곡선 운반권을 가져가는 것을 막는다는 것이다. 안태건이 낯을 찌푸렸다.

"그 인간은 왜 또 말썽이야."

노론의 비자금을 운용하는 김용전이 여기저기 이권에 개입한다는 것을 알고 있다. 그러나 콩떡을 만드는데 콩고물을 묻히는 것은 당연하다고 눈 감아 주었다. 그러나 월권이 멀리 경상도까지 미친다면 곤란하다. 경상감사가 노론이었다면 어떻게 조정할 수 있는데 남인이다. 생각 같아서는 감사고 뭐고 당장 쫓아내고 싶지만, 임금이 탕평책을 써서 그 자리에 놔두는 것이다.

퇴근 시간이 되자 사헌부의 서리들은 하던 일을 끝냈다. 다모들도 탕약 그릇을 닦는데 임성주는 고대수와 함께 사헌부 소유들을 따라나설 채비를 했다. 생계 때문에 어쩔 수 없이 사헌부에 다시 나오게 되었지만, 안태건과 마주치는 것은 피했다. 고대수가 보기에 성주가 여자로서 감당하기 어려운 끔찍한 일을 당했지만 원래 쾌활한 성품이라 마음을 다잡는 것 같았다. 감찰 성암이 소유와 다모를 데리고 갈 곳은 호조의 정6품 좌랑의 집이었다. 시전 상인이 청나라 비단을 밀수로 들여와 고발되었음에도 호조에서 뭉개고 있었다. 호조좌랑이 다량의 비단을 뇌물로 받았다는 첩보를 입수해서 수색에 나선 것이다. 성감찰이 고대수에게 말했다.

"고대수는 성주와 함께 담장을 넘어 안으로 들어가게. 우리는 사랑채로 갈 테니."

일에 성실하고 상명하복 잘하는 성암은 다음 지평 승진이 유력했다. 안태건도 그것을 인정하기에 그를 체포현장에 보낸 것이다. 성감찰의 명을 받은 고대수는 임성주와 함께 담 쪽으로 갔다. 주위의 집보다 담이 높았지만, 키가 큰 고대수인지라 까치발을 하지 않아도 안이 들여다보였다. 어두워지기 전에 일을 끝내야 한다. 집 구조를 훔쳐본 고대수는 상인에게 뇌물로 받은 비단은 안방에 딸린 골방에 있을 것으로 어림짐작했다.

"내가 엎드릴 테니 밟고 올라가."

고대수가 땅바닥에 엎드리자 성주가 조심스럽게 등을 밟고 담 위로 올라갔다. 쿵

바닥으로 떨어지는 소리와 함께 옆구리에 차고 있던 쇠좆매가 굴러떨어졌다. 살며시 손을 뻗어 쇠좆매를 끌어당겼다. 뒤이어 고대수가 담장 끝을 두 손으로 붙잡고는 휙 날아서 집안으로 들어갔다. 육중한 몸이 새처럼 날아 나뭇잎처럼 떨어졌다. 두 여자는 살금살금 걸어서 안방을 향해 갔다. 저녁 식사 중인 모양이다. 여자들이 떠드는 소리가 들렸다.

"언니, 아직 멀었나?"

처음으로 다모다운 일을 하게 된 성주의 눈에는 불안과 호기심이 깃들여 있었다.

"아직은 아니야. 감찰님이 사랑채로 진입했을 때 움직일 거야."

호조좌랑의 집 근처에 매복한 자에 의하면 뒤늦게 시전 상인이 여러 명의 호위를 데리고 들어갔다고 했다. 성암이 열 명이 넘는 소유와 함께 들어갈 것이지만 체포과정에서 다툼이 있을지도 모른다. 이때 사랑채 쪽에서 요란한 소리가 들렸다. 감찰이 집안으로 들어선 것이리라. 고대수는 벌떡 일어나 안방 쪽으로 뛰어갔다. 성주도 쇠좆매를 움켜주고 뒤를 따랐다. 안방 문이 열리면서 밖을 내다보는 눈이 있었다. 거대한 체구의 여자가 달려오자 여종이 놀라 소리를 질렀다. 고대수는 우당탕 소리를 내며 마루로 뛰어 올라갔다. 성주도 쇠좆매를 휘두르며 소리쳤다.

"사헌부에서 왔다. 꼼짝 마라!"

느닷없는 다모의 출현에 방안의 아녀자들은 공포에 질려 벌벌 떨었다.

"비단은 어디 있나?"

고대수가 눈을 부릅뜨며 위협했지만, 여자들은 떨기만 했다. 성주는 고대수가 말한 대로 골방을 열었지만, 이부자리 외에 아무것도 없었다. 성주는 울상이 되어 말한다.

"언니, 아무것도 없어."

고대수가 발로 골방의 벽을 걷어차자 판자가 부서지면서 구멍이 났다. 그 안을 살펴보니 비단이 보였다. 밖에서도 사헌부 소유들과 사내들의 다툼이 격렬했다. 호위들이 품 안에서 단도와 쇠사슬을 꺼내 저항하자 육모방망이를 든 소유들은 주춤할 수밖에 없었다. 기세가 높아진 호위들은 시전 상인을 보호하며 안채로 들어갔다. 안방에서 떨던 부인이 얼른 마루로 뛰쳐나갔다. 동시에 시전 상인의 호위들도 마당으로 들어섰다. 부인을 뒤쫓아가던 성주는 험상궂은 사내들과 마주쳤다. 잠시 머뭇거리다가 쇠좆매를 휘두르며 달려들었다. 그러나 허공을 갈랐을 뿐 고꾸라진 것은 성주였다. 호위가 칼로 찍으려는 순간 고대수가 쏜살같이 달려들었다. 놀라서 몸을 바짝 세운 사내의 가슴을 양손으로 떠밀자 훌쩍 날아가 땅바닥으로 떨어졌다.

"이놈들, 어서 무릎을 꿇어라!"

집이 흔들릴 정도로 큰소리를 치자 호위들이 일제히 달려들었다. 칼을 휘두르는 자, 쇠사슬을 후려치는 자가 있었지만, 결코 고대수의 상대가 되지 못했다. 그녀가 손을 휘두를 때마다 사내들은 픽픽 쓰러졌다. 사헌부의 소유들은 고대수의 엄청난 괴력과 무술 솜씨에 멍하니 바라보고만 있었다. 그들이 한 것이라고는 나자빠진 호위들을 오랏줄로 묶는 일뿐이었다. 골방 밑에 있는 비밀창고에서 청국의 비단과 함께 금괴를 끄집어냈다. 금액이 어마어마해서 사형감이었지만, 좌랑이 왕실과 친척이라 유배형으로 끝났다. 새로 임금이 바뀐 이후로 사헌부에서 가장 크게 거둔 성과였다. 이렇게 고대수에 대한 평가가 더 높아졌고 함께 다니는 임성주도 다시 활기를 찾았다.

7 비자금 장부

노론의 긴급 소집이 있었다. 김재로가 임금의 측근에 심어놓은 내시가 급히 전달할 것이 있다는 것이다. 노론의 중진들이 속속 모여들었다. 넓은 사랑방에는 병풍이 쳐 있었다. 그 뒤에 내시 정중명이 앉아 이들의 질문에 답하기로 했다. 병풍을 친 것은 김재로가 내시의 성명과 얼굴을 숨기기 위한 것이다. 그동안 김재로에게만 은밀하게 궁중의 동향을 알려왔지만, 이번에는 직접 알려야 할 필요가 있었다. 미리 숫자에 맞춰 깔아놓은 방석에 마지막 손님이 앉았다. 묵묵히 앉아있던 김재로가 입을 열었다.

"오늘 모신 분은 궁에 계신 분으로 그동안 우리 노론의 눈과 귀가 되어 주셨소. 오늘은 긴급한 일이라 특별히 모신 것이니 경청해 주시오."

잠시 침묵이 흘렀다. 정중명이 입을 열었다.

"제가 지금 말씀드리는 것은 극비사항입니다. 주상께서는 사헌부가 제 소임을 다하지 못하고 오히려 권력을 남용하고 비리를 저질렀다고 질타하셨습니다. 그리고는 나라의 기강을 바로잡기 위해 따로 관서를 만들기로 했다고 말씀하셨습니다."

좌중이 웅성거렸다. 사헌부의 비리를 보고받은 임금이 어떤 조처를 취할 것 같다는 소문은 노론 사이에서 널리 퍼졌다. 그러나 지금 측근 내시의 말을 직접 들으니 놀랄 수밖에 없다.

"새로 만들어질 관서의 이름은 공수처입니다. 권력이 사유화된 것을 바로잡겠다는 뜻으로 작명하셨다 합니다."

공수처(公守處). 낯선 이름이다. 부나 원도 아니고 처이다. 그것은 고정된 것이 아니라 임시라는 의미를 내포하고 있다.

"주상께서 지난 일 년 이상 은밀하게 준비해서 마지막 단계에 이르렀다고 합니다."

다시 좌중이 웅성거렸다. 은밀한 준비라는 것은 여기 모인 노론들의 뒤를 캤다는 뜻일지도 모른다. 누군가 큰 소리로 묻는다.

"그, 공수처라는 것을 만든 자가 누구인지 알고 있소?"

"주상께서는 박기은이라고 했습니다."

박기은? 생소한 이름이다. 임금의 직속기관으로 은밀히 활동할 정도라면 신임받는 자이어야 하는데 그런 이름은 듣지 못했다. 정중명은 이 극비정보는 신하 누구도 알지 못한다고 했다. 대왕대비인 인원왕후에게 고하는 것을 몰래 엿들었다는 것에서 신빙성이 더했다. 공수처의 윤곽이 살짝 드러나자 여기저기서 질문이 쏟아졌다.

내시 정중명이 말을 끝내고 궁으로 돌아간 뒤에 노론은 밤이 이

속하도록 회의가 계속되었다. 임금이 공수처를 만드는 것은 노론의 손아귀에서 벗어나려는 신호였다. 지금의 임금이 누구인가. 왕자라지만 무수리 출신의 천한 여자가 낳았다. 노론 사대신이 사약을 받고 집안이 멸문하면서까지 옹립했던 임금이다. 그들은 임금이 은혜를 모르는 분이라고 입을 모아 한탄했다. 마음속으로는 연산군이나 광해군처럼 임금을 바꾸고 싶은 격한 충동을 느꼈다. 그러나 반신반의하는 사람도 꽤 있었다. 부정부패 척결의 명분이 있으니 무조건 반대할 수도 없다고 했다. 노론도 부패가 만연한 것을 인정하고 있었다. 말끝에 누군가 한명철 감찰의 처리에 대해 말했다. 노론의 비자금 장부를 훔친 것이 한감찰이 아니라 윤서리로 드러났으니 팽형을 취소해야 하지 않느냐 하는 것이다. 그 문제는 단박에 거부되었다.

"그건 안 될 말이요. 그러면 사헌부가 잘못 처리했다는 것이 되오. 그러면 공수처인지 뭔지가 나설 것이오."

한감찰의 억울함이 판명되면 노론은 더욱 궁지에 몰릴 것이다. 노론의 인사들은 토의가 끝나자 밤늦게 돌아갔다. 모두 돌아간 뒤에 김재로는 홍계희와 마주 앉았다. 당면한 문제는 비자금 장부를 들고 도망친 사헌부 서리에 대한 처리문제다. 간단히 야참을 먹은 뒤에 홍계희가 보고했다.

"윤정태의 죄목을 공금 절도로 하고 추적하고 있습니다."

사헌부의 소유들이 윤서리의 집을 샅샅이 뒤졌지만, 장부는 찾지 못했다. 가족들을 엄하게 심문했지만 모른다는 말뿐이었다. 할 수 없이 집을 감시하면서 친구, 친척 등 은신처가 될만한 곳을 탐문하고 있다고 했다.

"그자를 잡을 수 있겠느냐?"

김재로의 물음에 홍계희는 그가 부리는 불한당의 능력이 미행감시는 해도 탐문은 어렵다고 털어놓았다. 그러자 김재로는 청지기를 불러 식객으로 있는 이인좌를 오라고 했다.

"문객에 이인좌라는 청주 사람이 있는데 본래 양반이지만 영락했다는구나. 작은 벼슬자리나 얻을까 내게 의지하고 있는데 몇 번 만나보니 호쾌한 면이 있었다. 유흥을 즐기고 한양의 한량들과 친분이 두텁다고 해서 불러왔으니 도움이 될 것이다."

노론의 영수인 김재로는 마음만 먹으면 치부할 것인데 대대로 물려온 집에서 비교적 검약하게 살고 있다. 본디 강직한 사람으로 매관매직 따위는 하지 않았다. 돈으로 벼슬을 사려는 자들은 애당초 문객으로 두지 않는다. 하지만 명당지도를 가져온 이인좌가 쓸모가 있어 보여 내치지 않았던 것이다. 잠시 후에 이인좌가 방으로 들어왔다. 체구는 우람하지 않았지만 단단하게 보이고 눈빛이 남달랐다. 김재로는 이인좌에게 사건의 전말을 말하고 해결방도를 물었다. 가만히 듣고 있던 이인좌가 천천히 입을 열었다.

"그자를 친구나 친척에게서 찾을 수는 없을 것입니다. 사헌부 서리가 그걸 모르겠습니까?"

"그러면?"

"서리로 있을 때 알고 지냈던 불한당이 그를 보호하고 있을 것입니다. 그 장부가 불한당에게는 쓸모가 많을 것입니다. 암호를 풀어 비자금을 탈취할지도 모릅니다."

이인좌는 도성 안 성벽 근처에 숨어있을 것이라는 말을 했다. 주위의 눈을 의식하고 상인이나 수공업자로 위장하고 있을 것이라는 말도 했다. 김재로가 고개를 끄덕였다. 그는 홍계희와 인사시키고 그를 도와 윤정태를 잡아주면 벼슬을 내리겠다는 말도 잊지 않았다.

다음 날 아침. 이인좌는 부하 거북이와 함께 당고개로 갔다. 그는 윤정태를 고대수가 보호하고 있다고 확신했다. 그가 범인으로 밝혀지는 순간 쏜살같이 도망칠 수 있었던 것은 고대수 덕분이다. 응팔은 전날 술을 많이 먹었는지 정신을 차리지 못했다. 차가운 물로 세수하고 나서야 움막에서 대면했다.

"멀쩡한 집을 놔두고 왜 이곳에 머무나?"

요즘은 참형을 받는 자가 없었다. 사형은 포도청에서 교수형으로 처리하기 일쑤였다. 이인좌의 질책에 응팔은 히죽 웃고 나서 대꾸했다.

"망나니가 집이 어딨소? 오두막 집은 그 계집에서 넘겼소이다."

여기서 그 계집이란 동거하는 퇴기를 말한다.

"피 냄새 때문에 못 살겠다고 하더이다. 한 달에 두어 번 잠자리만 같이하기로 했소이다."

"그러면 뭘 먹고 사나? 일거리도 없을 텐데."

"애들하고 빚 받으러 다니는 일을 하고 있소."

망나니 응팔이 참형할 때 쓰는 대도를 들고 채무자의 집에 들이닥치면 대부분 받아낼 수 있다. 칼을 휘두르거나 기둥을 콱 찍으면 벌벌 떨며 돈을 내놓겠다고 한다. 돈을 내놓을 형편이 안 되면 아내나 딸을 끌어다가 팔아넘기기도 했다.

"내가 일거리를 하나 맡았는데 해줄 수 있겠나? 셈은 두둑하게 쳐주지."

그 말에 응팔이 혹해 귀를 쫑긋거렸다. 대충 말을 들은 응팔은 자리에서 일어났다. 칠패시장에서 건달 노릇을 하는 부하들을 만나기 위해서다. 응팔은 세 명의 부하들을 주막의 으슥한 방으로 불러 모았다. 이인좌를 보자 모두 머리를 조아렸다. 응팔이 형님으로 모시니 이들도 자연히 아우가 된 것이다.

"자네들에게 특별히 부탁하네."

이인좌는 도성의 지도를 펴놓고 둘러싼 성벽의 외딴 지역을 조사하라고 말했다. 그동안 고대수가 하는 말에 의하면 활빈당의 안가가 있을 가능성이 높다. 높은 성벽으로 햇볕이 들지 않아 사람들이 꺼리는 곳이다. 그리고 쫓기게 되면 성벽 너머로 도주하기도 좋다.

고대수가 급히 그려준 약도를 들고 사헌부를 도망친 윤정태는 구리개 어느 빈집에서 하룻밤을 잤다. 다음 날 아침 똘이라는 여자의 안내로 인왕산 기슭의 집으로 갔다. 언덕 위에 낡은 집들이 여러 채 있었다. 대부분 품삯 일을 하는 부부가 늙은 부모를 봉양하고 사는데 맨 위의 큰 집에는 부녀가 살고 있었다. 부녀는 서책을 제본하는 일을 하는데 일거리는 많지 않은 편이었다. 사람 두어 명 누우면 꽉 찰 골방에 며칠 동안 숨어 있었다. 어느 날 해가 저물 무렵에 고대수가 찾아왔다. 그녀는 딸기가 가득 담긴 광주리를 들고왔다. 마루에 앉은 네 사람은 딸기에 손도 대지 못했다. 고대수가 쉬지 않고 윤정태를 설득하느라 먹을 새가 없기 때문이다.

"윤 서리님. 지금 서리님의 댁과 친척 집에 사헌부 서리와 소유들이 찾아갔습니다. 또 노론이 부리는 밀대도 도성을 샅샅이 뒤지고 있습니다. 언제 발각될지 모릅니다. 제발 제 말을 믿으십시오."

그러나 그는 눈만 감고 있다가 퉁명스럽게 말했다.

"나는 말이야. 고대수 자네가 활빈당수라는 것도 믿을 수 없지만, 공수처니 뭐니 하는 것도 믿을 수 없어. 박문수 그 양반이 처장이라고? 흥, 소론이 지금 빈사지경인데 공수처라니."

고대수는 기가 막혔다. 말귀를 알아들 법한 윤서리가 최악의 궁지에 몰렸는데도 이 모양이다. 윤정태가 팔짱을 끼고 나직하게 말했다.

"나는 어찌 되든 상관없어. 마누라와 애들만 무사하면 된다. 그러니 정말로 공수처라는 게 생긴다면, 박문수 나리가 우두머리이면 내게 데려와라."

윤정태는 장부를 숨긴 곳을 불지 않았다. 임금의 측근 박문수를 데려와 증명하라는 것이다.

"장부는 지금 내게 없네. 그런 위험한 걸 어찌 몸에 지니고 다니겠나?"

윤정태는 비자금 장부를 숨겨놓은 장소를 말하지 않았다. 고대수가 거듭 내놓으라 하자 윤서리가 내뱉듯이 말했다.

"장부는 내 목숨이야. 나를 죽여도 보여줄 수 없어."

고대수는 윤정태가 그렇게 나오니 난감했다. 공수처장이 될 박문수와 직접 면담하기로 했다. 공수처로서는 그 장부가 있어야 노론의 부정부패를 밝혀낼 수 있다. 고대수도 그 장부가 있어야 사헌부 창고 안에 있는 활빈당 명단과 맞바꿀 수 있다.

저녁때 고대수는 집이 아니라 박문수와 동행해서 인왕산 안가로 갔다. 여러 말로 구슬려도 윤정태가 끝내 입을 열지 않자 박문수를 데려가는 것이다. 고대수가 눈에 띄는 인물이라 큰길에서 만나지 못하고 인왕산 뒷길에서 만나 숲으로 들어갔다. 혹시 미행이 있을까 봐 두 사람 다 조심했다.

"대교님, 윤서리는 전혀 제 말을 믿지 않습니다. 그래서 오시라고 한 것입니다."

박문수가 미덥지 못한 표정을 지으며 말했다.

"그자가 나를 알지 모르겠소."

"출장 가서 몇 번 뵈었다고 합니다. 대교님을 좋게 말하더군요."

고대수는 박문수가 가야 입을 열 것이라고 했다. 그리고는 윤서리가 도주한 이후에 사헌부의 동정도 간단히 말했다. 둘이 말을 주고받는데 어느새 의원 집에 도착했다. 박문수가 들어서자 윤정태의 눈이 휘둥그레졌다. 그는 주뼛주뼛하다가 방에서 뛰쳐나와 인사를 올렸다.

"나리, 정말 나리시군요."

"그렇소. 박문수라 하오. 나는 기억이 없소."

"그러시지요. 나리와는 직접 말씀을 나누지는 못했습니다."

고대수의 재촉으로 두 사람은 안방에 마주 앉았다. 그렇게 고집을 부리던 윤정태는 순순히 비자금 장부가 숨겨진 곳을 털어놓았다. 도성에서 한참 벗어난 곳에 있는 백련사(白蓮寺)라는 절이었다. 백련사는 오래된 절로 왕실과 인연이 깊었다. 그곳에 기거하는 벙어리 불목하니가 고향 친구로 봉투에 장부를 넣어 맡겼다고 했다.

"누가 가서 달래도 주지 말라고 당부했으니 제가 가야 합니다."

윤정태의 말에 고대수는 입맛을 다셨다. 지금 사방에 윤서리를 잡으려고 인상서를 든 밀대가 깔렸다. 홍계희도 비밀리에 이인좌와 함께 성벽 주변을 샅샅이 뒤지니 언제 붙잡힐지 모른다. 고대수가 입을 열었다.

"알았어요. 내가 주선해 보지요."

그날 밤늦게까지 박문수는 정태의 말을 듣다가 통금이 해제되자 집을 빠져나갔다. 고대수는 아침에 사헌부로 갔다가 퇴근 후에 김재로의 부인을 찾아가 백련사 참배를 권유했다. 다모가 된 후에도 가끔 화장품을 싸들고 인사를 드렸는데 손자가 병약해서 절에 가서 부처님께 빌어야겠다는 말을 들은 적이 있다. 고대수는 백련사의 명부전에 모신 지장보살에 참배해서 효험을 본 사람들의 말을 늘어놓았다. 그러자 김재로 부인은 고대수와 함께 가자고 약속했다.

김용전은 평시서로 발걸음을 옮겼다. 오늘 사헌부로 마포나루의 객주 대표들이 청원하기 위해 온다고 했다. 그는 여춘삼과 마주치는 것을 피해 평시서로 출장 가는 것이다. 어제도 그가 집에 찾아왔지만 들어오지 않았다고 거짓으로 돌려보냈다. 그렇지만 오늘은 공식적으로 사헌부에 오는 것이니 만나지 않을 수 없다. 부리나케 발걸음을 옮기는데 누군가 앞을 가로막는다.

"감찰님, 어딜 그리 급히 가시나?"

한 발 뒤로 물러서니 눈앞에서 여춘삼이 야릇한 미소를 짓고 있었다.

"아, 춘삼이. 오랜만이네. 지금 평시서 가는 길이니 나중에……"

용전이 몸을 빗겨가려고 하나 춘삼이 가로막는다.

"나중에, 나중에. 내가 늙어 꼬부라질 때?"

"어허, 이 사람. 왜 그러나? 사람들이 보고 있네."

관복 입은 벼슬아치와 시비가 붙자 지나는 사람들이 흘끔흘끔 바라본다.

"영남 운송권을 지켜준다는 것은 어찌 되었나?"

"아, 아직 안 되네."

용전은 모깃소리만 하게 자신이 고소를 당해 장령에게 혼난 이야기를 했다.

"그러면, 내 돈 천 량 돌려주게."

춘삼은 운송권을 지키게 해준다고 해서 돈을 주었다. 그러나 권리가 영남 선주들에게 가게 될 것 같다. 천 량을 가져간 김용전 말로는 자기가 쓰려고 하는 것이 아니라 위에 상납할 돈이라고 했다. 정말로 상납했으면 이렇게까지 되지 않았을 것이다.

"이보게, 춘삼이. 나와 자네는 불알친구 아닌가?"

춘삼은 집게손가락을 들어 보이며 빈정거렸다.

"그치. 네 고추가 요만하다는 것도 잘 알지."

이때 포도청 포졸들이 줄을 지어 오는 것이 보였다. 김용전은 기회를 놓치지 않았다. 그들을 불러 여춘삼을 붙잡게 하고는 얼른 자리를 빠져나왔다. 양팔을 제압당한 춘삼이 얼굴이 벌게져서 소리쳤다.

“어이, 불알친구. 내 돈 못 갚으면 그 알량한 불알마저 터지는 줄 알게.”

김용전은 욕이 안 들리는지 빠른 걸음으로 평시서로 향했다. 비변사의 결정이 났는데 영남의 선주들과 마포 나루의 선주들이 운송권을 계속 갖겠다고 싸우는 날에는 큰 싸움으로 번질 것이다. 이제 여춘삼하고는 정리할 때가 되었다고 마음먹었다. 마포의 기생첩도 이제는 물렸다. 사헌부가 몰리고 있을 때 그 핑계로 끝내는 것이 어쩌면 다행인지 모른다. 춘삼의 말을 들어주면 일도 성사 못 하고 감찰월권죄와 뇌물수수죄로 유배형에 처하게 될 것이다.

고대수는 아침 일찍 김재로의 집으로 갔다. 사헌부에는 부인이 불렀다고 하고 이틀 휴가를 냈다. 종로에서 가재울의 백련사까지는 먼 곳이라 아침에 일찍 떠나도 늦게 도착한다. 밤새 기도하면 다음 날 아침에야 떠날 수 있다. 고대수가 김재로 부인을 따라가는 것은 호위로 수행하는 것이다. 가마에 요강을 들고 올라탄 부인이 집에서 떠난 지 반나절 만에 도착했다. 가는 도중에 키가 크고 당당한 체구의 고대수를 신기하게 바라보는 눈들이 많았다. 일주문(一柱門)에 들어서니 미리 연락받은 스님들이 나란히 서서 환영했고 인근 토호가 하인들을 보내 경호하게 했다. 이런 기회에 세도가에게 아부를 떠는 것이었으나 고대수는 뜻하지 않은 낭패를 보게 되었다. 윤정태를 일꾼으로 가장해서 절 안으로 들어오게 계획했는데 토호가 하인들과 함께 입구에서 들어오는 신도를 점검하니 말이다. 고대수는 부인을 법당에 모셔놓고는 곧바로 일주문으로 나갔다. 무시무시한 얼굴의 사천왕 앞에서 토호가 절을 들어오는 신도들을 직접 확인하고 있었다. 과잉충성하는 하는 것을 보고 혀를 차던 고대수가 문에 딱 버티고 있자 토호가 이유를 묻는다.

"마님의 친척이 사람을 보내 전달할 것이 있다고 했소."

퉁명스럽게 고대수가 말하자 토호가 고개를 푹 숙였다. 반 시각 정도 지나자 세 사람이 눈에 보였다. 보부상으로 변장한 윤정태를 호위 겸 감시하기 위해 의원과 딸이 동행한 것이다. 고대수가 얼른 밖으로 나가 윤정태만 절 안으로 데리고 갔다. 법당을 돌아 공양간으로 가니 벙어리 불목하니가 윤서리를 보고 반가워했다. 뭐라고 몇 마디 하자 불목하니는 방에 들어가 보따리를 건네 주었다.

"다모, 이 안에 그 장부가 있소."

고대수가 장부를 꺼내 슬쩍 펴보니 숫자가 빼곡하게 쓰여있었다. 그녀는 보따리와 함께 일주문을 나와 의원에게 건네주고 다시 안으로 들어갔다.

세 사람이 인왕산 안가로 돌아온 뒤에 해가 뉘엿뉘엿 저물 때 고대수도 안가로 돌아왔다. 그녀는 저녁 밥상은 쳐다보지도 않고 얼른 비자금 장부를 찾아 펴고는 찬찬히 들여다보았다. 거기에는 이름 대신 암호명과 함께 숫자가 쓰여 있는데 뇌물의 액수 같았다. 맨 뒤에는 여러 모양의 선이 그려졌고 칸 안에 나비, 바람, 민들레 등이라 쓴 글씨와 숫자가 쓰여 있었다.

"이게 무슨 뜻인가요? 윤서리님."

"나도 암호에 대해 좀 배웠지만, 도대체 모르겠소."

고대수가 박문수를 데리고 온 뒤에 윤정태의 태도는 바뀌었다.

사헌부의 괴물 다모가 아니라 활빈당의 당수라는 것이 확실해지자 기가 죽은 것이다. 고대수는 장부를 의원의 딸에게 건네주었다. 저녁상을 앞에다 끌어놓고 수저를 드는데 설렁줄에 매단 방울이 울렸다. 그녀는 얼른 수저를 내려놓고 미닫이문을 열었다. 위에는 이불과 요가 놓였고 그 밑에는 옷가지가 있었다. 옷가지를 치우고는 그 밑의 여닫이문을 열고 안으로 들어갔다. 뒤이어 윤정태와 의원, 딸도 들어왔다. 조금 뒤에 옆집의 모자가 급히 방안으로 들어왔다. 아들은 얼른 밥상에 앉아 밥을 먹기 시작했다. 밖이 소란스럽더니 이인좌가 험상궂은 사내들을 이끌고 집안으로 들이닥쳤다. 연달아 있는 다섯 채의 집에서 마지막 집으로 온 것이다. 응팔이 소리쳤다.

"우리는 포도청에서 나온 사람들이다. 수상한 자들이 이 집에 있는지 수색해 봐야겠다."

아들이 놀라서 수저를 밥에 꽂은 채로 나갔다.

"무, 무슨 일입니까?"

마루 한구석에서 벌벌 떠는 어머니를 보며 응팔에게 묻는다. 하지만 응팔은 대답하지 않고 신발을 신은 채로 방안에 들어와 미닫이문을 열었다. 그러나 이부자리와 옷만 보이자 다시 닫았다. 이인좌와 다른 사내들은 윤정태가 머무는 방과 헛간, 뒷간까지 샅샅이 뒤졌다. 그러나 윤정태의 방에 잡곡 부대와 집기를 놔두어 사람의 흔적을 지웠기에 그들은 그냥 물러났다. 이들이 나간 뒤에도 아들은 밥을 꾸역꾸역 먹고 있었다. 어머니는 마루와 방을 걸레로 닦으면서 밖의 동정을 살폈다. 얼마 뒤 나무 뒤에 숨어 지켜보고 있던 사내가 뒤돌아서는 모습을 볼 수 있었다.

"갔습니다."

아들이 이렇게 말하고는 여닫이문을 열자 고대수와 나머지 세 사람이 줄줄이 밖으로 나왔다. 좁은 곳에서 숨어 있었기에 이들은 맑은 공기를 힘껏 들이마셨다. 고대수가 말했다.

"언젠가는 이곳에 들이닥칠 줄 알았지만, 소식이 너무 늦었구나."

고대수의 말에 아들이 계면쩍은 표정을 지었다. 이 집에 사는 사람임을 보이기 위해 아들은 배가 부른데도 저녁밥을 또 먹었다.

"당수님, 모든 게 제 불찰입니다. 용서해 주십시오."

"이게 왜, 네 잘못이냐? 칠칠치 못한 그놈이 잘못이지."

고대수의 배에서 꼬르르~ 하는 소리가 들렸다. 그렇다고 아들이 먹다 남은 밥을 먹을 수는 없다.

"할 수 없다. 오늘은 참자."

고대수는 말은 이렇게 했지만, 뱃속에서는 난리가 났다.

꼬르르~ 아들이 당수의 밥을 먹은 죄로 어미가 밥을 짓겠다고 나섰다. 윤정태는 자기 방으로 돌아갔고 고대수는 밥을 기다리는 동안 의원의 딸에게 비자금 장부를 보여주며 말했다.

"이걸 두 부만 복제해라. 할 수 있겠지?"

"네. 할 수 있습니다."

의원의 딸은 활빈당에서 문서 위조를 담당했다. 족보와 호패도 위조했는데 그 솜씨가 대단했다. 활빈당수 고대수가 왜 부하를 시켜 김재로 부인에게 봉변을 주고 자신이 나서서 물리치며 접근했던가. 왜 김재로의 추천을 받아 사헌부 다모가 되려고 했겠는가. 그녀는 사헌부 창고 안의 비밀창고에 들어있는 활빈당 조직명단이 필요했다. 그것이 해독되면 도둑이자 역적으로 찍힌 활빈당은 조선 땅에서 사라져버리기 때문이다.

한명철은 마당을 서성이고 있었다. 달빛이 만든 작은 그림자가 처량하게 느껴졌다. 낮에 감시하고 있던 우포도청 백인기 포교가 쪽지 하나를 주고 갔다. 오늘 밤에 박문수가 찾아올 것이라고 했다. 집안사람이 모두 잠든 인시(寅時)에 만나자고 했다. 인시가 되려면 아직도 반 시각이나 남았지만, 방에서 나와 서성대고 있는 것이다. 팽형을 받은 이후 그는 한 번도 집 밖으로 나가지 않았다. 그는 작은 방에서 창살 없는 감옥의 죄수처럼 먹고 잤다. 그래서인지 몸이 많이 불었다. 책을 붙잡아도 글자가 눈에 들어오지 않고 자신을 이렇게 만든 원수들의 얼굴만 떠올랐다. 그중에서도 비웃는 김학유의 얼굴이 크게 남았다. 그러나 화려한 꽃도 열흘이면 지고 둥근 보름달도 일그러지기 마련이다. 사헌부 집의라고 권력을 으스대던 그도 이제 덫에 걸려 꼼짝 못하게 되었다.

삐걱.

"내가 왔소."

들릴 듯 말 듯한 소리로 박문수가 말했다. 그의 뒤에는 건장한 사내가 서 있었다. 문밖에도 누군가 서 있는 것 같았다. 한명철은 말없이 앞으로 나가 박문수의 손을 꽉 잡았다.

"갑시다."

박문수가 앞장섰다. 한감찰의 집이 한눈에 내려다보이는 포교 백인기의 집으로 네 사람이 들어갔다. 작은 방에 들어가니 벽과 방문에 두꺼운 이불이 드리워져 있었다. 방음을 위한 것이다. 박문수를 수행한 원균과 이순신은 밖을 지키고 있었다.

"박형, 고맙소이다."

한명철은 눈물을 글썽였다. 어두컴컴한 지옥에서 한 줄기 희망의 빛을 본 것이다. 둘은 자리에 마주 앉았다. 한명철은 자신의 힘든 처지를 털어놓았다. 나라의 국법은 아니지만 관습법으로 팽형에 처했으니 집안 식구들도 따라야 했다. 집 근처를 얼씬거리는 감시자들의 눈을 피하기 위해서라도 살아도 죽은 사람처럼 대우를 받아야 했다. 개에게 밥을 주는 것처럼 먹을 때가 되면 밥상을 차려줄 뿐이다. 집안 식구들하고는 일체 말이 오가지 않았다. 법을 어기면 집안 식구들도 처벌을 당한다고 오신만 감찰이 으름장을 놓았기 때문이다. 그래서 집에는 지금 두 명의 종만 있고 가족들은 모두 흩어졌다.

"팽형 받은 사람이 지금까지 열 명인데 나처럼 산다는 말은 듣지 못했소."

"그렇지요. 어떤 이는 자식도 보았습니다."

팽형을 받은 사람의 부인이 출산하면 그 아이는 사생아가 된다. 과부가 불륜으로 낳았다는 불명예를 안고 태어나는 것이다. 팽형을 받은 사람은 함부로 밖에 나돌아다닐 수도 없다. 이미 호적에서 죽은 사람이기에 누가 때려죽여도 아무 처벌을 받지 않기 때문이다. 그래서 집안에 갇혀 살아있는 시체로 사는데 절반은 남은 생을 견디고 절반은 자살로 생을 마감한다.

"한형의 무죄가 밝혀졌으니 풀려나게 될 것이오."

박문수의 말에 한명철의 얼굴빛이 환해졌으나 이내 원래 상태가 되었다. 그는 고개를 가로젓고는 말했다.

"아닙니다. 팽형이 국법으로 정해진 것도 아니지만 취소된 예도 듣지 못했습니다."

"공수처가 발족 되면 한형을 무고한 상인을 소환해서 추궁할 것이오. 그러면 무죄가 밝혀질 것이고 전하의 사면이 있게 될 것이요."

비로소 한명철의 입가에 미소가 스쳤다. 두 사람은 한 시간 동안 은밀한 대화를 나누었다. 이불로 말소리를 차단했지만, 원균과 이순신은 눈을 번득이며 주위를 경계했다. 대화가 끝나자 한명철은 환한 표정을 지으며 밖으로 나왔다. 원균과 이순신은 그를 집까지 바래다 주었다.

통금이 해제되어 박문수와 시어사 두 명은 각자 집으로 돌아갔다. 원균과 이순신은 찰떡궁합이었다. 원균의 과감한 행동력과 이순신의 치밀한 분석으로 시어사 중에서 좋은 성과를 냈다. 얼마 전에 서울에 전셋집을 얻은 원균은 진위에 살던 아내와 아들을 불러올렸다. 아직 장가를 들지 않은 이순신은 이웃에 세를 얻었다. 다른 시어사들도 제각기 집을 사거나 세를 얻어 평상인처럼 살고 있다. 이순신은 주인집에 쌀을 주면 밥을 지을 때 함께 지어 먹을 수 있었다. 그래도 늦은 저녁때에는 원균이 집에 불러 함께 밥을 먹는 경우도 많았다. 가끔 원균의 처가 반찬을 만들어 보내주기도 했다.

"형님, 어제 형수님이 보내주신 게장과 파전을 잘 먹었습니다."

"뭐, 그거 가지고. 순신아, 너도 장가갈 나이 되었잖아. 공수처만 설치되면 곧바로 혼인해라."

둘 사이를 모르는 이들이 형제인 줄 안다. 과묵한 이순신도 원균 앞에서는 말이 많아진다.

새벽에 집으로 돌아온 원균은 잠이 들었지만, 중간에 깼다. 정오가 못 되어 진위에서 하인이 찾아온 것이다. 아버지가 보낸 편지를 뜯어보니 원균에게 벼슬자리가 내려졌으니 급히 오라는 것이었다. 직책은 역(驛)의 우두머리인 종6품 찰방(察訪)이었다. 벼슬에 나가지 못한 권지로서는 파격적인 자리였다. 대사헌 김간이 상소해 원주 원씨 가문 후손 중에 급제나 벼슬한 이에게 승급을 결정했다는 것이다. 종6품이면 우포도청 종사관 이몽룡과 같다.

"종육품, 종육품 찰방이라."

발령지도 진위면 청호리의 청호역이니 생가와 가깝다. 찰방이 비록 지방수령 중에서 하위에 속하지만, 진위 현감과 동격이니 큰소리칠 수 있는 자리다. 원균은 난감했다. 편지를 손에 쥐고 펴서 읽어보고 다시 접고는 몇 번 하다가 여종을 불러 이순신을 불러오라고 했다. 얼마 되지 않아 순신이 왔다. 자는 걸 깨웠는지 연신 하품을 했다.

"미안하다. 순신아."

"아, 아니에요. 어차피 일어났어야 하는데요. 무슨 일로?"

원균은 순신에게 편지를 내밀었다. 그가 읽어내려가면서 얼굴빛이 환해졌다.

"아이구, 형님. 축하합니다. 주상의 은총이 하늘 같습니다."

이순신이 연신 축하했지만, 원균은 떨떠름한 표정만 지었다.

"순신아, 시어사가 품계가 어느 정도 되는지 아니?"

"처장님 말씀으로는 종칠품으로 들었는데……"

그렇다. 박문수는 시어사들에게 공수처가 발족되면 품계를 종7품으로 한다고 했다. 삼년에 한번 시험 보는 식년시에서 합격자는 서른세 명인데 시작은 종9품에서 출발하나 장원급제자는 종6품에서 시작한다. 시어사가 받는 품계도 특혜이지만 원균의 청호역 찰방은 장원급제자나 받는 직책이다.

"순신아, 네가 내 처지라면 어쩌겠니?"

원균의 물음에 순신은 뭔가 답하려다 말고 우물쭈물했다.

"나는 말이야. 그만둘란다."

"공수처요?"

"아니. 찰방을. 내가 나라를 위해 일하려는 것이지 높은 벼슬이 목적이겠니?"

"그, 그렇기는 하지. 나도 형하고 헤어지기 싫어."

순신의 말에 원균의 얼굴이 밝아진다.

"정말?"

"형이 보살펴주지 않았으면 버티지 못했을 거야. 내 성격으로는."

원균이 보기에도 이순신은 부정한 관리들의 뒤를 캐는 것은 적합하지 않았다. 그러기에는 너무 겁이 많은 듯했다. 보기에 따라 신중하다고 말할 수 있지만, 현장에서 뛰는 다른 시어사들은 그의 느린 대응이 답답했다. 다만 한 가지 뛰어난 점은 시어사들이 모아온 정보를 정확히 분석해서 어디가 진실이고 허위인지 가려내는 것이었다. 공수처가 발족되어 정보 분석이 중요할 때야 비로소 이순신의 진가가 발휘될 것이다.

"뭐, 네가 어때서. 아직 네 때가 오지 않아서 그런 거야. 어쨌든 순신이 네가 그렇게 생각한다니 찰방직은 사양해야겠다."

원균, 본명 원홍익은 아버지의 실망하는 표정이 눈에 보이는 듯했지만 거절하기로 마음먹었다. 원균은 이순신의 든든한 버팀목이었고 앞으로도 그럴 것이다.

이몽룡이 박문수와 함께 이층 주막에서 마주 앉았다. 일꾼들은 오이와 무, 미나리를 토막 내어 김치를 만들고 있었다. 한쪽 구석에서 주모 성춘향이 찬모들과 안주로 쓸 반찬을 만들고 있었다. 탁탁탁. 도마를 칼로 치는 소리가 요란했다.

"우포도청 종사관께서 대낮에 주막을 들러도 됩니까?"

박문수가 먼저 농담조로 말했다. 우포도청과 주막은 걸음으로 오백 보도 안 되는 가까운 곳에 있다. 성춘향이 얼굴을 드러내기 전까지 이층 주모의 신분은 노출되지 않았다.

"그런가요? 이 주막에서 밤마다 수상한 모임이 있다는 것을 알고 있습니다."

이몽룡의 말에 박문수가 피식 웃었다. 그는 우포도청에서 알아도 조사는커녕 입에 올리지도 않을 것임을 잘 알고 있다. 박문수가 웃으며 말한다.

"제가 가끔 이 주막에서 밤늦게까지 술을 마시곤 합니다만."

이몽룡이 술잔에 막걸리를 따르고 말했다.

"공수처는 언제 발족되나요?"

"공수처요? 그게 뭡니까?"

박문수는 일부러 시치미를 떼본다. 임금의 최측근 내시가 노론의 중진들에게 공수처 설치를 알렸다는 것을 알고 있다. 어느 입 싼 노론이 소문을 퍼뜨려 우포도청마저 알게 된 것이다.

"대교께서는 박기은이라는 자를 아십니까?"

"박기은? 모른다고는 말씀드리지 않겠습니다. 지금 그런 걸 물으러 이 주막에서 만나자고 한 것은 아닐 텐데요."

박문수는 도마질하는 곳으로 눈을 돌렸다가 바로 했다.

"그렇습니다. 대교께서 주상과 무슨 일을 하시든 관심 없습니다. 우포도청 종사관은 도적 잡는 일이 우선이지요. 오늘 뵙자는 것은 이 주막의 주모 때문입니다."

"주모요? 이 주막의 주모를 아십니까?"

이몽룡은 능청을 떠는 박문수가 밉살스러웠다. 술잔을 번쩍 들어 탁자를 쳤다. 쾅.

"여보슈. 박형. 당신은 나와 동년배로 비록 벼슬길은 순탄하지 못하지만 내가 십 년이 넘는 선배요. 그런데 무례하게 이기죽거리시오?"

이몽룡의 눈에 분노가 서려 있었다. 그러나 박문수는 태연하게 받아친다.

"아, 그렇지요. 종사관께서는 소년 급제해서 암행어사로 벼슬을 시작하셨지요. 하지만 여기서는 저와 같은 손님일 뿐이지요."

몽룡이 갑자기 풀이 죽어 말했다.

"박형, 춘향을 돌려주시오."

"돌려 달라니요? 그건 본인에게 말씀하셔야지요."

문수의 말에 몽룡의 눈빛이 분노로 이글거린다.

"이 주막의 주인이 당신 아니오? 그러니 춘향을 내보내시오."

그 말에 문수는 아무 말 없이 술잔을 들이켰다. 트림을 한번 하고는 말했다.

"내가 주모에게 들었소. 돌아가지 않고 여기서 평생 주모를 하겠다고 하더이다."

"그럴 수는 없소. 우리가 어떤 사이라는 것은 잘 알고 있지 않소? 실은 어제 혼담이 오고 가는 집안에 찾아가 끝냈소이다."

이몽룡의 어머니는 새 장가를 들이기 위해 혼처를 구했다. 그러나 몽룡은 그것을 깨뜨리고는 춘향을 찾아온 것이다. 박문수가 그 처지를 이해하고 춘향을 불렀지만, 그녀는 시장에 다녀오겠다고 자리를 피했다.

8

8. 어둠 속의 시어사

김재로의 집에 상궁이 다녀갔다. 내시 정중명이 외출하는 상궁에게 부탁해서 편지를 전한 것이다. 편지에는 임금이 김학유 집의가 저지른 시전 도중 후처 강간사건과 조강인 감찰 자살 사건의 내막을 상세하게 알고 있다고 했다. 승정원에서 올리는 공식보고와 많이 달랐는데 그것을 보고한 것은 박기은이라는 것도 덧붙였다. 기타 숨겨진 사헌부의 비리에 대해 공수처가 설치되면 모두 드러날 것이지만 우선 신뢰하는 선전관을 보내 사태를 파악하겠다는 것이다. 선전관(宣傳官)은 임금을 근접경호하는 고위 무관을 말한다. 편지를 다 읽은 김재로는 집에 은둔하고 있는 김학유와 안태건 장령을 급히 집으로 불렀다.

"너희 때문에 우리 노론이 실권하게 되었다."

그 말에 별명이 살쾡이인 김학유가 놀라서 눈을 동그랗게 떴다. 그러니 더욱더 살쾡이처럼 보였다. 안태건은 고개를 푹 숙였다. 김재로가 편지를 방바닥에 내팽개치자 김학유가 얼른 집어 읽어내려 갔다. 김학유의 눈이 바르르 떨렸다.

"아저씨, 정말 큰일났군요."

"암, 큰일이지. 어쩌면 너도 팽형을 당할지 모른다."

김재로가 홧김에 뱉은 말이었지만 김학유의 죄는 엄격하게 따지면 사형감이다. 얼굴이 새파랗게 질린 학유는 당장이라도 기절할 듯 몸을 떨었다. 재로가 안태건에게 묻는다.

"안장령은 무슨 할 말이 없나?"

"제가 사헌부의 기강을 바로잡기 위해 조감찰에게 몇 번 야단친 것은 사실입니다. 하지만 심약한 자가 스스로 목숨을 끊은 것이 어찌 저의 죄가 되겠습니까?"

"그럼, 죄가 없다는 말인가?"

"그렇지요. 만약 주상이 불러 추국하신다 해도 저는 무죄입니다."

안태건은 평소 어렵게 대하던 김재로 앞에서 이렇게 당당하게 말하니 자그맣게 남아 있던 죄책감마저 사라져버렸다.

"좋아, 어쨌든 선전관이 나올 것이라니 준비나 잘해 두게."

"선전관 이름이 무엇입니까?"

"황진기라는 자로 경흥부사를 지낸 황부가 아비일세."

안태건은 황진기라는 말에 등골이 오싹했다. 황진기(黃鎭紀)는 검술이 매우 뛰어날 뿐 아니라 지략도 능수능란한 인물이다. 그에게 흠이 있다면 당색이 노론이 아니고 소론이라는 점이다. 역적 김일경 일당이 죽임을 당한 뒤에도, 궁에는 경종을 따르던 내시와 궁녀가 많이 있었다. 황진기 같은 소론 무관이 궁에 남아 있는 것도 늘 마음에 걸렸다.

"왜 그런 표정을 짓나?"

김재로는 안태건이 당황하는 것을 의아하게 바라보았다.

"아, 아닙니다. 주상께서 선전관을 보내신다니 대비를 해야겠군요."

선전관에 노론 출신도 많은데 왜 그런 자를 보낼까. 안태건은 왠지 불길한 느낌이 들었다.

아침 일찍 선전관 황진기가 신임 선전관 두 명을 데리고 사헌부로 왔다. 자주 와병했던 대사헌 김간도 출근해서 이들을 맞았다. 삼십 대 중반의 황진기는 무술의 고수답게 단단하게 생긴데다 인물도 훤칠했다. 김간이 휘하의 장령과 지평, 감찰을 데리고 조사하러 온 황진기 일행과 인사를 시켰다. 황진기는 대사헌과 단둘이 마주 앉아 탕약을 마셨다.

"전하께서는 사헌부에 대해 걱정을 많이 하셨습니다. 저의 임무는 사헌부의 문제점을 확인하는 것입니다."

황진기는 미리 작성해온 질문표를 꺼냈다. 대사헌이 읽어보고는 얼굴빛이 어두워졌다. 자신이 노령의 나이와 병고로 몇 번이나 사직하려고 해도 김학유가 만류한 까닭을 알았다. 그가 대사헌 직무를 다하지 못하게 하고 그 틈에 온갖 비리를 다 저지른 것이다.

"내 불찰이 크오. 변명하지 않겠소. 철저히 조사해 주시오."

대사헌 김간은 살짝 눈물을 비췄다. 이날 온종일 사헌부는 시장처럼 시끄럽고 무덤처럼 조용했다. 차례로 불려 간 감찰이나 서리는 곧이곧대로 사실을 말해야 했으며 불려 가지 않은 사람들은 침묵으로 불안을 견뎌야 했다. 김학유는 휴직상태로 그가 저지른 사건에 대해 동석한 감찰들이 대신 조사를 받았다. 김용전 감찰은 영남 세곡선 운반권에 대한 경상감사의 고소문제를 추궁받았다. 안태건은 조강인 감찰의 자살 사건과 관계되어 추궁받았다. 격리되어 조사받았으니 안장령의 난폭한 언행에 대해 모두 들었을 것이다. 그래도 다행인 것은 다모들은 심문하지 않은 것이었다. 해가 넘어가서 밤이 이슥할 때까지 심문이 계속되어 대사헌 김간만 귀가했을 뿐 모두 사헌부에서 대기해야 했다. 며칠 나눠서 조사할 수도 있는데 하루에 끝내려는 것으로 보아 임금의 엄명이 있었을 것이다. 심문은 자시를 넘어 축시에 끝났다. 사헌부에서 피의자를 불러 조사할 때 밤샘을 하는 일은 흔치 않다. 조사받은 사헌부 관리는 모두 녹초가 되었다. 선전관들은 궁궐 안에서 숙위를 많이 해서 그런지 밤샘에 익숙한 듯했다. 이들은 작성한 문서를 챙겨서 선전관청이 있는 창덕궁으로 갔다.

사헌부를 선전관이 와서 밤샘 조사했다는 소문이 아침 일찍 육조거리에 퍼졌다. 저녁쯤에는 도성 안 사람들이 다 알게 되었다. 집의 김학유가 시전 도중의 후처를 강간한 것, 안태건 장령이 부하 감찰을 때려서 자살하게 한 것, 김용전 감찰이 마포 나루의 객주에게 돈을 받아먹고 고발당한 것 등등 비리가 낱낱이 폭로되었다. 소문은 옮겨질 때마다 증폭되고 변질되었다. 사헌부의 비리가 너무 많아 대사헌만 빼고 모두 유배형에 처해 질 것이라고 했다. 사헌부의 명칭이 바뀐다는 말도 있고 아예 다른 관서가 창설되어 사헌부가 사라질 것이라는 말도 있었다. 이 말끝에 공수처가 곧 설치될 것이라는 소문이 돌았다.

"공수처? 그게 뭔데."

"공평할 공 지킬 수. 사헌부가 공정함을 잃고 노론 당파의 사당이 되었으니 다른 사헌부가 만들어진다는 거야."

노론 인사들에 의해 새어 나온 공수처 설치 소문이 순식간에 번졌다. 동시에 사헌부가 폐지된다는 소문은 사헌부의 관리는 물론이고 서리, 다모까지 불안하게 만들었다. 시전에 나가면 상인들 몇몇이 모여 너도나도 소곤대니 창피해서 나가지도 못했다. 상인들은 그동안 당하기만 하고 입을 열지 못했던 말도 밖으로 내뱉었다. 유전무죄. 죄를 저질러도 감찰에게 돈을 갖다 바치면 흐지부지되는 것이 그동안 사헌부가 저지른 행동이었다. 감찰에게 몸을 바쳐 남편의 죄를 무마시킨 아낙도 있었다. 밤에 몰래 감찰에게 뇌물을 바치러 가다가 순라꾼에게 붙잡혀 폭로된 적도 있었다. 노론이 정권을 되찾은 뒤 사헌부를 장악했을 때부터 김학유를 비롯한 몇몇 감찰들의 뇌물수수와 엽색 행각이 심해졌다. 사헌부의 관리들은 상인이 두려워하는 처벌을 눈감아준 대가로 유흥을 즐기고 선물을 받았다. 그러니 사헌부가 백성의 보호자가 아니라 백성의 착취자가 된 것이다. 사헌부 감찰의 자식들도 아버지가 자랑스럽지 못했다. 아이들이 놀리기 때문이다. 서리나 소유들도 예전처럼 당당하게 걷지 못했다. 그들이 지나가면 고개를 돌리고 등에 대고 손가락질했다. 서리들은 서로 모이면 한탄했다.

"업보다, 업보야."

사헌부가 얼마나 백성의 미움을 받고 있는지 알게 된 감찰과 서리는 다른 관서로 옮기고 싶었다. 이렇게 사기가 떨어지니 사헌부의 일이 제대로 될 리가 없다. 부패한 관리의 적발과 탄핵도 못했다. 똥 묻은 것들이 어찌 재 묻은 관리를 처벌할 수 있느냐고 노골적으로 대드는 자도 있었다. 임금이 공부하는 경연에도 사헌부 감찰은 당분간 참석하지 말라는 통보를 받았다. 중신과 함께 국정을 논하는 자리에도 참석을 배제당하고 육조의 회의에 참석해도 그들의 발언은 무시당했다. 사헌부 본연의 법사(法司) 기능도 작동되지 않았다. 허가받지 않은 수렵이나 벌채에서도 항상 뒷북을 쳤고 벼슬아치의 인사청탁이나 도장과 문서 위조수사에서도 예전의 날카로움을 보이지 못했다. 정말 도성에 떠도는 유언비어대로 사헌부가 문을 닫을지도 모를 지경에 이르렀다.

김재로는 노론들을 소집해서 대책을 마련해야 했다. 선전관청에 불려 가 혹독한 심문을 당한 김학유도 참석했다. 심문을 마친 후에 곧바로 병석에 누웠다가 출석했기에 얼굴이 부스스했다. 노론의 영수인 김재로는 평소 자신의 마음속에 두었던 말을 꺼냈다.

"그동안 우리 노론은 오만했소. 특히 사헌부의 잘못이 크오."

재로의 말에 김학유가 고개를 푹 숙였다. 사헌부가 문제가 많기는 했지만, 그동안 드러나지 않았다. 나라의 기강을 바로잡는 청요직인 사헌부에 대해 흠 되는 말을 하는 사람이 없었다. 혹시나 사헌부의 비위를 거슬러 해를 입을지 모른다는 두려움 때문이다. 실제로 사헌부에 대해 나쁘게 상소했다가 쫓겨난 관리도 여럿 있었다. 그러나 신성불가침, 무소불위의 막강한 권력을 가진 사헌부도 추한 모습을 드러내자 자그맣게 변해버렸다. 백성의 존경과 두려움이 사라진 사헌부는 이제 칼은 칼이되 녹슨 칼이 되었다.

"사헌부는 바뀌어야 하오. 그래서 이몽룡을 사헌부 집의로 부를까 하오."

대사헌 밑에서 실질적으로 사헌부를 관리하는 것이 집의다. 김학유는 공식적으로는 휴직으로 되어 있다. 그 자리를 이몽룡으로 하자는 것이다. 하지만 몽룡은 노론에서 개밥의 도토리 같은 신세다.

"아, 안 됩니다. 그런 자에게 무슨……"

풀이 죽어 구석에 있던 김학유가 소리쳤다. 얼굴이 벌게져서 이몽룡은 노론을 자칭하지만 실은 같은 패가 아니라고 주장했다. 이몽룡의 집안이 노론인 것은 분명하다. 그러나 이몽룡은 노론 지도부가 결정한 사항을 순순히 따르는 양순한 성품이 아니었다. 대의명분을 앞세우며 고집을 세웠기에 사헌부로 돌아가기를 그토록 바랐지만, 노론 지도부는 냉정하게 외면했던 것이다. 그러나 이제 위기에 빠지니 이몽룡을 찾는 것이다. 김학유가 울면서 애원한다.

"아저씨, 이몽룡은 저를 미워합니다. 저를 팽형 시킬 것입니다."

사헌부에 있을 때부터 앙숙이었다. 그리고 이몽룡은 당보다 법을 중시하는 사람이다. 한감찰도 팽형에 처했으니 김학유도 팽형을 벗어날 수 없다. 그러나 김재로는 김학유의 입을 막았다.

"그럴 리가 있느냐? 우리가 지금 이 꼴이 된 것이 너 때문이지만 몽룡이 그리 가혹하지는 않을 것이다."

김재로는 다른 사람의 의견을 물었다. 대다수의 노론 인사들은 서로 눈치를 보면서 좀 더 상황을 지켜보자고 했다. 노론의 진짜 실세 민진원의 결정에 따르려는 것이다.

사헌부와 좌포도청이 절도범 윤정태를 찾고 있다. 수면 아래서는 이인좌가 불한당을 이끌고 가까이 있는 집들을 다시 수색하고 있었다. 이 사실을 고대수가 알려오자 박문수는 원균과 이순신에게 명해 비자금 장부와 함께 윤정태 서리를 데려오게 했다. 수배 중인 윤정태를 공수처 설치 전까지 이층 주막 뒤의 숙소에 숨기려는 것이다.

원균은 공수처 설치 발표가 가까워질수록 마음이 뿌듯했다. 종6품 찰방을 하게 되면 지금의 시어사보다 직급이 높지만, 무관으로서 흡족하지 않다. 할아버지 원연과 큰할아버지 원균에 뒤지지 않는 후손 원홍익으로 공적을 세우고 싶었다. 인왕산에 이르자 이순신이 불쑥 말을 꺼냈다.

"형! 원씨 집안에서는 왜 이순신가문과 척을 짓고 있나?"

"그거야. 내가 전에도 말했지만, 이순신 때문에 우리 큰할아버지가 졸장부에 간신 소리까지 듣고 있어. 그러니 우리 원씨 집안은 분통이 터지지."

원균은 큰할아버지가 얼마나 용감한 용장인지 설명했다. 장군임에도 맨 앞장서서 돌격하니 뒤따르는 병졸들도 겁먹지 않고 싸워 공을 세웠다고 했다. 그러면서 여진족과 어떻게 싸웠는지 왜군과는 어떻게 싸웠는지 줄줄이 말했다. 조직명 원균, 본명은 원홍익이 집안 어른에게 들은 말을 자랑하는 것이다. 이순신이 가만히 듣다가 중얼거리듯 말한다.

"하지만 칠천량에서는 패하지 않았던가요?"

순신의 말에 원균은 입을 다물고 멈춰 섰다. 갑자기 맥이 빠지는 목소리로 대꾸한다.

"그렇지. 거기서 돌아가셨어. 시신도 찾지 못하고."

원균이 도주할 때 말을 탄 왜군들이 추격했다는 것을 마지막으로 그의 행방은 알 수 없다. 다만 애마가 원균의 옷을 입에 물고 생가까지 달려와 그것을 시신으로 대신하고 무덤을 쓴 전설이 내려올 뿐이다.

"임금 탓이야. 임금. 큰할아버지는 임금의 명령을 따르지 말아야 했어. 이순신처럼."

"이순신?"

순신이 되묻자 원균이 큰 소리로 말했다.

"그래, 이순신. 자, 그만하자."

산에서 내려오는 행인과 눈이 마주치자 원균은 입을 다물었다. 의원의 집에 도착하기까지 둘 사이에는 아무 말이 없었다. 의원 집에 도착하자 개가 요란하게 짖었다. 컹컹컹

들어가니 아무도 보이지 않는다. 원균이 휘휘 둘러보니 의원의 딸이 집 뒤쪽에서 모습을 드러냈다. 며칠 전 이인좌가 부하들과 다녀갔는데 어제는 사헌부 소유들이 찾아왔다고 했다. 그래서 개를 데려왔다는 것이다. 안방에 들어가니 윤정태가 패랭이를 쓰고 앉았다. 그 옆에는 약초를 담은 왕골 바구니가 세 개 놓여 있었다. 의원의 딸이 말했다.

"두 분도 약초꾼으로 변장하시는 것이 좋을 것입니다."

구리개에 약초꾼들이 모이는 날이라 근처에 약초꾼 몇 명이 오간다고 수상하게 볼 사람은 없다고 했다. 원균과 이순신은 그녀의 말에 따라 갓을 벗고 약초꾼들이 입는 옷으로 갈아입고 패랭이를 썼다. 그리고는 비자금 장부를 받았다. 이리저리 살펴보니 오래된 종이인 것으로 보아 원본이 분명해 보였다. 원균은 자신의 왕골 바구니를 열어 산수유 더미 속 밑바닥에 넣었다. 그리고는 밖으로 나왔다.

이인좌와 응팔 그리고 부하들은 도성 이곳저곳을 눈에 불을 켜고 헤매고 있었다. 성벽을 따라 모든 집을 빼놓지 않고 뒤졌지만 끝내 찾지 못했다. 홍계희는 윤서리가 도성을 빠져나갔을 것으로 보지만 이인좌는 그렇게 생각하지 않았다. 자기 목숨이 걸린 비자금 장부를 들고 어디를 간다는 말인가. 그는 홍계희에게 고대수가 연관되어 있다고 말할까 하다가 그만두었다. 그의 목적은 경종 암살을 위해 독약을 구입하려는 서덕수의 편지를 손안에 넣는 것이다. 목적달성까지는 활빈당을 버릴 수 없다. 이런저런 궁리를 할 때 뜻하지 않은 일이 벌어졌다.

약초꾼으로 변장한 윤정태와 그를 호위하는 두 명의 시어사들이 종로에 들어섰을 때였다.

"도둑이얏!"

어떤 아낙이 사내의 팔을 붙잡고 늘어졌다. 순식간에 사람들이 주위를 둘러쌌다.

"아니, 왜 이러시오?"

사내가 눈을 부라리며 떠미는데 포졸 두 명이 사람들을 밀치고 나타났다.

"이 사람이, 이 사람이, 내 괘낭을 채가더니 공중으로 던졌어요."

전형적인 들치기 수법이다. 괘낭은 누군가 받아 숨겼을 것이다. 포졸은 호각을 불어 근처에 있는 우포도청 포졸들을 불러 모았다. 그러자 당황한 것은 윤정태였다. 그는 약초가 든 바구니를 팽개치고 도망쳤다. 원균은 도망치는 윤서리를 붙잡기 위해 뒤를 쫓았다. 이순신은 잠시 머뭇거리다가 포졸들에게 포위되었다.

"도망친 놈들은 뭐냐?"

들치기와 한패는 아닌 듯하지만, 포졸을 보고 도주한 것은 매우 수상한 일이다. 이순신은 포졸들에 의해 우포도청으로 끌려갔다. 한편 원균은 윤정태의 뒤를 쫓았지만, 비자금 장부가 든 바구니를 버릴 수는 없었다. 골목으로 도주한 윤정태를 놓친 원균은 잠시 넋을 놓았다가 이순신이 없는 것을 알았다. 그는 얼른 뒷골목으로 해서 이층 주막으로 갔다. 거기서 기다리고 있는 양성지에게 상황을 설명하고 비자금 장부를 맡겼다. 양반 옷차림으로 갈아입고 멀지 않은 곳에 있는 우포도청으로 갔다. 문앞에서 보초를 서고 있는 포졸이 위아래를 훑어보고 누구냐고 묻는다.

"나는 진위에 근거를 둔 권지 원균이라 하오. 이몽룡 종사관을 뵙고자 하오."

포졸은 그를 서리에게 데리고 갔다. 면담을 요구했더니 종사관은 출타 중이라 했다.

"좀 전에 여기에 약초꾼 한 명이 붙잡혀 왔지요?"

"네. 이름과 출신을 물으니 통 입을 열지 않아 옥에 가두었습니다."

"내가 아는 사람이니 나 좀 데려다 주겠소?"

서리는 머뭇거렸지만, 원균의 거대한 체구와 당당한 어조에 압도되어 옥으로 데려갔다. 원균이 어두컴컴한 옥 안을 살펴보니 이순신은 얻어맞았는지 얼굴이 부어 있었다.

"내, 안으로 들어가겠소."

서리가 펄쩍 뛴다.

"그건 안 됩니다."

"모르시는 모양인데 아까 저 안의 사람과 함께 있었던 사람이오. 저 사람이 옥에 갇힐 짓을 했으면 나도 갇혀야지. 이따 종사관이 오시면 이리 모셔오시오."

하고는 옥문을 열라고 했다. 그러나 옥졸이 문이 열어주지 않자 그 앞에 주저앉았다. 서리는 난감한 표정을 지으며 뒤통수를 툭툭 치고는 돌아갔다. 원균이 이순신에게 묻는다.

"맞았구나."

이순신은 그 물음에 손을 이마에 댔다. 시어사들의 수신호였다. 이순신은 아산 출신의 양반 자제로 생활이 어려워 약초를 팔러 왔다가 봉변을 당했다고 거짓말로 둘러댔다고 했다. 그랬더니 신분을 속인다고 때리더란 말을 했다. 그 내용을 수신호로 전달한 것이다.

"이순신, 용감한데."

가늘가늘한 이순신이다. 몸은 커다란 덩치 원균의 반쪽이지만, 머리 회전은 두 배 빠른 아우가 기특하기만 하다. 이렇게 수신호로 대화하는데 서리를 앞세우고 이몽룡이 왔다.

"당신이 나를 찾았소? 처음 보는 얼굴인데……"

"그럴 리가요. 제가 과거보러 왔을 때 인사드린 적이 있습니다."

원균은 십 대 때 처음 무과를 봤다. 그때 사헌부 관리로 시험 감독을 온 이몽룡을 본 적이 있다. 그때 말을 나눈 것처럼 거짓말하고 있는 것이다. 이몽룡은 눈을 꿈뻑거리면서 기억을 살리려 했지만, 통 기억이 나지 않았다.

"그래서, 도대체 어찌 된 거요?"

"종사관님. 피치 못할 사정으로 약초행상으로 변장 중에 포졸의 오해로 붙잡혀 왔습니다."

이몽룡은 원균을 아래위로 훑어 보고 옥 안의 이순신도 바라보았다. 그는 이들이 선전관청의 관리일지 모른다는 생각이 들었다. 임금이 궁궐 밖으로 나가지 못하니 측근으로 하여금 시중의 정황을 수집해 보고받는다는 말을 들었다.

"자세한 말씀은 이틀 뒤에 말씀드릴 테니 감옥에 저를 넣어주십시오. 그다음에 모든 것을 말씀드리겠습니다."

"좋소. 소원이 그렇다면 그때까지 옥살이하시오."

이렇게 해서 원균은 감옥에 들어갔다. 이몽룡이 나간 뒤에 원균은 옥졸을 불렀다. 품 안에서 엽전을 한 꾸러미 꺼내 건네주며 자리를 비켜달라고 했다. 옥졸은 돈도 탐나지만, 신분을 감춘 선전관이라면 나중에 혼날까 두려워 얼른 자리를 비웠다. 이순신이 입을 뗀다.

"형은 왜 들어왔어. 어차피 발표되면 나갈 것인데."

원균이 그를 보고 씩 하고 웃더니 말했다.

"내가 진위에서 주먹 좀 썼을 때 현아의 감옥에 몇 번 갇혀봤지. 그래서 너만 놔두고 밖에 있을 수 없었어. 이렇게 해야 네가 닦달을 덜 당하고, 이유는 나중에 알 것이라고 당당하게 말했으니 저 사람들도 멈칫한 거야."

원균은 이순신의 귀에 대고 소곤소곤 말했다. 말이 끝나자 원균은 옥졸을 불러 다시 돈을 주고는 장국밥을 사오라고 시켰다.

"옥에서 밥이라고 주기는 하는데 넌 입에 대지도 못할 거야."

이들은 이틀 동안 꼬박 우포도청 감옥에 있었다. 이몽룡은 옥졸의 동태보고를 받았다. 신원을 확인하겠다고 따로따로 불러 자신의 본관과 나이 등을 거짓 없이 쓰도록 했다.

헉헉헉

윤정태 서리는 산길을 달리고 있었다. 종로에서 포졸을 피해 북촌으로 도망쳤다. 그리고는 백악산으로 도주했다. 그곳의 작은 암자에 지장보살이 모셔져 있다. 뒤에서는 포졸이 육모방망이를 들고 쫓아 온다. 그리고 자기 때문에 팽형을 당한 한명철 감찰도 따라온다.

"이놈, 너 때문에 나는 살아있는 시체가 되었다."

한감찰이 노여움에 가득 찬 눈으로 자기 앞에서 길을 막는다.

"나리, 나리. 제가 잘못했어요."

윤정태는 큰소리로 잘못을 빌었다. 산기슭에서 나물 캐던 아낙네들이 그를 흘끔 바라보며 혀를 찼다. 미친 사람으로 여기는 것이다.

"지장보살, 지장보살."

정태는 지장보살을 연호하며 위로 달려갔다. 앞에서 호통치던 한감찰이 사라지고 지장보살이 손을 뻗어왔다. 그리고 마침내 꼭대기에 있는 암자에 도착했다. 그곳의 노보살님은 다정한 분이었다. 제를 지내고 남은 음식과 과일을 주었다.

"애야, 급히 먹다가는 체한다. 많이 있어."

노보살의 따스함이 귀에 울려왔다. 그때 윤정태가 돌에 걸려 그 자리에서 엎어졌다. 고개를 들어보니 암자는 간 곳이 없었다.

"어디로 갔나? 보살님~"

그는 소리쳐 보살을 찾았지만 오래전에 암자도 보살도 사라졌다. 삼십 년 전에서 다시 현재로 돌아오니 오갈 데 없는 신세가 되었다. 그는 비틀거리며 앞으로 걸어갔다. 지금 자신이 낭떠러지 앞에 있다는 것을 모르고 있었다. 한발 두발 앞으로 걸어가며 숱한 영상이 떠올랐다. 그리고 밑으로 굴러떨어졌다.

다음 날 동네 주민이 윤정태의 시신을 발견했다.

"사람이 죽어 있었습니다."

신고를 받은 포도청의 오작인이 나가서 시신을 확인했다. 짐승이 얼굴을 뜯어 먹어 신원을 확인하기 어려웠다. 사헌부에서 서리가 와서 시신의 등에 있는 커다란 점을 보고 윤정태라고 추정했다. 뒤이어 시신을 사헌부로 옮겨 가족들에게 보이니 틀림없다는 말을 들었다. 비자금 장부를 가지고 도망친 서리는 이렇게 죽었지만, 문제는 비자금 장부의 행방이었다. 김재로에게 호언한 홍계희도 그렇고 임무를 다하지 못한 이인좌도 곤란해졌다. 분명한 것은 윤정태를 호위하던 자가 아직 발표하지 않은 공수처의 시어사로 의심된다는 것이다. 그렇다면 노론 비자금 장부는 공수처 박기은이라는 자에게 넘어갔을 것이라 단정하고 두려움에 떨었다.

박문수는 원균과 이순신이 우포도청 감옥에 갇혔다는 말을 들었지만, 공수처 설치 공표준비에 몰두했다. 창덕궁에서 임금이 아침 조회 때 특명을 내렸다.

"공수처를 설치한다!"

임금의 첫마디였다. 그 뒤의 말은 부패한 관리들이 백성의 피땀을 사적으로 취하니 이것을 막는 공수처(公守處)를 만들라는 것이었다. 관서 명칭에 처가 붙은 것은 이것이 '경국대전'에 의한 붙박이 관서가 아니라 임시 관서이기 때문이라는 말도 덧붙였다. 자세한 해설은 없었지만, 고위 관료들만 수사한다는 공수처의 과녁은 사헌부가 분명했다. 김학유의 강간사건과 안태건의 전횡으로 조강인 감찰이 자살한 것은 일부만 드러난 것이다. 사헌부가 부패의 온상지이면서 부패의 보호자 노릇을 하는 것을 백성은 다 알고 있다. 임금의 발표가 조보(朝報)에 실리기도 전에 측근 내시 정중명은 김재로에게 달려갔다. 이미 예상은 하고 있었지만, 사헌부를 목표로 하는 초감찰기관이 이렇게 빨리 설치될 줄은 몰랐다.

"전하의 말씀으로는 박기은이라는 자에게 밀명을 내려 일 년 넘게 준비를 했다고 합니다."

"설마 했는데 사실이 되었군. 그 박기은이라는 자는 도대체 누구요?"

아무리 은밀하게 설치 준비를 했더라도 의금부, 사헌부 등 감찰 기관을 모두 노론이 잡고 있는데 우두머리가 포착되지 않은 것이 놀라웠다. 홍계희 이놈은 뭐하고 있었다는 말인가. 김재로가 혀를 차는데 정중명이 자리에서 일어났다.

"궁으로 돌아가야 합니다. 박기은이 누군지 알게 되면 연락드리겠습니다."

"고마우이. 그대의 공은 잊지 않겠소."

김재로가 자리에서 일어나 문밖까지 가서 배웅했다. 그는 방으로 돌아와 박기은이라는 자가 누구일까 헤아렸다. 도대체 짐작되지 않는다. 적이 누군지 알아야 대처할 것이 아닌가. 오랫동안 노론에게 정보를 제공하던 내시 정중명은 궁으로 돌아가자 곧바로 사옹원으로 쫓겨갔다. 노론은 이제 임금의 주변에서 일어나는 일을 알 수 없게 되었다.

같은 시각 임금의 명을 받은 내시가 우포도대장을 찾았다. 그는 새로 발족할 공수처에서 일할 시어사 두 명이 옥에 갇혀 있으니 풀어달라는 말을 했다. 범죄를 저지른 것이 아니므로 원균과 이순신은 곧 풀려날 수 있었다. 밖에서 양성지가 기다리고 있다가 두 사람을 데리고 갔다. 바로 길 건너 피맛골 이층 주막에 도착할 때까지 아무 말도 하지 않았다. 원균은 화난 표정이었고, 이순신은 침울한 표정이었다. 이들은 주막 뒤로 돌아서 비밀 문을 통해 안으로 들어갔다. 박문수와 김육이 이들을 맞이하자 원균이 대뜸 묻는다.

"도주한 윤서리는 어찌 되었습니까?"

"도주하다가 죽었다는 소식이 왔어. 두 사람, 우포도청 옥사에서 고생했지만 이제 공수처 설치가 발표되었으니 바빠질 것이야."

박문수는 관리들이 보는 조보(朝報)를 내보였다. 조보소에서 발행하는 조보에는 조정의 일과 관리의 인사내용이 적혀 있다. 일반 백성은 기별지라고 부르기도 한다. 이것이 발행되면 각 기관으로부터 파견된 기별서리가 베껴서 가져간다. 처음 필사된 것이 계속 복사되어 중간에 내용이 바뀌는 예도 있다. 민간인은 볼 수 없지만, 돈을 주고 기별서리의 조보를 베끼기도 한다. 아직 정체를 드러낼 수 없으니 이렇게 입수한 것이다. 원균은 훑어보고 박문수에게 돌려주고는 밖으로 휭하니 나갔다. 이순신은 아까부터 침울한 표정을 짓고만 있었다.

"이순신, 옥에서 무슨 일이 있었는가?"

대답이 없었다. 모든 것이 이몽룡 때문이었다. 이순신을 따로 불러내어 심문했는데 포교 중에 한 사람이 그를 알아보았던 것이다. 그러니 이순신이 자신의 본관을 숨길 수가 없었다. 이순신 장군의 후손으로 형조참판 이봉상의 문중 조카임이 드러났다. 이몽룡이 볼 때 그것은 심상치 않은 일이다. 명문가의 후손으로 본명이 이한신인 그가 약초행상으로 변장한 것이 수상하다. 또 과거에 합격한 원균의 후손 원홍익이 스스로 옥에 갇히기를 자청한 것도 이치에 맞지 않는다. 그래서 원균을 불러 심문을 하는 중에 이한신에 대해 묻자 새파랗게 질렸다. 말을 더듬으며 정말 이순신의 후손이냐고 되묻기까지 했다. 다시 옥으로 돌려보낸 후에 임금이 공수처 설치를 발표했고 임금이 원균과 이순신을 석방하라는 통보를 했던 것이다. 옥에서 풀려나기 전에 원균은 이순신을 냉랭하게 대했다. 이순신은 그 까닭을 알고 있었다.

"형제처럼 가까운 사이 같았는데 무슨 일이 있었기에 그리 변했나?"

둘 사이의 변화를 눈치챈 박문수의 물음에 이순신이 짧게 대답했다.

"나중에 말씀드리겠습니다. 우선 제가 할 일을 정해주십시오."

박문수는 먼저 이순신에게 할 일을 정해주었다. 그가 밖으로 나간 뒤에 다시 원균을 불러서 할 일을 정해주자 고개를 가로젓는다.

"처장님, 이순신하고는 함께 일하고 싶지 않습니다."

"왜?"

"그자는 거짓말쟁이이기 때문입니다. 내게 아산출신이지만 이순신 집안과는 아무 관련이 없다고 했습니다. 그런데 우포도청에서 이봉상 형조참판의 조카가 된다고 하니 거짓이 들통 난 것입니다. 그런 놈과는 같이 못 합니다. 김육과 함께하겠습니다."

원균은 곽재우와 은근히 경쟁하고 있었다. 시중에 나가 일 처리하는 방법이 다르지만, 우열을 다투었다. 원균이 이순신의 사후 분석이 있다면 곽재우는 김육의 사전 정보에 의해 움직였다. 그래도 원균과 이순신이 더 좋은 결과를 보였다.

"그 문제는 나중에 처리하세."

박문수는 원균과 이순신 사이가 틀어졌지만, 지금까지 해 온 일이 있으니 나중에 바꾸기로 했다. 박문수도 그의 호인 기은(耆隱)이라는 가명을 당분간 쓰기로 했다. 창덕궁 근처에 미리 사둔 저택을 수리해 공수처로 만들고 인원을 보충하기로 했다. 그동안 밀대로 정보수집을 하던 자들은 모두 시어사 밑에서 정보수집과 수사를 담당하는 소유(所由)가 되었다. 서리도 영입했는데 비변사에서 암호해독을 하는 박인조가 들어왔고 사무를 담당할 자들도 몇 명 들어왔다. 다모는 완전히 공수처 정비가 끝날 때 데려오기로 했다.

임금이 공수처 설치를 발표한 지 얼마 안 되어 속전속결로 건물이 들어서고 인원이 확충되는 것을 보고 노론은 경악했다. 공수처 설치의 부당함을 주장하기 위해 힘을 모으는 중인데 벌써 공포의 존재가 된 것이다. 노론의 영수 김재로는 전국에 흩어진 노론의 중추 세력을 불러 모았다. 현직 관리도 있었고 은퇴해서 향리에 머무는 사람도 빠짐없이 올라왔다. 이들은 며칠 전에 올라와 일가친척의 집에서 머물다가 회의에 참석했다. 그만큼 노론의 운명을 가늠하는 위기를 맞은 것이다. 김재로는 이몽룡을 집의보다 더 위인 사헌부 대사헌으로 해서 평판을 바꾸자고 했다. 가문 대대로 노론의 중심이었고 이몽룡이 사헌부에 있을 때 평판이 좋았다. 아니 그전에 이몽룡은 소년급제로 암행어사가 되어 남원으로 내려가 성춘향을 구했다. 그 일화는 판소리로 만들어질 정도로 도성에서는 이름난 인물이었다. 대사헌은 명예만 있고 실권은 없는 자리다. 김재로의 파격적인 제안에 모두 고개를 끄덕였으나 홍계희가 반대했다.

"안 됩니다. 이몽룡 종사관의 첩 춘향이 피맛골 주모가 되어 입방아에 오르내리고 있으니 그런 사람을 대사헌으로 하면 사헌부의 명성에 누가 될 것입니다."

홍계희는 자신이 이층 주막에 가보았더니 춘향이 마치 은근짜

(창녀)처럼 굴더라는 거짓 험담도 했다. 그러자 김재로는 한숨을 내쉬고 다른 사람의 추천을 받았다. 그러자 자리에 참석한 이교악(李喬岳)을 추천했다. 노론 강경파로 현재 예조참판을 하고 있으니 대사헌으로 가도 부족함이 없다. 그래서 대사헌 김간은 사직하고 그 자리를 이교악이 대신하는 것으로 결정했다.

청렴하기로 이름났다고 모두 신망받는 것은 아니다. 부정부패한 고위 관리들은 이몽룡을 싫어했다. 노론 회의에서 사헌부 집의나 대사헌에 이몽룡을 지목하고도 곧 철회된 것은 첩 성춘향이 주막의 주모가 된 것뿐만 아니다. 이몽룡은 노론이 자기 당파라 해도 부패를 눈감아 줄 사람이 아니기 때문이다.

며칠 후. 사헌부의 수장이 바뀐 날 이몽룡은 이층 주막의 옆 주막에서 박문수와 만나게 되었다. 손님이 없어 작은 방에서 술상을 받았다. 먼저 박문수가 이몽룡의 술잔에 술을 따랐다.

“이 형, 끝내 사헌부로 돌아가지 못하는군요.”

이몽룡은 박기은이 박문수라는 것을 알고 있었다. 술잔을 단숨에 들이키고 대꾸했다.

“지금 노론에서 뭐라는 줄 아십니까? 새로 만들어지는 공수처는 백성의 이익을 지키는 명분으로 만들어진 공포스러운 짐승이 모여 있는 곳이라고 합니다.”

공수처가 졸지에 공수처(恐獸處)가 된 것이다.

“이 형. 공수처는 말 그대로 공공의 이익을 위한 임시기구요. 사헌부가 제대로 일을 했으면 이 지경이 되었겠소? 아시다시피 부패는 나라를 망치는 독소요. 노론은 노론대로 당파의 세력으로 축재하고 내가 속한 소론 역시 다를 바 없소. 윗물이 맑아야 아랫물도 맑아지는데 그것을 막아야 할 사헌부마저 부패하니 주상께서는 부득이 공수처라는 극약처방을 내린 것이오."

이몽룡은 고개를 푹 숙였다.

"이 형이 공수처로 온다면 내 기꺼이 이 형을 공수처장으로 하고 그 밑에서 일하겠소."

이몽룡은 박문수의 간곡한 설득에 잠시 귀담아듣더니 고개를 가로젓는다.

"말씀은 고맙지만 아닌 것 같소. 나는 암행어사로 시작해서 사헌부의 붙박이 같은 사람이오. 여러 관서에 두루 봉직했지만 나는 역시 사헌부 일이 맞는 것 같소,"

이몽룡은 공수처가 부정부패를 척결하는데 큰일을 할 곳이지만 자기가 갈 곳은 아니라고 판단했다. 오랜 역사를 지닌 사헌부가 정통이라면 임시기관인 공수처는 방계이다. 집안의 반대도 의식하지 않을 수 없다. 그는 거기서 말을 끝내고 첩 성춘향을 잘 설득해서 집으로 돌아오도록 부탁했다. 자리에서 일어나기 전에 한 마디를 남겼다.

"내가 양반이기에 춘향을 정실로 들일 수 없었지만 이제 처도 죽고 없으니 춘향을 정실처럼 하고 살고 싶소."

9 공수처 설치

공수처가 제 모습을 드러내자 박문수는 임금(영조)에게 상세한 보고서를 올렸다. 임금은 내시를 통해 교지와 하사품을 내렸다. 여러 가지 물품 속에는 술과 안주도 있었고 시어사를 증명하는 패도 들어있었다. 박문수는 물품을 공수처 마당에 늘어놓고 무릎을 꿇고 교지를 받았다. 교지의 내용은 공수처장에 박문수를 임용한다는 것이다. 여러 절차가 끝나고 내시가 궁으로 돌아가자 정식으로 공수처 처장인 된 박문수가 일장 연설을 했다.

"백성이 관리에게 권력을 준 것은 공정하게 다스려달라는 것입니다. 그렇지만 부패한 일부 관리는 자신이 가진 권력을 사복을 채우는 데 씁니다. 그런 자를 처벌하기 위해 사헌부가 있는 것인데 오만한 권력이 되어 부패 관리를 처벌하기는커녕 자신들이 썩고 말았습니다."

박문수는 권력이란 무엇이고 그것을 위임받은 관리가 어떻게 써야 백성이 평안하게 사는가를 예를 들어가며 말했다.

"우리 공수처가 옥상옥이라는 말을 듣지 않기 위해서는 불편부당해야 합니다. 친한 사람이라고 해서 부정을 눈감아 주지 않을 것이고 원수라 해도 죄짓지 않은 사람을 옭아매는 일이 있어서는 안 됩니다. 공수처마저 권력에 취해 월권하는 일이 발생해서는 결코 안 됩니다."

박문수는 시어사는 공수처 안에서 통제받는 조직원이면서 개인의 소신에 따라 부패관리를 처리해야 한다고 강조했다. 사헌부가 상명하복으로 윗사람의 명령에 따라 한몸이 되어 움직인다면 공수처는 시어사 개인의 양심에 따라 능력을 마음껏 발휘하라는 것이었다. 박문수는 공수처의 일원으로서 부패한 관리들에게는 엄하게 대하되 선량한 백성에게는 따뜻한 마음으로 대하라고 끝을 맺었다. 말을 마치자 문수는 마패(馬牌)와 함께 외뿔소 은장식을 집어들었다.

"이것이 시어사들의 신분을 증명하는 두 개의 패일세."

암행어사가 출두할 때 역졸들이 마패를 들고 '암행어사 출두야!' 하고 소리친다. 마패는 공무 수행하는 관리가 말을 빌리는 증명이니 꼭 있어야 한다. 그와 짝 이룬 '외뿔소패'는 오직 공수처 시어사만이 지닐 수 있다.

"내가 주상께 마패와 함께 이 외뿔소 형상의 패를 하사해 달라고 아뢰었네. 많은 동물 중에서 외뿔소를 택한 것은 불경에 있는 무소의 뿔처럼 혼자서 가라는 가르침을 변형한 것이네."

시어사에게 이제 권지에서 종7품의 품계를 받은 정식 벼슬아치가 되었으니 나라와 임금을 위해 충성하라고 했다. 그런 다음 공수처 설치에 공이 많은 우포도청 포교이자 시어사들에게 수사기법을 가르친 강호동과 백인기도 소개했다. 공수처 별감의 직책을 받은 두 사람은 앞에 나서서 자기를 소개했다. 강호동이 불룩 나온 배를 안으로 들이밀며 박문수와의 오랜 인연을 상기했다. 백인기도 짧게 자기 소개를 했다. 그다음은 새로 뽑은 서리들 차례로 비변사에서 온 박인조 서리가 맨 처음 나섰다.

"에, 저는…… 암호 해독 서리 바, 박인조라고 합니다."

잔뜩 졸은 표정으로 말을 더듬어 금세 끝날 줄 알았는데 장황하게 말을 늘어놓았다. 참다못한 박문수가 중단시켰다. 뒤이어 서리들이 짧게 자기소개를 했는데 몇 명은 해학적으로 말을 잘했다. 마지막 행사로 임금이 친필로 쓴 '公守處'라는 현판을 걸고 외뿔소패를 현판 위에 박음질했다. 뒤이어 저녁 식사 시간이 되었을 때 이층 주막의 성춘향이 주막 일꾼들과 함께 음식을 가져왔다. 이들은 서로 담소하며 앞으로의 포부를 말했다. 박인조 서리는 요리조리 자리를 옮기며 말참견을 했다. 저녁 식사 시간이 끝나자 박문수와 시어사들은 남고 서리들은 삼삼오오 무리 지어 주막으로 갔다.

박인조는 자기에게는 같이 술 마시러 가자는 서리가 없자 서운하고 괘씸했다. 비변사에서도 그는 따돌림을 당했다. 말이 많고 눈치가 없는 데다가 우쭐대기를 잘하는 성격 때문이었다. 그럼에도 암호 해독에는 천부적인 소질이 있었다. 요즘 들어 비변사에는 암호 해독이 뜸했다. 박문수는 비변사와 멀지 않은 곳에 공수처가 있으니 일이 생기면 출장 보내겠다는 조건으로 데려온 것이다.

'아차, 그걸 깜빡했네.'

어제 공수처를 나와 남산 밑에 있는 집으로 가는데 누가 자기를 불러 세웠다. 서른이 좀 넘어 보이는 양반이 우락부락하게 생긴 남자와 함께 서 있었다.

"저는 청주 사람으로 이름은 이인좌라고 합니다. 말씀 좀 나눌 수 있을까요?"

이렇게 세 사람은 근처 주막으로 갔다. 거기서 이인좌는 자기소개를 했다. 그는 세도가의 명을 받고 상업을 하는데 암호로 된 어떤 문서를 해독해주면 사례하겠다고 했다. 박인조는 낯선 사람의 제의라 선뜻 승낙하기 어려웠다. 그러나 열량이 든 보따리를 선금으로 받고서 금세 마음이 변했다. 입이 헤벌어져서 다시 만남을 약속했다. 박인조는 어제의 약속을 상기하고 뒤통수를 치고는 다시 안으로 들어갔다.

모두 나간 뒤에 혼자 남은 박문수는 금고를 열고 비자금 장부를 꺼냈다. 윤정태가 지녔던 비자금 장부의 내용이 궁금했으나 꾹 참고 있었다. 시어사들에게도 입을 다물게 했는데 자신이 알려고 하면 꼴이 말이 아니기 때문이다. 어제 고대수가 똘이를 시켜 박문수에게 통보했다.

'저도 한 권 복제하겠어요. 이것이 있어야 활빈당 명단을 찾을 수 있으니까요.'

고대수는 장부의 내용이 어찌하던 자신은 관심이 없다고 했다. 그녀는 활빈당 명단을 되찾는 것이 목적이라고 되풀이했다. 그녀와의 약조를 어길 수는 없었다. 금고에서 장부를 꺼내 보았지만, 뜻을 알 수 없는 숫자와 그림이 있을 뿐이다. 그런데 불쑥 박인조가 나타났다. 깜짝 놀란 박문수가 공책 밑에 슬며시 장부를 숨기고 물었다.

"박서리, 아직 안 갔나?"

"네, 처장님께 여쭤 볼 말이 있어서요. 암호 해독할 것이 뭔가요?"

박인조의 말투가 조심스럽다기보다 약간 모자란 듯하다. 박문수는 시치미를 뗀다.

"암호 해독? 아직 그런 것은 없네. 하지만 뇌물장부는 원래 암호로 써진 것이 많다고 하더군. 그때가 되면 자네에게 일이 생기겠지."

박문수의 말에 인조가 고개를 끄덕였다. 고개를 꾸벅하고는 휭하니 나가버렸다. 공수처 밖으로 나온 박인조가 두리번거리다가 천천히 발걸음을 옮겼다. 청주 양반의 이름이 가물가물하다.

'이름이, 이름이. 이잉자였던가. 아니다, 아니다. 이인좌. 그래, 이인좌다.'

"박서리님!"

골목을 들어서는데 응팔이라는 이름의 호위가 불렀다. 그의 안내에 따라 주막에 가니 뒷채에서 이인좌가 기다리고 있었다. 박인조가 자리에 앉아 그날 공수처에 있었던 일을 말했다. 말이 끝나자 이인좌는 여자를 불렀다. 기생이 아니라 논다니였다. 그들은 기생처럼 춤이나 노래를 할 줄 모르고 몸만 파는 여자였다. 방에 들어온 세 명의 논다니들은 제법 용모가 뛰어났다. 이인좌는 비변사에 있다가 공수처에서 끌어간 암호해독가를 미리 알아보았다. 좀 모자라는 듯한 서리가 예쁜 여자에게 혹한다고 해서 미끼를 던졌는데 걸렸다. 그날 세 남자는 제각기 논다니 한 명씩 끼고 잤다. 그중에서 제일 예쁜 여자하고 잔 남자는 박인조 서리였다.

아침 조회 때 임금은 초대 공수처장의 신상에 대해 언급했다. 박기은이 대교를 지낸 박문수라는 말에 조야는 발칵 뒤집혔다. 임금은 기은은 박문수의 호라고 말해 그들의 입을 다물게 했다.

"박문수, 박문수였다는 말이지?"

김재로는 입술을 지그시 깨물었다. 토역과 출신 급제자는 자격이 없다고 쫓아낸 사람이 자신아니던가. 임금의 최측근인 박문수의 동정을 오랫동안 감시했지만 눈치채지 못했다. 이들을 감쪽같이 속일 정도니 비밀리에 노론 중진들의 비리를 캐고 다녔을 것이다. 아니다. 벌써 윤정태가 가졌던 비자금 장부를 갖고 있을 것이다. 홍계희를 불렀다. 어린 나이에 과거 급제도 못한 홍계희를 신임했지만 결국 박문수에게 뒤통수를 맞았다.

"소임을 다하지 못해 죄송합니다. 박기은이 박문수일 줄…… 저도 오늘 알았습니다."

김재로는 홍계희를 야단치려고 부른 것이 아니었다. 기왕에 닥친 일이니 앞으로 어떻게 대비할까 의논하려는 것이다.

"너를 꾸짖으려고 부른 게 아니다. 윤정태라는 자가 죽었으니 장부의 행방을 알 수가 없다. 만약 그것이 박문수의 손에 들어갔다면 우리는 다시 귀양을 가야 할 것이다."

재로는 홍계희에게 장부가 어디에 있는지 알아보고 반격할 것을 찾으라고 주문했다.

“네. 비자금 장부는 아직 박문수의 손에 들어가지 않은 것 같습니다.”

“어떻게 그것을 확신할 수 있다는 말이냐?”

홍계희는 이인좌가 자신에게 말한 것을 전했다. 노론 비자금 장부를 가진 자가 모종의 거래를 원했다는 것이다. 암호해독할 자도 구했다고 했다. 김재로가 내용을 상세하게 듣고서 제안을 수락했다. 그리고는 영중추부사 민진원에게 편지로 이 사실을 알려 승낙을 받았다.

공수처가 발족하고 처장이 박문수로 밝혀지자 사헌부가 술렁거렸다. 고위층의 부패척결을 내세운 공수처의 화살이 실제로는 사헌부를 겨냥하고 있다는 것이다. 의금부나 호조도 무심하지 못했고 시전 상인과 부패한 거래를 많이 한 평시서는 그야말로 초상집이라고 한다. 백성은 사헌부가 부패했다는 것을 안다. 그러나 사헌부 관리들은 애써 부인한다.

“공수처가 사헌부만 노리는 것이 아니야. 물론 최근에 책잡힐 짓은 많이 했지만.”

감찰과 서리는 자기들끼리 모이면 이렇게 소곤댔다. 사헌부가 하는 일이 관리와 거상들의 정경유착을 막는 것인데 그 역할을 다하지 못했다. 그래서 어명으로 공수처라는 무시무시한 관서가 만들어졌으니 두려워할 만하다.

“우리가 이렇게 몰리면 결국은 추락할 뿐입니다.”

노론의 중진들이 삼삼오오 모여서 의논 끝에 상소를 올렸다. 공수처가 경국대전에 없는 관서라고 말하며 국법을 어기는 것이라고 했다. 어떤 이는 처장인 박문수가 소론 출신이니 편파적으로 노론의 인물을 찍어낼 것이라고 했다.

"공수처는 사헌부가 제구실을 못해서 만들어졌다고 했는데 공수처도 결국 사수처가 될 것이다. 옥상옥이니 당장 철폐해야 한다."

노론은 이런 말을 세간에 유포시켰다. 그러나 그 말이 세간에 돌기도 전에 벽서가 나붙었다. 공수처는 부패한 고위관리들을 처벌하기 위해 임금이 만든 임시 관서로 윗물이 맑아야 아랫물이 맑아진다는 것이다. 벼슬아치는 모두 도둑놈으로 백성의 피땀으로 자기들 배를 불리니 공수처가 철저하게 잡아내라는 것이었다. 언문으로 쓰여 있어 평민들도 그 내용을 쉽게 파악할 수 있었다. 벽서는 붙자마자 얼마 안 되어 포도청에서 나와 뜯어갔지만, 내용은 발 없는 말이 되어 순식간에 백성에게 알려졌다.

"이제 우리도 마음 편히 살 수 있는 세상이 되려나?"

그 뒤로도 앞서가니 뒤서니 하면서 노론의 상소가 올라오면 어찌 알았는지 그 내용을 벽서에 붙여 백성들을 분노로 들끓게 했다. 아무리 포졸이 잠복근무했어도 끝내 잡지 못했다. 이렇게 공수처로 해서 조정은 조정대로 시끄럽고 세상은 세상대로 시끄러웠다.

"공수처는 임금이 탕평책의 이름으로 신권을 약화시키기 위한 술수다."

"부패척결의 명분으로 노론을 제거하려는 소론의 음모다."

노론이 들끓었다. 소론은 박문수가 공수처장이 된 것에 환호했지만, 곧 그것이 노론을 억압하기 위한 것이 아니라는 것을 깨달았다. 공수처가 발족 되기 전 경종 임금 때 집권했던 소론 관리들이 저지른 비리를 샅샅이 뒷조사했다는 것을 알았기 때문이다.

김학유가 공수처를 찾아와 처장인 박문수와의 면담을 요청했다. 제일 먼저 붙잡혀올 사람이 아니던가. 놀란 박문수는 시어사들과 의논을 한 다음에 접객실에서 만나게 되었다.

"하하, 박대교. 아니, 처장님. 축하합니다."

너스레 잘 떠는 평소 성격대로 친구나 되는 것처럼 호들갑을 떨었다. 박문수는 이 살쾡이가 무슨 마음으로 찾아왔나 가늠하며 느긋하게 답했다.

"별말씀을. 그런데 어찌 이곳을 다 찾으셨습니까? 마음이 편치 않으실 텐데요."

김학유가 또 호탕하게 웃는다.

"하하. 말씀대로 마음이 편치 않았습니다. 한명철 감찰하고는 친분이 있으셨지요?"

"그렇습니다. 급제를 같이한 인연이 있지요."

"사헌부에서 압수한 물품을 훔쳐간 도둑이 밝혀지지 않았습니까?"

김학유는 좌우를 둘러보더니 나직하게 말한다.

"한감찰이 억울하게 죄를 뒤집어썼으니 이제 풀어줘도 되지 않겠습니까?"

박문수는 예상치 못한 말에 놀랐다. 그다음 말이 궁금하다.

"그렇지요. 하지만 제가 무엇을 할 수 있겠습니까?"

"주상의 총애를 받고 계시니 상소를 올려 한감찰의 팽형을 취소해 달라고 하십시오."

팽형은 다른 죄와 달리 취소가 안 된다. 유배형이나 징역형이 아니기 때문이다. 왕명으로 명예를 회복할 수는 있다. 그렇다면 김학유는 한명철 사면과 자신의 죄를 맞바꾸자고 온 것이다.

"그 사람은 사헌부에서 죄를 지은 사람이니 그쪽에서 상소하도록 하지요."

박문수의 말에 김학유의 얼굴이 약간 일그러졌다.

"한감찰이 팽형을 받은 것은 뇌물을 받았기 때문인데 공수처에서 고발자를 불러올 것입니다."

그 말에 김학유의 얼굴이 새파래졌다. 뇌물을 공여했다는 것이 조작이기에 공수처에서 조사하면 드러나게 된다. 혹 떼려다 혹 붙이게 된 김학유는 인사를 하는 둥 마는 둥하고 돌아갔다.

홍계희는 해가 넘어가는 시각에 경복궁터 근처에서 가마를 탔다. 안에서 가마의 틈새로 밖을 내다보려고 했지만 조그마한 틈도 황토로 메워 밖이 보이지 않았다. 느낌으로는 산길을 돌아돌아 가는 것 같았다. 한 시각쯤 갔을 때 그가 가마에서 내려보니 어느 집 마당이었다. 벌써 사방은 캄캄했다. 온통 검은 옷을 입고 복면을 쓴 남녀들이 그를 맞이해 방안으로 데려갔다.

드르르

방문을 열자 흔들리는 촛불 아래에 이인좌가 방석에 앉아 있었다. 그 옆에는 발이 쳐 있고 그 뒤로 여자의 윤곽이 보였다. 홍계희는 이인좌의 옆에 놓인 방석에 앉았다. 여자가 입을 열었다.

"이렇게 무례한 방법으로 모시고 와서 죄송합니다."

홍계희는 이 굵직한 목소리가 자신의 목소리를 숨기려는 여자의 가성임을 눈치챘다.

"댁의 정체는 무엇이오? 무엇을 원하는 것이오?"

"저에 대해 아실 필요는 없습니다. 바라는 것은 사헌부 창고 안에 저의 것이 있어 되찾으려는 것입니다."

여자가 헛기침을 한번 하자 다시 방문이 열리면서 온통 검은 옷으로 가린 여자가 들어왔다. 그녀는 홍계희 앞에 비자금 장부를 내려놓았다. 계희는 촛불 아래에서 비자금 장부를 훑어 보았다. 그는 예전에 송파 객주의 비자금 장부를 본 적이 있었다. 그때 장부를 넘기다가 맨 위를 약간 찢은 적이 있다. 그는 지금 그것으로 진본 여부를 가리려는 것이다. 중간쯤에 있었다. 그것을 확인하고 맨 끝까지 꼼꼼히 살폈다.

"어떻습니까, 진본이 틀림없지요?"

"그런 거 같소만. 혹시 이것으로 복제본을 만든 것은 아니겠지요?"

계희의 물음에 여자는 호호호 웃었다.

"그것이 제게 소용이 있나요? 공수처라면 소용이 있겠지만."

"공수처의 시어사로 밝혀진 자들이 윤정태와 함께 있었소."

잠시 침묵이 흘렀다. 다시 여자가 말했다.

"장부를 빼앗은 다음에 공수처 사람들에게 데려가라고 했지요.

입을 다물게 해야 했지만, 우리 손으로 피를 묻히긴 싫었습니다."

이인좌도 그녀가 박문수와 내통하고 있는 사실을 몰랐다. 발 뒤의 고대수가 말을 이었다.

"이제 증인이 죽었고 장부도 그쪽 손에 넘어가게 되면 공수처가 할 수 있는 일이 없겠지요."

그 말에 홍계희도 할 말이 없다. 이인좌의 말에 따르면 공수처의 박서리는 암호 해독한 것이 없다고 하지 않는가. 지금 보고 있는 장부가 진본이니 공수처가 노론을 수사할 증거가 없다.

"알았소. 그러면 날짜를 정해 주시오."

여자는 사헌부를 방문할 날짜를 말했다. 순휴일 전날이다. 시간은 축시(丑時)이고 매복하는 자들이 없어야 한다는 조건이었다. 필요한 것을 갖고 통금이 해제되었을 때 장부를 넘기겠다고 했다. 홍계희는 승낙했다. 그가 가장 필요로 하는 것이 비자금 장부였기 때문이다. 거래가 성사되자 비자금 장부는 돌려주고 계희는 다시 가마를 타고 돌아갔다.

바로 그날이 왔다. 홍계희는 사헌부 근처에 사람을 두고 비자금 장부를 돌려받은 후에 체포하거나 미행하려고 했다. 그러나 이인좌는 반대했다.

"그자들은 활빈당입니다. 잡힐 리도 없거니와 만약 붙잡혀도 혀를 깨물 망정 불지 않을 것입니다. 나리에게 복수할지도 모르지요."

홍계희는 활빈당에 대해 들은 바가 있기에 단념했다. 몇 년 전 소론이 사헌부를 장악했을 때 자신이 활빈당원이라면서 접근한 자가 있었다고 한다. 그때 활빈당 본부를 습격해 몇 가지 증거자료를 찾았다고 한다. 그들이 노리는 것이 그 자료일 것이나 배신자가 살해되었기 때문에 무엇인지는 알 수 없다. 어쨌든 홍계희는 노론의 약점인 비자금 장부를 원하는 것이지 활빈당은 관심 밖이다. 그가 두려운 것은 서툰 짓 하다가 어디서 화살이 날아와 자기 목숨을 앗아가는 것이다. 장부 때문에 한명철 감찰은 팽형을 당했고 윤정태 서리는 추락해 죽었다. 이렇게 피묻은 비자금 장부를 되찾는다면 노론의 중심 세력이 될 수 있을 것이다.

휘잉~

여름이지만 밤바람은 차갑다. 사헌부 관리들이 다 퇴근하고 숙직자와 보초마저 자시에 모두 내보냈다. 이들은 근처의 주막에서 도박을 하며 대기하고 있을 것이다. 홍계희는 물시계를 보고 축시가 되었음을 보고 두 개의 열쇠를 가지고 마당으로 나왔다. 한 개는 창고 문, 또 한 개는 그 안의 비밀창고 열쇠다.

"왔습니다. 뒤돌아보시지 마시고 열쇠만 주십시오."

그 목소리다. 문이 열리는 소리도 듣지 못했는데 어찌 들어왔을까. 홍계희가 이런 생각을 하며 열쇠를 뒤로 넘겨 주었다. 놓쳤는지 바닥으로 떨어졌다. 홍계희가 고개를 돌리는 순간 앞이 보이지 않았다. 두 명인지 세 명인지가 검은 천으로 에워쌌기 때문이다.

잠시 시간이 흘렀다. 철컥하는 소리와 함께 창고 문이 열리는 소리가 들렸다. 그 여자가 들어간다. 홍계희는 창고 안에 숨겨진 활빈당 자료가 무엇일까 궁금했다.

또 한 번 철컥.

드디어 비밀창고가 열렸다. 고대수가 들어가자 횃불을 든 부하가 뒤따라 들어왔다. 밖의 창고에도 각종 자료로 가득 찼지만, 안에도 보관자료가 많았다. 고대수가 한숨을 쉬었다. 활빈당 명단은 보아서 알고 있지만, 너무 많이 쌓였다. 통금해제 때까지 찾을 수 있을지 모르겠다. 그래도 그녀는 대충 훑어보고 있을만한 곳을 가늠하고 하나씩 들춰보았다. 좀처럼 찾을 수가 없었다. 진땀이 얼굴에서 주르르 흘러내렸다. 시간이 흘러갈수록 마음이 초조했다. 선반 여기저기서 끄집어낸 자료를 한 번씩 다 훑어보았지만, 활빈당 명단은 없었다.

'홍계희, 이 자가 미리 치운 게 아닐까?'

고대수는 의심했다. 그러나 낮에 창고 쪽을 주시했지만, 안에 들어가서 그런 짓을 한 기색은 보이지 않았다. 그렇다면 자신이 퇴근 후에 찾은 것이 아닐까? 아니다. 아닐 것이다. 다시 찾아보자. 그때 흩어진 자료 속에서 검은 것이 삐죽 솟아오른 것이 보였다. 까만 표지다. 얼른 가서 잡아 뽑았다. 그렇게 찾던 활빈당 명단이었다. 십여장의 얇은 책자라 두꺼운 책 사이에 꽂아 놓았던 것이다. 떨리는 손으로 펼쳐보니 분명 활빈당원들의 이름이 암호로 적혀진 명단이었다. 이것의 중요성을 알고 비변사에 넘겼으면 벌써 활빈당은 궤멸되었을 것이다. 사헌부에서 자기네 압수품이라고 움켜쥐고 있었던 것이 행운이었다.

"됐다!"

고대수는 명단을 부하에게 넘기고 밖으로 나가 문을 잠갔다. 그리고 다시 창고 문을 잠그니 눈물이 벌컥 쏟아졌다. 이 안에 고대수는 물론이고 일가친척의 명단이 포함되어 있으니 활빈당만 아니라 가문을 지킨 것도 된다. 울컥하던 마음을 가라앉히자 그녀는 옷 안에서 비자금 장부를 꺼내 부하를 시켜 홍계희에게 전달했다. 장부를 받아든 홍계희는 횃불 아래에서 맨 먼저 자신이 찢은 부위를 살폈다. 그대로다. 처음 대면해 장부를 확인했을 때 살짝 손톱으로 누른 자국도 그대로 있다. 틀림없는 진본임을 확인하자 후하고 한숨을 쉬었다. 그가 정신을 차렸을 때 주위에 아무도 없었다. 소리 없이 왔다가 소리 없이 사라져버렸다.

"도대체 찾아간 것이 무엇일까?"

어려운 흥정 끝에 거래된 성사다. 그런데 상대가 가져간 것이 무엇인지 알 수 없다는 것이 우스운 일이었다.

아침 일찍 김재로는 홍계희에게서 비자금 장부를 받아보고 안도의 한숨을 쉬었다. 그동안 노론이 마음대로 전횡하지 못한 이유가 잃어버린 비자금 장부 때문이었다. 노론이 극성을 부릴 때 이 장부가 임금의 손에 들어가면 노론은 끝이다. 신하가 임금의 약점을 찾아서 위협하고 자기들 맘대로 정국을 운영하려고 한다. 마찬가지로 임금도 신하의 약점을 잡아 탕평책을 강요하려고 한다. 하지만 이제 한숨을 돌릴 수 있게 되었다.

"계희야, 주상께서 박문수를 내세워 공수처로 우리 노론을 공격하니 대비를 해야겠다. 그동안 이것이 어디서 불쑥 나타날까 봐 잔뜩 웅크리고 있었지만 이제 안심이다."

재로는 공수처가 노리는 대상은 사헌부이고 그중에서도 조카 김학유가 표적이라는 사실을 적시했다. 홍계희는 자신이 모두 해결하겠다고 장담했다.

다음날. 홍계희는 시전 도중이었던 장일도를 김재로의 집으로 불렀다. 그는 공수처가 생겼다고 김학유를 고발한다거나 하면 곧바로 시전의 허가를 취소하겠다고 협박했다. 말속에 비자금 장부를 훔친 윤서리가 죽은 사실과 장부를 되찾은 것을 암시했다. 즉 두려울 것이 없다는 위세를 보여 기를 꺾는 것이다. 장일도를 돌려보낸 후 이인좌와 면담했다.

"덕분에 장부를 되찾을 수 있게 되었소. 그런데 활빈당수는 계집 같던데, 정체를 알아냈소?"

이인좌는 시치미를 뗀다.

"제가 알았으면 가만있겠습니까? 저도 사내 같은 계집인 것은 알았지만 어디에 사는지는 알 수 없었습니다. 바람처럼 나타나서 사라지니 알 수가 없지요. 제가 그것을 알려고 하면 제 옆구리에 구멍이 날지 모릅니다."

은근히 겁을 주자 홍계희도 고개를 끄덕였다.

"그것은 맞소. 그날도 문 여는 소리, 발소리도 들리지 않더이다."

홍계희는 이인좌의 눈치를 보더니 말을 이었다.

"비변사에서 공수처로 자리를 옮겼다는 그자를 만날 수 없겠소?"

"박인조 서리요?"

"그렇소. 솔직히 말하면 활빈당수에게서 받은 장부는 많은 비밀을 숨기고 있소."

홍계희는 뇌물을 받은 관리의 이름도 암호로 되어있지만, 비자금을 숨겨둔 장소도 암호로 만들었다고 했다. 그 비밀장소는 오직 죽은 송파 객주만 알고 있다고 했다. 그러나 푸는 방법을 알려주기 전에 죽었기 때문에 뛰어난 해독가가 필요하다고 했다. 이인좌는 그 말에 침을 꿀꺽 삼켰다.

"그 암호해독 서리를 불러 주오. 믿을 만하오?"

이인좌가 미리 알아본 박서리는 다음과 같은 인간이었다. 행동이 굼뜨고 모자란 박인조는 어려서는 열등감에 사로잡혀 있었다. 본래 아비가 산원(算員)으로 외동아들에게 대를 이으려 했지만, 머리가 부족한지 게을러서 그런지 산학을 제대로 배울 생각을 안 하고 빈둥거렸다. 그래서 체념하고 장사꾼이나 시키려고 했는데 뜻밖의 재능이 있는 것을 발견했다. 즉 암호풀이를 잘하는 것이었다. 이웃에 좌포도청 포교가 살았는데 도둑들이 훔친 물건을 숨기거나 처분한 것을 암호로 적어 놓았다. 그것을 집에까지 가져와 끙끙대는 것을 박인조가 단시간에 푸는 것을 보았다. 그 뒤로 좌포도청에서 수집한 각종 암호문서는 그가 도맡았다. 그러자 성격이 짙은 열등감에서 짙은 자만감으로 변했다. 마르고 여윈 몸, 주둥이가 튀어나온 입은 보기에도 좀 이상하게 생겼다. 게다가 철없는 어린아이 같은 행동이 웃음거리가 되었지만, 특별히 미움을 사지는 않았다. 그가 자랑질 할 때마다 '바보 같은 놈이 웃기고 있네.' '놔둬. 멍청한 놈이 그러다가 언제 임자 만나 혼나지.' '재수 없는 놈. 꼴에 색은 몹시 밝힌다네.' 소리만 들었다. 비변사 서리가 된 후에 장가도 들었는데 하루에 세 번 이상 잠자리로 아내를 괴롭혔다. 또 다른 재능 때문에 밤마다 시달린 아내가 시름시름 앓다 역병이 돌 때 부모와 함께 죽고 말았다. 외롭게 사는 박인조는 은근짜들을 자주 찾았다. 기생집에 가고 싶어도 돈이 없는데 항상 아랫도리가 불끈 불끈하니 욕구를 풀어줄 여자가 필요했던 것이다. 암호풀이와 함께 여자에게 껄떡대는 것이 삶의 낙인 박인조는 너무나 심심했다. 공수처에서 일거리가 없다고 마냥 놀 수도 없었다. 각종 법령이 적힌 문서를 베끼는 일을 하고 가끔 조보도 베껴왔다. 처장인 박문수에게 일거리를 달라고 해도 아직 할 것이 없다는 말만 들었다. 그런데 고맙게도 이인좌가 다리를 놓아 홍계희를 만나게 된 것이다.

"말씀은 많이 들었소. 이 장부 안의 암호문을 해독해 주시오. 사례는 오십 량이오."

홍계희에게서 장부를 받은 박인조가 이리저리 살폈다. 그 모습을 살피던 계희가 말했다.

"공수처에서 할 수는 없고 매일 이리 와서 하면 어떻겠소?"

그 말에 인조가 이맛살을 찌푸렸다. 이인좌가 얼른 둘러댄다.

"박서리, 가마를 보내겠소. 그리고 이 일이 끝나면 아주 이쁜 계집과 잠자리를 만들어주겠소."

듣고 싶었던 그 말에 박인조의 눈이 번쩍 뜨인다. 계희가 묻는다.

"또 부탁할 것이 없소?"

인조가 머뭇거리더니 말했다. 자기는 떡과 과일, 약과 같은 군것질을 좋아한다고 했다. 홍계희는 선금으로 서른 냥을 주었다. 이렇게 해서 인조는 퇴근 후에 가마를 타고 와 홍계희의 사랑방에서 암호를 해독하기로 했다.

그날 저녁. 박인조가 홍계희의 집에서 암호 장부를 보고 해독하고 있었다. 그의 옆에는 참외를 비롯해 약과, 강정 등 군것질거리가 잔뜩 놓여 있었다. 암호해독에 필요한 사서삼경도 있었다. 한참을 고심하며 공책에 붓을 가지고 이리저리 그림도 그리고 글씨도 썼다. 그러면서 하룻밤이 지나갔다. 밤새 해독하려고 끙끙대다 아침에 공수처로 곧장 갔다. 온종일 졸다 퇴근 후에 이인좌와 함께 송파 객주의 집으로 갔다. 그가 남긴 물품을 살피다가 개성상인의 회계장부를 찾았다. 박인조는 그것을 읽어보더니 무릎을 쳤다.

"이겁니다. 이것만 있으면 됩니다."

다음날부터 비자금 암호해독은 빠르게 이루어졌다. 줄곧 박인조와 함께하며 감시하던 이인좌가 어떻게 알았느냐고 물었다.

"음, 보통 암호는 사서삼경을 많이 활용합니다. 하지만 난전 상인이 양반이 아니니 무슨 논어 맹자 책을 읽겠습니까? 자기 주변의 것으로 만들겠지요."

자살한 객주는 암호의 원리를 어디서 배웠는지 모르지만 풀기 어렵게 만들었다고 했다. 이인좌는 그의 장인이 청국, 일본과 밀수하는 상인이었다는 말을 기억하고 그들에게서 배운 것으로 짐작했다. 박인조는 회계장부를 가져와서 그것을 열쇠로 암호를 풀이했는데 닷새 만에 모두 해독할 수 있었다. 홍계희는 뇌물을 받은 노론 벼슬아치의 명단과 금액을 훑어보았다. 수십 명이 골고루 받았는데 그중에는 평소 뇌물받는 것을 꾸짖는 자칭 청백리도 여럿 있었다. 앞에서는 청렴한 척하고 뒤로는 뇌물을 챙긴 것이다. 계희는 그것보다 금난전권을 풀기 위해 노론에게 바칠 정치자금을 숨겨둔 곳이 알고 싶었다. 맨 뒷장의 그림에 단서가 있다고 했다.

"수고하셨소. 그런데 맨 뒷장은 아직 해독 못 한 것 같소."

홍계희가 은근한 어조로 묻자 박인조가 겸연쩍은 표정으로 대답했다.

"아, 네. 그게요. 아무리 봐도 모르겠네요."

인조는 머리를 긁더니 말을 이었다.

"하지만 시간을 두고 풀어보면 할 수 있을 것 같네요. 모사해도 될까요?"

홍계희는 그 말에 모사를 허락하고 약속한 대로 잔금 스무 냥이 든 전대를 건네주었다. 그리고는 모사한 것을 풀면 오백 냥을 주겠다고 덧붙였다. 이인좌가 그를 가마에 태우고 집까지 바래다주었다. 박인조의 집에 도착했을 때 그의 입에서 충격적인 말을 들었다.

"제가 푼 장부는 복제본입니다. 종이가 요즘 종이에요. 원본은 따로 있을 겁니다."

홍계희가 그날 가마 타고 가서 처음 확인할 때는 진본이었다. 하지만 활빈당 명단을 찾고 난 뒤에 건네줄 때는 복제본으로 바꿔 준 것이었다. 당연히 복제본에 붙은 비자금 은닉장소는 거짓일 것이다.

다모들은 오후 늦게 사헌부를 청소하라는 명을 받았다. 내일 대사헌 이교악이 첫 출근을 한다. 오신만 감찰은 며칠 전 신임 대사헌으로 이교악이 결정되자 집에 몰래 찾아가 인사를 드렸다. 물론 그냥 인사가 아니다. 사헌부 실정을 모르는 이교악에게 감춰진 비밀을 낱낱이 일러바쳤다. 그 안에는 김용전이 마포 나루의 불알친구 여춘삼과 유착되어 권력을 남용했고 기생첩을 둔 사실도 있다. 김용전이 저지르는 뇌물수수나 향응접대는 감찰 대부분이 하는 것이지만 특별히 과장한 것이다. 이교악이 좀 더 캐묻자 안태건이 조강인 검찰을 폭행해 자살로 이끌었고 다모 임성주를 강간한 사실도 내뱉고 말았다. 오감찰은 공수처가 생겼으니 김학유는 물론이고 안태건도 무사하지 못할 것으로 예측한 것이다. 그러나 오신만의 고자질은 들통나게 되었다. 이교악이 측근에게 말해 사실확인에 들어가는 과정에서 안태건도 알게 되었던 것이다.

"누가, 감히 나를……"

안태건이 격분해서 아침 일찍부터 감찰들을 한 명씩 불러 심문했다. 오신만도 불러갔는데 심장이 벌렁벌렁했지만, 막상 대면할 때는 태연할 수 있었으니 고자질을 남에게 떠넘기는 것이다.

"장령님. 주변에 누군가 원한을 가질만한 사람을 찾아보십시오. 바로 그자입니다."

오감찰 말에 안태건은 조감찰이 머릿속에 떠올랐지만, 그는 이미 죽지 않았는가. 그는 자신에 대해 사헌부내 감찰은 물론이고 서리들도 뒤에서 이를 갈고 있는 것을 알지 못했다. 안태건은 다모 임성주를 머리에 떠올렸다. 그렇다. 그 계집밖에 없다.

"알았다. 그만 가도록 하라."

오신만은 방을 나오면서 안도의 한숨을 쉬었다. 다음 차례를 기다리고 있는 김용전과 눈이 마주치자 얼른 고개를 돌렸다. 안태건은 개별 면담이 끝난 뒤에 다모들에게 청소를 시켰다. 임성주에게는 자기 방을 청소하도록 했다. 자기가 안태건 방에 들어가야 한다는 말에 성주는 털썩 자리에 주저앉았다. 고대수가 안태건에게 성주는 꼼꼼하니 새로 올 대사헌 방을 청소하는 것이 어떠냐고 말했다. 그러자 한번 흘겨 보더니 순순히 승낙했다.

"언니, 고마워!"

눈물을 질질 짜던 성주는 그제야 안심하고 총채를 들고 대사헌 방으로 갔다. 말이나 행동은 덜렁대지만 일은 꼼꼼히 하는 성주는 총채로 작은 먼지마저 털어내고 걸레질했다. 벽에 걸린 환도(環刀)는 효종 임금 때 사헌부에 내린 칼이다. 부패한 것을 보면 환도로 단숨에 베어내는 용기를 가지라고 격려차 하사한 것이다. 매달 날짜를 정해 서리들이 손질했다. 벽에 걸린 것을 내려서 먼저 칼집을 걸레로 닦았다. 칼을 뽑아 보니 날이 시퍼렇게 섰다. 임금이 내린 칼은 이렇게 날카로운데 사헌부는 제 구실을 못하고 있다. 그뿐인가. 사헌부가 부패해졌다고 공수처가 만들어졌다. 거기도 이런 칼이 있을까. 그녀가 다시 칼을 칼집에 넣고 막 벽에 걸려던 순간이었다. 누군가 손으로 목 뒤를 잡아채자 뒤로 벌렁 자빠졌다. 성주의 눈앞에 안태건이 얼굴이 시뻘게진 채로 노려보고 있었다.

"이 어린 계집년이. 감히 내게……"

안태건은 성주의 옷을 찢었다. 비명을 지르려 했으나 입밖에 나오지 못하고 우물거렸다.

"너는 또 혼이 나야 한다. 혼나야 해."

북북 성주의 옷이 찢기면서 알몸이 드러났다. 팔뚝이 드러나고 유방이 드러났다. 그리고 아랫도리도 벗겨져 거웃이 보였다. 분노에 찬 안태건의 얼굴은 성주의 눈에 욕정으로 가득한 늑대로 보였다. 안태건이 그녀를 덮쳐 유방에 얼굴을 묻었다. 성주가 고개를 돌려보니 환도가 보였다. 손을 뻗은 그녀가 환도를 잡아빼자 놀란 안태건이 벌떡 일어났다.

"이 년이, 이 년이 무슨 짓이야? 어서 내려놓지 못해?"

안태건이 소리를 질렀지만 시퍼런 칼날이 자신을 겨누자 두려움에 떨었다.

"서, 성주야? 왜 이래. 응. 내가 잘못했다. 내가 그냥 나갈게."

성주는 안태건이 밖으로 나가면 자신의 목숨이 성치 못할 것을 알고 있다. 그녀는 온 힘을 다해 안태건의 배를 찔렀다. 으악 인지 꽥 인지 모를 비명이 사헌부에 울려 퍼졌다. 이 소리에 놀란 서리와 감찰이 뛰어 왔을 때 배에 칼이 꽂힌 안태건이 비명을 지르고 있었다. 알몸인 임성주가 넋을 잃고 바라보고 있었다. 고대수가 얼른 달려가서 커다란 몸으로 성주의 알몸을 가렸다. 서리가 배를 찌르고 있는 환도를 뽑아내자 안태건이 축 늘어지더니 절명했다.

사헌부 장령 살해라는 중대범죄를 저지른 임성주를 의금부에서 데려가려고 했다. 사헌부나 의금부 관원들이 분개해서 임성주를 때려죽이겠다고 벼르고 있었다. 대사헌 이교악은 그녀를 우포도청으로 보냈다. 죽일 때 죽이더라도 진상 조사는 해야 하기 때문이다. 고대수는 우포도청 감옥에 갇힌 성주를 면회했다.

"성주야, 기왕 벌어진 일이니 어쩌겠니. 이몽룡 종사관께서도 전후 사정을 들으시고 너를 딱하게 여기니 기다리고 있어 봐라. 무슨 수가 생기겠지."

고대수를 보고 흐느끼는 성주를 달래며 가져간 음식을 옥 안에 넣어주었다. 그녀는 옥을 나오면서 옥리에게 다섯 냥을 주면서 신변을 부탁하고 우포도청을 나섰다. 그녀는 오늘 사헌부에 사직서를 냈다. 다모의 큰언니로서 끔찍한 일을 막지 못했기 때문이라고 이유를 붙였다. 하지만 이제 활빈당 명단을 찾았으니 사헌부에 있을 까닭이 없지 않은가. 이 사실을 똘이를 통해 박문수에게 알리고 짐도 모두 남산의 안가로 옮겼다. 뜻하지 않게 벌어진 성주 일만 해결하면 된다.

고대수가 큰 키를 휘청거리며 우포도청에서 걸어나오자 행인들이 모두 쳐다본다. 그렇게 눈에 띄기에 행동이 자유롭지 못하나 활빈당원에게는 믿음직스러운 여자 당수다. 골목길로 들어설 때 누군가 그녀를 불렀다.

"고대수! 어디를 가시나?"

고개를 돌려보니 이인좌와 응팔이 서 있었다. 응팔은 망나니 할 때 쓰는 대도를 보자기로 가리고 있다.

"편지를 주겠다는 약속을 어기고 사헌부를 그만두었더군. 집에 가보니 짐도 다 치웠고. 아무래도 이쪽에 왔을 것 같아 기다리고 있었네."

이인좌의 입은 냉소로 일그러져 있었다.

"복제본이더군. 돈을 숨긴 원본은 네가 가지고 있겠지?"

"그렇지. 내가 순순히 넘길 것 같나?"

"좋아. 내가 원하는 것은 따로 있으니까. 약속한 서덕수 편지는 어디 있나?"

이인좌 물음에 고대수는 흥하고 콧방귀를 뀌었다. 이인좌가 손짓을 하자 응팔이 얼른 보자기를 벗기고 대도를 휘둘렀다. 그 순간 고대수도 옷 안에서 무언가를 꺼내 던졌다. 펑 소리와 함께 검은 연기가 퍼졌다. 연기가 사라졌을 때 고대수는 그 자리에 없었다.

10 암호 해독

벼슬아치들은 숨을 죽이고 공수처의 움직임을 주시하고 있었다. 하지만 하루하루 살기에 바쁜 백성은 크게 관심이 없는 일이다. 박문수는 두 명의 무사가 호위하는 가운데 공수처로 출근했다. 사헌부와 달리 시어사들과 서리들은 각자 자기 맡은 일을 하고 있을 뿐이었다. 박문수가 모든 형식을 버리겠다고 선언했다. 출퇴근 때 구사를 거느리고 거드름 피우며 행차하는 것도 없앴다. 의전행사로 시간을 낭비할 수 없었다. 공수처 안에서도 처장과 눈이 마주치면 그제야 인사를 할 뿐이었다. 강호동은 포교를 그만둔 백인기와 함께 공수처 별감으로 임명되어 현장경험과 심문법을 전수하고 있었다. 우포도청에서 제일 능력이 뛰어난 포교들이었기에 원균 같은 시어사는 물론이고 서리, 소유들도 많은 도움을 받고 있었다.

"처장님, 그동안 시어사와 밀대들이 수집한 정보를 정리했습니다. 이제 한 말씀 하셔야지요."

강호동은 공수처가 설립되자 새로 채용한 서리들과 함께 시어사와 밀대가 염탐한 것들을 정리했다. 중복되는 것은 하나로 통합하고 부족한 것은 나중에 채우기로 했다. 일 년 넘게 탐문한 것이라 적지 않은 분량이었다.

"강별감님, 이것만 가지고 있으면 여기에 거론된 자들을 모두 잡아올 수 있을까요?"

박문수의 농담에 강호동이 웃었다.

"하하, 여기보다 열 배는 더 큰 사헌부도 못한 일입니다. 벼슬하는 죄인 한 명을 잡으려면 일 년 걸린다는 말이 있지 않습니까."

"그렇겠지요? 자, 일어나시죠."

박문수는 다섯 명의 시어사와 열 명의 서리가 기다리고 있는 대방으로 왔다. 아직 다모가 선발되지 않아 서리 두 명이 탕약을 끓여 앞에 놓았다. 박문수와 강호동 앞에도 탕약이 놓였다.

후후

박문수 처장을 비롯한 공수처 관리들이 탕약을 마셨다. 사헌부에서는 사약 먹듯이 엄숙했지만 박문수의 제안대로 자유롭게 환담을 하면서 마셨다. 반 시각 정도 지나 탕약 그릇을 치우고 나서 서리들을 불러 회의가 시작되었다. 박문수 처장이 입을 열었다.

"우리는 누구입니까? 어부의 그물로 치자면 사헌부는 촘촘한 그물이고 공수처는 듬성듬성한 그물 아닙니까?"

그 말은 공수처가 목표로 하는 대상은 큰 고기인 고위관리들과 그 가족으로 한정되어 있다는 것이다. 시어사와 밀대들이 일 년 넘게 도성을 누빈 것은 백 명 안팎의 벼슬아치와 그 가족들의 신상파악이다. 출처가 분명치 못한 내용도 많았다. 정식으로 조사하는 것이 아니니 개인의 편견이나 떠도는 소문의 첩보가 많았다. 그래도 그것이 시어사나 밀대의 한계였다. 선을 넘지 않았기에 비밀리에 공수처를 만든다는 것을 숨길 수 있었던 것이다. 그러나 이제 공수처가 발족했으니 어디서도 떳떳하게 이름과 소속을 밝힐 수 있다.

"그런데 말입니다. 듬성듬성한 그물에 걸릴 정도의 큰 고기라면 먼바다로 나가야 하는데, 배도 튼튼하지 못하고 풍랑도 심해 좀처럼 갈 수 없다면 어찌할까요?"

박문수의 물음에 서로 눈치만 본다. 공수처가 부패관리들에게는 두려움이요, 선비들에게는 희망이지만 운용은 쉽지 않다. 어쩌면 배를 띄우기도 전에 침몰할 수 있다. 원균이 답했다.

"풍랑이 심해 위험하다고 언제까지 기다릴 수 있겠습니까? 무조건 배를 띄워야 합니다."

"오호, 원어사는 역시 용감하군요. 또 다른 분은?"

곽재우가 말한다.

"풍랑이 언제 가라앉을지, 어부들의 말을 들어보고 시각을 정하겠습니다."

"좋은 의견이오. 또 다른 어사는?"

김육이 말한다.

"풍랑이 없는 곳을 찾아가서 거기서 배를 띄우겠습니다."

"그것도 좋은 생각이오."

이렇게 시어사와 서리들의 의견을 들어보다가 잠시 휴식 시간이 되었다. 원균이 이순신을 흘끗 곁눈질하고는 중얼거리듯이 말했다.

"순신은 왜 입을 안 여나? 조상을 닮아서 신중한 것인가? 아니면……"

원균이 똑바로 바라보며 비아냥거렸다.

"비겁한 것인가?"

이순신이 침묵하다가 입을 열려고 할 때 강호동이 회의 속개를 알렸다.

"다음은 우리 공수처의 보안에 대해 백인기 별감의 말씀을 듣겠습니다."

체격이 큰 강호동이 양의 성격이라면 체구가 아담한 백인기는 음의 성격이다. 그래서 포교로 있을 때도 잠복이나 염탐을 잘했다.

"공수처를 두려워하는 부패한 관리들이 염탐하려고 한다는 소문이 있습니다. 누구를 수사할지 얼마나 수사가 진행되었는지 공수처 문 앞에서 얼쩡거릴 것입니다."

백인기가 서리들을 향해 눈을 돌리자 박인조는 숨이 탁 막혔다. 눈이 마주쳤을 때는 자신도 모르게 고개를 숙이고 말았다.

"이제부터 보안수칙에 대해 말하겠습니다."

백인기는 만약 공수처의 기밀을 돈을 받고 알려주거나 인정에 못 이겨 누설하면 엄중한 문책이나 처벌이 따를 것이라고 했다. 박인조는 자신의 소행이 드러날까 봐 고개를 번쩍 들었다. 정면을 응시했지만 속은 시커멓게 타들어가는 것 같았다. 비변사에 있을 때는 정보를 알려는 사람이 없었다. 그러다가 공수처로 와서 우연히 이인좌를 만나 공돈과 여색에 혹해서 일을 저지른 것이다. 백별감은 조목조목 예를 들어 말하고는 보안수칙을 회의장 벽에 붙여놓았다. 원균이 주먹을 불끈 쥐고 말했다.

"우리 공수처를 배신하는 놈은 내가 이 손으로 쳐 죽이겠소!"

박인조는 몸을 부르르 떨었다. 힘세고 성질 급한 원균이라면 그러고도 남을 것이기 때문이다.

"오늘은 이만하고 업무를 시작합시다."

박문수의 말에 모두 제각기 맡은 일을 하기 위해 갔다. 강호동과 백인기만 남았다.

"기밀보안이 중요하니 두 분 별감들께서 특별히 관심 둬 주십시오."

강호동이 대답했다.

"물론입니다. 그러면 피맛골 주막은 어찌해야 하나요? 그곳이 우리 공수처의 것이라는 소문이 났는데요."

공수처에서 운영하는 것이라는 소문에 육조의 말단 관리도 어마뜨거라 하며 근처도 안 와서 손님이 확 줄었다. 시전의 상인들도 혹시나 해서 발길을 돌렸다. 음식의 맛 때문에 찾아오는 손님도 있긴 하지만 한참 때의 반의반도 되지 않았다.

"아직은 놔두어도 되지 않을까요? 공수처로 직접 찾아오는 것보다는 주막을 통해 제보하려는 사람도 있을 테니까요."

"하긴 그렇지요. 관청의 문보다는 턱이 낮으니까요."

별감 둘이 모두 찬성해서 이층 주막은 놔두기로 했다. 하지만 성춘향을 계속 주모로 할 것인가는 결론을 내지 못했다.

박인조는 박문수가 내놓은 비자금 장부를 보고 놀랐다.

'아니, 이게 왜 여기에 또 있지?'

홍계희 말로는 비자금 장부는 하나뿐이라 했다. 자신이 찢은 부분과 나중에 살짝 흠집을 내어 표시한 것을 확인했다고 말했다. 그러나 박인조가 보기에 그가 가진 것은 복제본이다. 그리고 이것도 복제본이다. 홍계희의 장부 뒤의 그림과 이 장부의 그림이 달랐다. 원본은 아마도 따로 있을 것이다. 맨 뒷장에 난전 상인들에게 받은 비자금을 감춘 장소가 적혀 있다고 했다. 그러나 지금 보고 있는 것은 가짜이니 장소가 제대로 그려져 있을 리 없다.

"박서리, 이것을 해독하려면 며칠이나 걸리겠나? 열흘? 아니면 한 달?"

박인조는 장부를 덮으며 대답했다.

"아닙니다. 이 정도는 하루면 됩니다."

"정말?"

박문수의 눈이 휘둥그레졌다. 변변치 않은 위인이지만 암호해독에 특출한 능력이 있다고 해서 비변사에서 데려왔다. 그런데 장부를 훑어보고 하루면 된다는 말에 놀란 것이다. 박인조는 이미 홍계희가 가진 것을 풀어보았으니 어려울 것이 없다. 참고 자료도 필요없이 곧 풀 수 있다. 자기 실력을 보여줄 절호의 기회다.

"네, 처장님. 이따 저녁 퇴근 전에 올리겠습니다."

어젯밤 박문수에게 한 장의 편지가 전달되었다. 고대수가 보낸 것인데 사헌부 창고에서 원하는 것을 찾았으니 비자금 내용을 발표해도 된다는 내용이었다. 그래서 비자금 장부를 이제 꺼내 놓은 것이다. 너무 늦은 것이 아닌가 생각했는데, 하루면 된다는 말에 반색한 것이다.

박인조는 박문수가 돌아가자 비자금 장부를 펴놓고 붓을 들어 종이에 베끼기 시작했다. 쓰다 보니 내용이 좀 달라진 것 같았다. 분명히 기억했던 내용이 빠지고 어떤 것은 새로운 내용이었다. 이름과 돈의 액수가 달라진 것으로 보아 복제본이 틀림없다. 홍계희가 혹시나 원본이 아닐까 싶어 자기만 알게 손톱으로 표시한 것도 그대로 베꼈다. 무서운 사람들이라고 생각하고 해독을 하고는 저녁이 되기 전에 일을 끝냈다. 박문수는 시어사와 별감을 불렀다.

"이것이 해독 내용이네."

수십 장의 종이에 한두 번에서 백 번이 넘게 뇌물을 받은 노론 인사들의 이름과 금액이 빼곡하게 적혀 있었다.

"박서리는 천재입니다. 이렇게 빠르게 암호를 해독할 줄 몰랐습니다."

강호동은 연신 박인조를 칭찬했다. 공수처 설치 목적이 부정부패한 고위 관리들을 법으로 처벌하는 것이다. 지금까지 고위직은 당파의 힘에 눌려 처벌하지 못했다. 당의 보호를 받을 수 없는 하급 관리들이나 처벌당했다. 윗물이 맑아야 아랫물이 맑다고 고위 관리들이 부패해도 처벌하지 못하니 끊임없이 부패가 양산되는 되는 것이다. 그런데 이렇게 노론 인사들의 비리가 적힌 문서가 작성되었으니 단숨에 숨통을 끊을 수 있다. 가장 먼저 할 것은 이들 노론 고위직의 부패를 방어하는 사헌부를 손보는 것이다. 문제가 생길 때마다 사헌부는 자기 반성과 개혁을 한다고 했지만 막강한 권력을 가진 기득권 집단이 그리 쉽게 변할 리 없다. 모두 들떠 있는데 조용히 듣고 있던 이순신이 입을 열었다.

"아무리 암호해독에 특출한 재주가 있다고 해도 너무 쉽게 푼 게 아닐까요?"

그의 말에 서로 얼굴을 쳐다본다. 너무 쉽게 풀었다. 마치 전에 똑같은 것을 풀어본 것처럼 술술 풀었다. 장부를 붓으로 필사하는 데도 하루가 걸릴 것이다. 그런데 생전 처음 보는 비자금 장부 암호를 술술 풀었다는 것은 이상한 일이 아닐 수 없다. 박문수가 말했다.

"나도 그것이 이상해서 물어보았더니 암호해독이라는 것이 열쇠만 찾으면 나머지는 일사천리로 풀 수 있다고 하네. 비변사에서 암호를 많이 다루어서 웬만한 것은 금세 풀 수 있다고 하더군"

박인조는 비변사에는 일본이나 청나라의 첩보를 담당하는 담당 관서가 있어 많은 암호를 다루었다고 주위 서리들에게 자랑했다. 그래서 하루 만에 엄청난 일을 해치운 그를 치켜세웠지만, 이순신은 여전히 의심했다.

초여름이지만 더위가 빨리 와 가만히 있어도 땀이 줄줄 흘렀다. 원균과 이순신은 박문수의 명을 받고 마포 나루로 갔다. 원균은 이순신 말고 김육과 짝을 하려고 했으나 간단히 거부당했다. 곽재우도 김육과 짝짓는 것이 좋다고 해서 할 수 없이 이순신과 함께 나선 것이다. 예전에는 상인의 복색으로 종로에서 마포까지 걸어갔다. 그러나 이번에는 공수처 시어사의 위엄을 보이라는 박문수의 명이 있었다. 더운 날씨였지만 관복을 입고 말을 타고 갔다. 그러나 혼잡한 길이라 말을 달릴 수는 없었다. 마포로 가는 우마차 뒤에 원균의 말이 앞서고 뒤이어 이순신의 말이 따랐다. 햇볕을 피해 아침 일찍 떠났는데도 벌써 땀이 흐르기 시작했다.

“이려, 이려.”

앞서 간 우차의 소가 웬일인지 앞으로 나가지 않자 기다려야 했다. 자세히 보니 앞에 커다란 황소와 마주하고 있다. 원균이 중얼거리듯이 말한다.

“겁쟁이 소 같으니. 누구네 조상 같군.”

누구네 조상이란 이순신 장군을 말한다. 원씨 가문에 내려오는 말이 있다. 왜군과 전투에서 이순신이 나아가지 않아 부하들이 겁쟁이라고 불렀다고 한다. 승산이 조금만 있으면 돌격을 감행하는 용장 원균과 달리 이순신은 매우 신중한 지장이라 출진할 때 서로 갈등이 심했다고 한다.

황소의 주인이 소를 한쪽으로 몰아넣자 우차도 앞으로 나갈 수 있었다. 그 때문에 시간을 많이 지체했다. 원균이 마포 나루에서 맨 처음 찾은 이는 사헌부에 끌려와 매 맞은 김인수였다. 관복을 입은 사람 둘이 말에서 내리자 김인수가 허리 굽혀 절을 했다. 고개를 들고 보니 낯이 익었다.

“나리, 어디서 뵌 적이 있는 것 같습…… 아, 원균!”

그제야 평택 출신 상인 원균이 벼슬아치가 되었다는 것을 깨달았다. 원균이 호탕하게 웃었다.

“맞습니다. 그때 밤새 술을 푸던 원균올시다. 본명은 원홍익입니다만.”

“그런데 어찌 관복을……”

하다가 이순신을 보았다. 말에서 내린 이순신이 고개를 숙여 절하자 김인수가 어쩔 줄 몰라했다. 원균이 '외뿔소패'를 내보이며 공수처 시어사임을 밝혔다. 관리들의 출현에 모여들었던 상인들이 기겁하고는 뿔뿔이 흩어졌다. 공수처가 사헌부 감찰 같은 정6품 이상 고위 벼슬아치의 비리를 조사한다는 것이 백성 사이에 유포되었다. 그렇게 힘센 관서에서 온 관리들이니 어찌 무섭지 않겠는가. 원균은 몸 둘 바를 모르는 김인수의 손을 잡아끌고 안으로 들어갔다. 들어가면서 이순신에게 소리쳤다.

"이순신 어사는 마포 나루 진군들 횡포나 조사해 주게. 얼른."

원균은 이순신을 쫓아내고는 하하 웃으면서 김인수와 함께 객주 안으로 들어갔다. 전에 원균이 장사치로 김인수에 접근해 선주의 비리를 고발했다가 김학유에게 혼쭐난 이야기를 들었다. 원균이 밤새도록 술을 마시며 마포 나루 선주의 부조리에 대해 알아냈다. 그때 술을 마시지 않는 이순신은 구석에서 잠자코 듣고만 있었다. 이제는 공수처 관리로 찾은 것이다.

마포 나루의 관리와 함께 일대를 돌아본 이순신이 점심시간이 지난 후에 돌아왔다. 원균은 햇볕에 얼굴이 벌겋게 익은 이순신과 함께 말에 올라탔다. 처음보다 한결 얼굴빛이 부드러워진 김인수의 배웅을 받으며 떠났다. 가는 길도 도성 안으로 가는 사람의 행렬에 밀려 천천히 갈 수밖에 없었다. 아까와 달리 술에 취한 원균이 이순신과 나란히 섰다.

"순신아, 왜 그랬어?"

"네에?"

"왜 내게 덕수 이씨라는 것을 속였어?"

"……"

이순신은 침묵했다.

"네가 이순신 후손이면 내가 뭐라고 할 줄 알았니?"

모기처럼 가는 소리로 대답했다.

"저는 그냥 형님, 아니 원어사님이 미워하실 것 같아서……"

"그렇지. 우리 큰할아버지 원균 장군을 너희 덕수 이씨들이 간신으로 만들었으니까. 너희 할아버지 이순신 장군은 영웅이 되고 원균 장군은 패전장수, 비겁한 장수가 되었으니."

"그건 우리 집안이 잘못한 것이지요."

"그래, 너는 쫌 아는구나. 이식이라는 유식한 분께서 너희 할아버지 돋보이려고 우리 할아버지 깔아뭉갰지. 순신아, 아니 본명이 한신이라고 했던가? 너 이광이라는 사람 알아?"

"네, 용인 전투에 참가했다는 것은 들었습니다."

"이광은 전라도 감찰사로 용인전투에서 조선군을 지휘했지. 육만 명의 조선군이 천 명의 용감한 왜군에게 무참하게 깨졌지. 육십 명이 한 명을 못 이긴 거야."

임진년 6월 6일 이광은 전라도, 경상도, 충청도의 근왕병을 이끌고 용인에서 와키자카의 소수의 군대와 싸워 참패했다. 급조된 군대이고 왜군의 신무기 조총이 두렵다 해도 패전의 요인은 싸울 때 싸우지 못하고 망설이다 당한 것이다. 이식(李植)의 종조부가 바로 이광이다. 인조 때 이식이 선조수정실록을 편찬하면서 이순신에게 충무공이라는 시호를 내리기 위해서는 역사조작을 해야 했다. 모든 승전을 이순신의 공으로 돌리고 경쟁상대였던 원균을 간신, 졸장으로 헐뜯었다. 이렇게 이순신을 치켜세우면서 가문의 수치인 종조부 이광의 패전을 살짝 숨겼다.

"처음 듣는 말이군요."

이순신이 침통한 표정을 지으며 말했다. 원균은 이순신이 힘없이 대꾸하자 마음이 약해졌다.

"가문의 수치를 누가 말하겠어. 그때 우리 할아버지께서는 의병으로 큰 공을 세웠지. 우리 할아버지 원연 장군이 승장이면 너희 조상 이광은 졸장, 패장이었어. 네가 나를 속인 것은 괘씸하지만, 그동안의 정이 있으니 회복될 때까지 당분간 거리를 두자."

"네. 형님, 원어사님."

원균은 우포도청에서 이순신의 정체를 알고 쓰러질 듯 놀랐다. 이순신을 친아우처럼 여겨 스스로 옥살이를 자처하지 않았던가. 그런데 원씨 가문의 원수, 덕수 이씨 그것도 이순신의 후손이었다니. 그때는 배신감에 치를 떨었지만. 시간이 지나면서 점점 미움이 누그러졌다. 처음 만났을 때 이순신 장군의 후손이라 암호명을 이순신이라고 정했다고 하면 애당초 정을 주지 않았을 것이다. 박문수는 원균과 이순신의 조합을 늘 칭찬했다. 원균의 저돌적인 성격, 이순신의 치밀한 분석이 좋은 결과를 만들어냈기 때문이다.

'그래도 나를 놀린 것은 참을 수 없어.'

원균이 이순신 앞에서 이순신 장군의 용렬함과 비겁함을 얼마나 놀렸던가. 원씨 집안에서는 이식이 꾸민 원균 간신설에 저항해 이순신의 단점을 늘 입에 올리곤 했다. 그래서 아산에서 온 경주 이씨 이한신에게 이순신 흉을 본 것이다. 그런 자기가 바보 같아 창피했던 것이다.

그날 이층 주막에서 야다시가 열렸다. 공수처에서 하는 것보다 주막에서 하는 것이 편하다고 해서 계속하는 것이다. 시전을 감찰한 곽재우가 '외뿔소패'를 들어 보이고 말했다.

"이것을 내보였더니 처음에는 예쁘다고 하면서 어디서 샀냐고 물었습니다. 그래서 외뿔소는 공수처 소속 시어사를 증명하는 패라고 하니 기절할 듯 놀라더군요. 하하."

곽재우는 공수처가 관리는 물론이고 도성 백성에게 위압을 주는 것 같다고 말했다. 김육은 도중의 후처도 만나 김학유가 강간한 과정을 청취했다고 했다. 부끄러워하면서도 김학유가 법의 심판을 받게 해달라고 간곡하게 청했다고 했다. 박문수가 묻는다.

"우포도청에 갇힌 다모 임성주를 만나겠다고 한 것은 어찌 되었나?"

"네. 현재 감옥에 있는데 건강한 듯 보였습니다."

살해당한 안태건 장령의 집안에서는 빨리 범인을 참수하라고 아우성치고 있다고 한다. 이몽룡이 사형을 보류한 것은 임금이 윤허를 미루고 있기 때문이라고 한다. 고대수의 부탁으로 박문수가 임금에게 사형 집행을 미루게 청원한 것을 아무도 모를 것이다.

아침부터 공수처는 부산했다. 정오에 사헌부 김용전 감찰이 출두명령을 받고 들어왔다. 방안에 병풍이 쳐 있고 박문수가 한쪽에서 의자에 앉아 지켜보았다. 심문하는 시어사는 이순신이다. 그는 객주 여춘삼에게서 입수한 정보에 따라 뇌물을 받은 사실을 추궁했다.

“아, 아닙니다. 춘삼이는 저와 어릴 적 마포에서 자란 불알친구로 아무 대가 없이 준 것입니다. 제가 사헌부 감찰로 장사치의 이권에 개입하는 염치없는 짓은 하지 않았습니다.”

“그래요? 여객주 말로는 먼저 이권을 제시하고 돈을 요구했다고 하던데요.”

“그럴 리가요. 그놈은 어려서부터 돈이라면 환장을 하는 위인입니다. 저한테 생활비에 보태라고 돈을 주어서 이상하다고 생각하긴 했지요.”

“마포 나루에 첩실을 두셨는데 그 돈으로 살림집을 구했나요?”

김용전은 이순신의 물음에 가슴이 덜컹 내려앉았으나 이내 태연한 표정을 지었다.

“아닙니다. 제가 그동안 저축한 돈입니다.”

“여객주 말로는 집을 구하라고 돈을 주었다는데요.”

“에이, 그놈은 어려서부터 거짓말을 잘했어요. 질이 나쁜 놈이지만 불알친구라.”

병풍 뒤에서 둘의 말을 엿듣고 있던 여춘삼이 버럭 소리를 지르며 나타났다.

“뭐야? 이놈아!”

여춘삼을 본 김용전은 기겁했다. 얼른 일어나 밖으로 도망쳤다. 여춘삼이 그 뒤에 대고 욕설과 저주를 퍼부었다.

홍계희는 나무 상자에서 이백 냥의 엽전을 꺼내 이인좌에게 넘겨주었다. 응팔을 비롯한 부하들에게 나누어줄 돈이다. 이인좌가 엽전을 마대 자루에 싸고는 묻는다.

"이장에 대해서는 말씀하시지 않던가요?"

이인좌는 김재로에게 자기 집 선산을 바치겠다고 지도를 주었다. 그의 집안에서 명당이라고 보존하고 있었던 땅이다. 이인좌가 그것으로 김재로에게 접근할 수 있었다. 바로 '그날'을 대비하기 위해서였다. 거병 후 이인좌의 요구를 거부하면 명당자리에 이장한 김재로 부친의 무덤은 파헤쳐질 것이다. 시체가 인질이 되는 셈이다.

"마님께서 점을 치셨는데 올해와 내년에는 이장하지 말라고 한다오."

"아하, 그렇습니까?"

이인좌가 실망했다는 듯 표정을 짓자 홍계희가 말을 이었다.

"박서리는 만나보셨소?"

"아, 그게……"

박인조는 이인좌가 접근하자 당분간 만나지 말자고 했다. 돈과 여자로 유혹했지만, 공수처에서 감시하니 나중에 만나자고 하면서 뿌리쳤다. 그런 사정을 말하니 홍계희가 끄덕였다.

"너무 다그치지 마시오. 공수처의 동정을 알 수 있는 귀중한 자산이니."

홍계희는 박인조가 비자금 장부를 해독해 준 것을 잊지 않았다. 그것으로 노론이라는 당 안에서도 딴 주머니 차는 자들을 파악할 수 있었다.

돈 보따리를 갖고 나온 이인좌는 근처 주막집 골방에서 기다리고 있는 응팔과 부하들을 만났다. 그가 돈을 나눠주자 모두 입이 귀에 걸렸다.

"아직 끝이 아니다. 고대수 그 계집을 잡아야 한다."

응팔의 부하들이 자기 몫의 엽전을 보따리에게 넣으면서 까닭을 묻자 이인좌가 대꾸했다.

"그 괴물 계집에게 서덕수의 편지가 있기 때문이다."

경종이 즉위한 뒤부터 소론과 노론은 충돌했다. 노론은 연잉군을 왕세제로 만들었지만 경종을 독살하려는 음모가 탄로 나 많은 사람이 죽었다. 신축옥사로 노론의 사대신이 사약을 받았고 다음 해 임인옥사에서도 많은 노론 벼슬아치가 죽었다. 서덕수가 역관을 통해 독약을 구해 영조의 첫 사랑인 소훈 이씨를 독살하고 경종도 독살하려 했다는 것을 자백하고 죽었다. 매 맞고 죽은 서덕수가 밝히지 않은 것은 그 전에 구리개에서 독약을 구하려 했다는 것이다. 나중에 의심되는 황의원을 지목했으나 이미 죽은 뒤이어서 추적을 중단했다.

"우리가 거병했을 때 그 편지가 아우가 형을 독살하고 임금 자리를 빼앗은 확실한 증거가 되는 거야. 우리 임금님을 동정하는 마음이 기름이면 그 편지는 불이 되는 거야. 확!"

이인좌는 불타오르는 시늉을 해 보였다. 정권을 빼앗긴 소론뿐 아니라 아우가 형을 죽였다는 소문을 믿는 백성이 그의 기름이었다. 광해군이 아우를 죽이고 서모를 유폐한 것에 백성의 분노가 있었기에 반정을 일으킬 수 있었다. 지금도 아우가 형을 죽이도록 독약을 구했다는 확실한 증거가 있으면 불을 일으킬 수 있다. 이인좌는 남인과 손잡은 소론 목호룡과 김일경이 참수당한 뒤부터 서울에 올라와 줄곧 의원을 추적했고 마침내 찾아냈다.

“이제 소원대로 활빈당의 명단을 되찾았으니 고대수도 편지를 소중하게 여기지 않을 것이야.”

애오개 또는 아현이라고 부르는 동네는 여자 상인들이 많다. 이들은 빗이나 화장품을 제작판매 한다. 이인좌의 부하인 거북이가 고대수가 ‘애오개 분이’라고 하는 말을 들었다고 했다. 그래서 이인좌가 ‘분이’를 찾아온 것이다. 분을 만드는 곳이라고 그런지 향긋한 냄새가 났다. 문득 고대수와 뒹굴던 그때가 떠올랐다. 거구의 몸에 이인좌가 밑에 깔리자 계집에게 능욕당하는 느낌이었다. 그때를 떠올리면 기분이 찝찝했다. 분이는 막 화장품이 든 바구니를 들고 나가려던 참이었다.

“제가 분인데요. 무슨 일로 양반께서.”

분이는 갓을 쓴 양반이 분 만드는 집에 찾아온 것이 이상하다는 듯이 바라보았다.

“고대수라는 여자를 찾고 있네. 얼마 전까지 다모를 했지만 그전에는 매분구였는데.”

“아, 네. 그런데 무슨 일로?”

“내가 옛날에 알고 지내던 여자인데…… 혹시 어디 사는지 알고 있소?”

이인좌의 물음에 분이가 간교한 웃음을 지으면서 말했다.

"글쎄요, 알 듯 모를 듯하네요."

이인좌는 그녀가 돈을 원하는 것을 알았다. 품 안에서 한량의 돈 꾸러미를 꺼내 주었다.

"이거면 되겠소?"

분이는 함박웃음을 지으며 남산골에 산다는 것으로 알고 있다고 했다. 집을 아느냐고 물으니 생각이 안 난다고 한다. 또 한량을 쥐여 주자 그제야 집을 가르쳐주었다. 이인좌는 밖에서 기다리고 있는 부하들과 함께 급히 남산골로 갔다. 건장한 사내들이 우르르 몰려가면 수상하게 여길 것 같아 두 명씩 나누어 부엉이바위 밑에서 만나기로 했다.

"응팔이, 자네는 내 앞에 서게. 내가 뒤따라 갈 테니."

"형님, 무슨 일이 있습니까?"

"남산골에는 소론과 남인들이 많이 살아. 혹시 마주칠지도 모르네. 자네가 앞에서 사람들을 눈길을 모으게. 그러면 내게는 신경을 안 쓰지."

이인좌의 말이 들어맞았다. 험상궂은 응팔이가 앞서 가자 괴이한 모습에 사람들이 멀찌감치 뒤따라오는 이인좌에게는 눈길을 주지 않았다. 이들이 모인 곳은 밤에 부엉이들이 떼로 몰린다는 부엉이바위 밑이었다. 고대수가 있다는 집은 남산골 샌님들이 모여 사는 곳과는 좀 떨어진 외진 곳이었다. 이인좌는 도주로를 막게 하고 응팔과 함께 뛰어들어갔다. 마루에 나와 있던 의원이 깜짝 놀라 일어섰지만 이내 두 사람에게 붙잡혔다. 방 안에 있던 의원의 딸과 고대수가 급히 나왔지만 이인좌가 의원의 목을 한 손으로 감고 있었다.

응팔이 칼을 꺼내 위협하고 부하들도 모두 안으로 들어왔다.

"고대수, 허튼짓하면 이 늙은이의 목숨은 없다."

고대수가 분을 이기지 못하며 씩씩거리다가 소리쳤다.

"왜 여기까지 찾아와서 우리를 괴롭히는가?"

이인좌도 마주 소리쳤다.

"너는 날 속였어. 비자금 장부 원본은 어디 있나?"

"홍계희가 가진 것이 원본이다."

"거짓말, 원본은 네가 가지고 있지?"

고대수는 주춤대더니 대꾸했다.

"그건 박문수 처장에게 넘겼다."

이인좌는 그것도 복제본이라고 생각했지만 우선 서덕수의 편지를 찾아야겠다고 마음먹었다. 고대수에게 편지를 달라고 하자 툴툴거리면서 딸에게 편지를 가져오라고 했다. 부하가 그것을 받아 이인좌에게 주니 원본이 분명한 것 같았다.

"설마 이것도 복제하지 않았겠지?"

"내게 그런 편지가 무슨 소용이 있담. 정 다급할 때 우리 활빈당을 지키는 용도로 쓰려고 했지만 이제 활빈당 명단도 찾았으니 필요 없어. 가져가."

그 말이 맞을 것이다. 이인좌가 받아 보니 원본이 틀림없다. 구리개의 어느 약방에서 임금의 처조카 서덕수가 쓴 약방문을 구해 보았는데 필체가 특이했기 때문이다.

"좋아. 한 가지만 부탁하자구. 이 편지와 똑같은 복제본이 필요하네."

의원을 풀어준 이인좌는 복제본을 만들어달라고 했다. 사내들이 칼을 들고 위협하니 천하의 고대수도 어쩔 수 없었다. 복제하는 데 시간이 걸리니 기다려달라고 했다. 이인좌는 그녀의 말을 허락하고 의원의 딸이 방에서 복제하게끔 풀어주었다. 한 시각이 지났을 때 복제본이 완성되었다. 몇 장의 종이에 연습한 끝에 만든 것이었다. 이인좌가 원본과 복제본을 나란히 놓고 보니 구분이 안 되었다.

"도대체 어느 것이 원본인가?"

이인좌가 원본을 도로 돌려줄 때 모서리를 약간 구겼다. 홍계희는 감쪽같이 속였지만 자기는 속일 수 없을 것이라 자신했다. 고대수가 보더니 고개를 갸우뚱했다. 그러자 이인좌가 원본을 집어들었다.

"이것이네. 기왕에 도와주었으니 복제본에 몇 글자 써 주게. 같은 글자체로 말이야."

이인좌는 품 안에서 한 장의 종이를 꺼내 건네주었다. 종이를 읽어내려가던 의원 딸이 소스라치게 놀라워했다. 고대수도 읽어보더니 신음했다.

"꼭 이런 글을 써야 하오?"

이인좌가 강요하자 고대수는 할 수 없다는 듯이 의원 딸에게 쓰도록 했다. 얼마 뒤에 완성되었다. 편지를 읽어본 이인좌는 회심의 미소를 짓고는 부하들과 함께 집 밖으로 나갔다.

새벽인데 종로 운종가에 상인들이 모습을 보였다. 때는 여름이라 금세 동이 텄다.

"응, 저게 뭐야?"

상점의 문을 열기 위해 집 밖으로 나왔던 상인들은 골목에 붙은 벽서를 보았다. 언문으로 쓰여 있는 글은 노론 벼슬아치들이 난전에게서 돈을 받은 것이 탄로 났다는 내용이다. 그리고 몇몇 현직 벼슬아치 이름과 함께 받은 금액이 적혀 있었다. 신고를 받고 달려온 포졸들이 뜯었지만, 명단은 퍼지고 있었다. 이것이 홍계희의 귀에 들어갔다. 노론의 영수 김재로의 집에 홍계희가 급히 달려갔다. 서예를 하고 있던 재로가 의아한 표정으로 계희를 바라보았다.

"무슨 일이 벌어졌느냐? 왜 그리 서둘러?"

홍계희의 얼굴에 땀이 흐르고 있었다. 수건으로 대충 얼굴을 닦아낸 계희가 비자금 장부를 꺼냈다.

"속았습니다. 공수처에 이와 같은 복제본이 있습니다."

조금 전에 홍계희는 한 장의 편지를 받았다. 활빈당이 한 권을 복제해서 박문수에게 전했다는 내용이다. 김재로가 놀라서 묻는다.

"그렇다면 이것은 다 소용없는 게 아니냐?"

"정말로 공수처에서 가지고 있다면 그렇겠지요. 하지만 우리를 혼란으로 이끄는 누군가의 장난일지도 모릅니다."

그렇다. 박문수일 수도, 활빈당일 수도 있다. 홍계희는 장부를 찾았지만 이인좌를 다시 불러 들어야겠다고 말했다. 만약 공수처에 원본이나 복제본이 있다면 사헌부의 방어가 필요하다. 김재로의 눈에 이몽룡이 어른거렸다. 위기감에 회의를 긴급 소집했다. 거듭된 노론 회의 결과 이몽룡을 방패로 내세워야겠다는 합의를 이끌어냈다. 그렇게 된 것은 공수처에서 노론의 중진들에게 출두명령을 내렸기 때문이다. 누군가 홍계희에게 보낸 편지 내용대로 공수처에서 비자금 장부를 가지고 있는 것이 분명했다. 이몽룡은 공수처가 생기기 전에도 사헌부는 개혁해야 한다고 주장했다. 또 김학유는 팽형을 받아야 할 죄를 지었다고 공공연히 말하고 다녔다.

"안 됩니다. 아저씨. 그자가 사헌부 집의가 되면 저는 팽형을 받아야 합니다."

김학유가 애걸복걸했지만 어찌하랴. 그동안 노론의 영수 김재로의 친척 조카이자 핵심이었기에 노론은 필사적으로 막았다. 사헌부 실세 김학유가 처벌을 당하면 사헌부 소속 관리들도 피해가 크다고 판단했기 때문이다. 무죄로 만들려고 했지만, 공수처가 생겼으니 어렵게 되었다. 귀양으로 끝나면 다행이지만 이몽룡이 사헌부 집의가 된다면 물 건너가게 된다. 시장에 붙은 벽서에 그가 시전 상인에게 막대한 뇌물을 받고 도중의 후처를 강간한 사실이 적혀 있었다. 한명철 감찰이 지은 죄보다 몇 배 큰 죄를 저질렀으니 팽형을 당하는 것은 피할 수 없다.

우포도청에 노론의 영수 김재로가 방문했다. 이몽룡이 결국 노론의 제안에 타협했기 때문이다. 개인의 사적 용도가 아닌 당파를 위한 정치자금이라면 눈 감겠다고.

"나는 자네를 대사헌까지 생각하고 있었지만 반대가 심해 집의로 천거함을 양해해 주게."

탕약 그릇에서 김이 모락모락 나고 있었다. 말없이 그것을 보던 이몽룡은 깊은 생각에 잠겼다. 원래 사헌부에서 시작한 몸이다. 귀양에서 돌아왔을 때도 복귀하려고 했지만 김학유가 적극 반대해서 뜻을 이루지 못했다. 문제는 춘향이다. 지금 자신이 사헌부에 가서 노론의 방패막이가 된다면 박문수는 춘향을 인질로 할지도 모른다.

"이제 자네가 바라는 대로 되지 않았나. 그동안 사헌부의 힘이 너무 강했어. 모두 사헌부를 두려워했지. 이건 정상이 아니야. 권력이 견제를 받지 않으면 괴물이 되지. 당파도 힘이 지나치면 좀이 되네. 나라의 기둥을 무너뜨리는 벌레가 되는 거야."

김재로는 두 번의 끔찍한 옥사를 떠올리며 몸서리를 쳤다. 숙종 때에도 여러 번의 환국으로 수많은 관리가 목숨을 잃더니 경종 때에도 그렇게 죽었다. 견제받지 않는 권력은 괴물이 되고 부패가 되었다. 부정부패는 돈과 여색을 탐했다. 그 결과의 대표적인 사례가 김학유다. 청요직 사헌부는 부정부패를 막아 백성을 편안케 하는 것이 아니라 스스로 부패해서 백성을 괴롭히게 되었다. 사헌부 스스로 깨끗해지려고 노력하지도 않았다. 오히려 노론 당파의 방패가 되어 전횡하는 데 힘이 되었던 것이다. 어제도 진짜 노론 영수 민진원이 질책하는 편지를 보내왔다.

"몽룡이. 자네에게 전권을 주겠네. 대사헌도 허락했네. 사헌부에 대해서 잘 알고 있고 개혁할 사람은 오직 자네뿐이네. 어쩌겠나?"

김재로는 눈물을 글썽거렸다. 노론이 권력만 잡으려는 패거리로 인식되는 것을 늘 두려워했다. 백성의 안위를 위해 좋은 의견도 많이 상소했다. 하지만 그와 반대로 움직이는 것을 막지 못했다. 김재로의 간곡한 부탁에 묵묵부답이었던 이몽룡이 입을 열었다.

"알겠습니다. 뜻에 따르겠습니다."

이몽룡은 이때가 아니면 사헌부로 돌아갈 수 없다는 것을 알고 있다. 춘향은 돌아올 것이다. 어머니를 설득했다는 것도 알고 있을 것이다. 그가 암행어사로 남원에 갔을 때 정조를 지키기 위해 목숨까지 내놓았던 춘향이 아닌가.

같은 시각. 고대수가 임성주의 면회를 왔다. 여러 번 찾아와서 옥리들도 익숙한데다 종사관인 이몽룡의 배려로 사형수를 자주 만나는 것이다. 고대수는 올 때마다 푸짐하게 음식을 만들어 옥리들에게도 나누어주었기에 감시하지도 않았다. 임성주는 사형수이기에 가(枷)를 쓰고 있는데 보통 '칼' 이라고 한다. 칼은 마른 나무 널판으로 만든 형틀로 죄수의 목에 씌워 보행을 못하게 만들었다. 이러니 먹기도 쉽지 않아 고대수가 수저로 펴주어야 했다.

"언니, 오늘 새벽에 꿈을 꾸었는데 내가 선녀가 되어 하늘로 올라가는 거야. 살 날이 며칠 안 남은 모양이야."

성주가 눈물을 글썽거렸다. 하루하루가 고통스러웠다. 자신의 상사를 칼로 찔러 죽였으니 사형은 당연하다. 강간을 당하고 또다시 당할 위기에 몸을 지키기 위해 안태건을 죽였다는 말은 통하지 않았다. 게다가 안씨 집 안에서는 빨리 참수하라고 아우성이다.

"성주야, 그런 말 하지 마라. 인명은 재천인 거야."

"근데 언니. 하늘로 올라가다가 툭 떨어졌어."

"왜?"

"방귀를 뿡 하고 뀌었거든."

성주의 말에 고대수도 웃지 않을 수 없었다.

"하하, 네가 하늘로 곧장 올라갔으면 죽는 건데 떨어졌으니 다시

살 수 있어."

"내가 어떻게 살아? 집행만 남았다고 하던데."

"아니야, 넌 살 수 있어."

고대수는 주위를 둘러보더니 몇 마디 속삭였다. 성주의 눈이 동그래졌다.

노론은 시전과 난전의 경쟁 관계를 잘 이용해서 돈을 모으고 있었다. 김용전이 공수처에 불려 간 후에 홍계희에게 비자금 관리를 넘겨야 했다. 자칫하면 다시 집권한 후에 여기저기서 받은 정치자금이 들통 나게 된다. 홍계희는 김용전에게서 장부를 전해 받고 시전의 행수를 불러 맞춰보았다. 약간의 오차가 있기는 했지만 김용전이 횡령한 것은 없었다. 장부에 적힌 대로 송파, 마포, 누원, 칠패시장의 난전을 찾아가 돈을 거뒀다. 난전의 성장을 막아 달라고 시전에서 바친 뇌물을 난전에 맡겨 돈을 불리는 우스꽝스러운 일이 벌어지고 있었던 것이다. 홍계희는 하인들을 데리고 십여 군데에 나누어 맡긴 돈을 회수했다. 며칠 전에 통보했기에 엽전으로 반환받을 수 있었다.

덜컹덜컹

물건 담는 고리 상자에 엽전을 넣어 위장한 다음에 홍계희의 집으로 옮겼다. 나흘에 거쳐 엽전을 옮겼는데 만 량이 넘는 금액이라 곳간에 가득 찼다.

"엄중하게 지켜야 한다."

홍계희는 하인들에게 보초를 세우게 했다. 이 돈은 임시로 홍계희의 집에 있을 뿐 오랫동안 숨길 곳이 따로 있다. 고리 상자 옮기는 것을 멀리서 지켜보던 이인좌가 발길을 돌려 가는 곳은 남대문과 조금 떨어져 있는 집이다.

"어서 오시오."

미리 와서 기다리고 있는 남자는 사복을 입은 선전관 황진기였다.

"청주로 내려간 줄 알았소."

이인좌가 씩 웃고 나서 대답한다.

"빈손으로 내려갈 수 없었습니다."

"빈손? 서덕수의 편지 말고 또 다른 것이 있었소?"

황진기가 의아한 표정을 지었다.

"제가 슬쩍 손을 댔더니 툭 하고 터지더군요."

"종로 시전 골목에 벽서를 부친 것이 누군가 했소."

"노론에서는 또 하나의 복제본이 공수처에 있다는 것을 알고 서둘러 비자금을 옮겼지요. 그것을 가져갈 것입니다."

이인좌는 이곳으로 오기 전에 홍계희가 여러 난전들에게서 돈을 거둬서 집으로 가져간 것을 말했다.

"군침을 흘릴 만하오. 그건 그렇고 편지나 보여 주시오."

봉기의 기회를 노리고 있는 사람들에게 불씨가 될 귀중한 편지다. 이인좌는 천장에 숨겨 두었던 두 장의 편지를 꺼냈다. 원본과 복제본이다.

"이것은 내용이 다르오. 가만있자. 연잉군이 독살 지시를 했다고?"

"그렇습니다. 복제본에 이리 써달라고 했습니다. 이걸 가지고……"

이인좌가 목소리를 낮춰 말하자 황진기가 고개를 끄덕였다.

"우리의 봉기를 냄새 맡은 자가 있소. 내가 없애려 했지만 요즘 바쁘오."

황진기의 말에 의하면 칠패의 객주로 위장한 노론 앞잡이가 있다고 했다. 그가 어떻게 알았는지 봉기 계획을 알아내 의금부에 고발했다는 것이다. 그래서 자신이 가서 뭉개버렸다고 했다.

"내가 일단 막았지만, 그자가 또다시 고변하면 막지 못하오. 그자를 처리해 주시오."

황진기는 객주의 인상착의와 자주 나타나는 장소를 말해주었다.

11 바꿔치기

바람이 세차게 불던 날 사헌부도 새 바람이 들어왔다. 이몽룡이 사헌부 집의가 된 것이다. 대사헌은 명목상 수장이고 실무는 집의가 한다. 이제 그의 소망이 실현된 것이다. 누구보다도 사헌부를 잘 알고 있다고 자부했던 이몽룡이다. 그러나 안으로 들어와 보니 사헌부의 권력이 나라에 이익이 되기는커녕 피해만 입히는 관청이 되었다. 소론에 의해 처참하게 뭉개진 이후에 다시 집권해서인지 김학유 같은 인간말종도 나왔다. 이몽룡은 한숨이 나왔다. 노론은 인조반정을 일으킨 서인이 그 뿌리이다. 노론은 조선 성리학으로 도덕국가를 유지하는 기둥이라고 자부했다. 그러나 이제 노론은 타락했고 사헌부는 그들의 방패가 되면서 부패했다. 그토록 복귀하기 바랐던 사헌부에 돌아와 보니 악취를 풍기고 있었다.

“이 오물을 어찌할꼬?”

이몽룡은 한감찰의 죄상이 적힌 기록을 보았다. 아전이 뒷구멍으로 뇌물을 받는 예가 많아 형전에도 없는 팽형으로 기강을 잡았다. 사대부가 팽형을 받은 것은 한명철이 처음이다. 팽형은 임금의 특별사면 없이는 풀어질 수 없다. 업무파악이 끝나면 한감찰을 고발한 칠패 객주를 곧바로 소환해 진상을 규명할 마음을 먹고 있다.

"감찰들이 대령했습니다."

서리의 외침에 이몽룡은 정신이 들었다. 어제는 장령들, 지평과 탕약을 마시며 사헌부 개혁에 대해 말을 들었다. 입으로는 사헌부의 장래를 걱정했지만, 속마음은 어떤지 모르겠다. 한 명을 제외하고는 사법 경력도 없다. 이들은 여기서 청요직 경력을 쌓고 싶어 왔을 뿐이다. 그렇다면 이제 남은 것은 현장에서 뛰는 감찰들이다. 그러나 이들에게도 희망이 보이지 않는다.

"감찰이 개혁의 주체가 되어야 하는데. 청산 대상이 되니. 쯧쯔"

감찰들은 사헌부를 거치면 삼공육경(三公六卿)의 귀한 벼슬아치가 된다는 오만함이 몸에 배어 있었다. 나라와 백성을 위해 자신을 바쳐야 한다는 선비정신은 실종하고 아랫사람에게 거들먹거리는 것이 일상이 되었다. 누구든 국법을 어기면 처벌하는 것이 아니라 감찰 개인이나 사헌부의 비위를 거스르면 성치 못한다는 것을 보여주었다. 거기에다 김학유, 김용전처럼 뒤에 상인들을 끼고 술과 여자의 접대를 받는 풍조도 생겼다. 자살한 조강인 감찰 같은 강직한 사람은 몇 명 되지 않는다. 뒤로 크고 작게 뇌물 받는 부패한 감찰 아니면 위에서 시키는 대로 죽으라면 죽는 시늉하는 감찰만 있을 뿐이다. 먼저 어제 불참했던 오신만 지평을 들어오게 했다.

"지평 오신만입니다."

들어올 때부터 허리를 구부리는 것이 아부꾼이 분명해 보였다. 이몽룡은 일부러 온화한 표정을 지어 보였다. 그러자 오신만의 얼굴에 화색이 도는 것을 보고 몽룡이 말했다.

"오지평은 최근에 감찰에서 지평으로 승진하셨군요."

"네, 네."

오지평은 신임 집의가 자신에게 호의를 갖고 있다고 믿는 모양이다. 이몽룡은 오신만의 비리가 적힌 종이를 살며시 내려다보았다. 김재로가 보내온 비자금 명단에 그가 난전의 객주에게서 오백 량을 받은 것으로 되어 있다. 이것은 노론의 정치자금으로 들어가는 돈인데 중간에서 백 량을 떼먹은 것이다.

"오지평의 당색이 노론인데…… 이런 말 하기는 그렇지만 백 량이 중간에서 사라졌군요."

그 말에 오신만의 얼굴이 새빨개진다. 그리고는 이내 아첨의 웃음을 입가에 흘렸다.

"그건 제가 그만…… 어머니께서 갑자기 편찮으셔서 약값으로 나갔습니다. 나중에 다시 돌려주었습니다."

그 나중이 며칠 전이다. 이몽룡은 사헌부에 있으면서 온갖 인간을 다 겪었다. 대개 거짓말쟁이, 사기꾼이라 인간 됨을 어렵지 않게 파악할 줄 안다. 이런 아부꾼은 부려 먹기 좋다.

"좋소. 사람이 실수도 하는 법이지."

"실수가 아니라 어머니의 약값 때문이었습니다."

오신만은 끝까지 변명한다. 아부와 거짓말이 입에 붙었다. 그래도 믿는 척하기로 마음먹었다.

"정말 보기 드문 효자요. 내가 예전에 몸담고 있었지만 지금 돌아가는 것은 잘 모르니 언제든지 찾아와 의논합시다."

이몽룡의 말에 오신만은 기쁨이 넘쳤다. 새로 온 집의는 자신의 충성을 알아줄 것 같았다. 지금 장령이 자리 잡지 못하고 지방관으로 간다는 말을 들었다. 그러면 머지않아 그 자리는 자신의 것이 될 것이다. 오신만은 탁자에 이마가 닿도록 절을 하며 소리쳤다.

"네, 충성을 다하겠습니다!"

그가 나가자 이몽룡은 홀로 상념에 젖었다. 공수처와 다투면 나라와 백성에 도움될 것이 없다. 공수처라는 경국대전에 없는 관서가 생긴 것은 고위층의 탐욕을 단속하려는 명분이었다. 그러나 내막을 알아보면 부패를 막아야 하는 사헌부의 권력남용과 횡포 때문에 만들어진 것이다. 김학유나 안태건 같은 자가 없었더라면, 감찰이 상인들의 돈을 받거나 접대를 받으며 유권무죄(有權無罪)를 하지 않았더라면 생기지 않았을 것이다. 사헌부의 관리로서 소임을 다했더라면 공수처는 아예 탄생할 생각도 못했을 것이다. 사헌부에 문제가 생기면 쉬쉬하며 덮었다. 그러다가 밖에서 알게 되면 스스로 정화하겠다고 하면서 물타기 해 왔다. 정말로 사헌부가 개혁해서 청요직으로 되돌아온다면 공수처는 문을 닫게 될 것이다.

"박문수를 만나야겠어."

박문수는 관복을 벗고 선비차림으로 공수처를 나왔다. 좌우에서 역시 사복을 한 원균과 이순신이 호위하고 있다. 그는 사헌부로 가는 중이다. 이몽룡의 도움이 필요했다.

"응?"

박문수는 바로 맞은편에서 이몽룡이 오고 있는 것을 보았다. 혼자서 갓과 도포차림으로 걸어온다. 두 사람 다 의전이나 형식을 싫어했다. 박문수가 호위를 둔 것은 공수처장의 위신을 세우려는 것이 아니라 진짜 경호였다. 엄중한 처벌을 받을 사람이 자객을 보낼 수 있기 때문이다.

"어?"

이몽룡도 박문수를 보고 놀란 표정을 지었다. 두 사람은 서로 바짝 다가갔다.

"어딜 가시오? 이집의를 만나러 가는 중인데."

"그래요? 나는 박처장님을 만나 뵈러 가는 중인데."

"잘 되었소이다. 우리 피맛골 주막으로 갑시다."

이렇게 해서 두 사람은 피맛골로 들어섰다. 두 사람은 이층주막으로 들어갔다. 원균과 이순신은 아래층에서 대기하고 박문수와 이몽룡은 계단을 밟고 위로 올라갔다. 대낮이라 손님이 없다. 이몽룡은 주방에서 하녀들과 일하는 춘향을 바라보았다. 그녀도 몽룡을 보고 흠칫 놀라더니 이내 고개를 돌리고 일에 열중했다.

"이집의. 앉으시오."

이몽룡이 의자에 앉았지만, 눈은 자꾸 춘향 쪽을 향해 있었다. 박문수가 춘향을 향해 큰 소리로 술과 안주를 시켰다.

"그토록 바라던 사헌부 집의로 가셨으니 내가 술을 사겠소."

하녀가 술을 가져오자 박문수가 이몽룡 앞의 술잔에 동동주를 부었다.

"이집의, 우리 공수처와 사헌부가 즐탁동시 합시다."

즐탁동시란 병아리가 다 자라 세상 밖으로 나오려 할 때 안에서는 병아리가 부리를 쪼고 밖에서는 어미 닭이 쪼아 알 깨는 것을 돕는 것을 말한다.

"주상께서는 내게 말씀하시기를 나라가 망하는 것은 외침에 있는 것이 아니라 안에서 부패할 때라고 하셨소. 사헌부가 예전에는 잘해주었지만, 지금은 제 역할을 못하는 것을 안타깝게 생각하시오. 사람들이 공수처를 옥상옥이라고 하지만 나라가 온통 썩었으니 어쩔 수 없소."

박문수는 공수처를 극약처방이라고 했다. 독약이 생명을 죽이기도 하지만 살릴 수도 있다고 말했다. 이몽룡은 가만히 듣고 있었다. 그동안 박문수와 친분을 쌓으면서 벼슬이나 이름을 날리는 것에 마음을 두지 않는 올바른 관리임을 잘 알고 있다. 임금이 총애하는 최측근이지만 아부하지 않는 강직한 성품이기도 하다. 사법관리보다는 경세가로 재능이 있어 백성의 살림살이에 더 관심이 많다는 것도 잘 알고 있다.

"박처장님, 내 솔직히 말하리다. 노론이 불리해지니 나를 사헌부로 떠밀었지만, 이참에 틀을 새롭게 하려고 했소. 그런데 그게 쉽지가 않아요. 감찰들은 오만하고 서리들은 게을러요."

"그러니 즐탁동시라 하지 않았소? 공수처가 부정부패를 척결하는데 온 힘을 다하는 모습을 보면 사헌부 감찰도, 서리도 분발할 것이오. 자, 술을 듭시다."

주모 성춘향은 칸막이 안에 있지만 둘의 대화를 엿듣는 것 같았다. 얼굴을 삐죽 내밀었다가 박문수와 눈이 마주치자 황급히 안으로 몸을 숨겼다.

무더운 여름이 아니어서 그런지 밤이 서늘하다. 기름을 태워 불을 밝히는 초롱을 든 사내가 앞장서고 두 사람이 뒤를 따랐다. 한 사람은 칠패시장의 송객주이고 그를 호위하는 무사가 달도 없는 밤길을 걷고 있다. 송객주라는 자는 노론이 시키는 대로 움직이는 꼭두각시이다. 한명철 감찰에게 뇌물을 준 것처럼 조작도 했다. 요즘 벼슬이 떨어진 소론 출신의 움직임을 수상하게 여겨 물주를 자처하며 접근했다. 알고 보니 도성뿐 아니라 전국에 거미줄처럼 조직된 반란의 무리가 있음을 알게 되었다. 의금부에 고변했지만, 어찌 된 것이 반응이 없었다. 그가 임금의 최측근 경호부서의 선전관 황진기가 막았다는 것을 알 리가 없다.

'젠장, 김재로 영감을 찾아가야 하나?'

노론의 끄나풀인 그가 의금부를 찾아간 것은 고변을 통해 신분상승을 하려는 것이었다. 역모를 고변하는 것에는 돈과 벼슬이 따른다. 노론에게 알리면 자기가 차지할 몫이 적어진다.

'할 수 없지. 내 말을 술 취한 건달의 막말로 여긴다면.'

이들이 높은 언덕을 넘어가는데 맞은편에서 검은 그림자가 보인다. 이곳은 도성 중심지가 아니라서 순라(巡邏)를 돌지 않는다. 그래서 볼일이 있는 사람들은 밤에도 다닌다.

"누구냐!"

호위가 소리치자 맞은 편에서 초롱을 든 남자가 답했다.

“제사를 지내러 큰집에 갑니다.”

제사는 자시(子時: 밤 11시에서 1시)에 지내기 때문에 밤중에 왕래한다.

“아, 그렇소. 비켜 드리리다.”

송객주가 이렇게 말하며 한쪽으로 비켜서며 지나가기를 기다렸다. 옷차림새를 보면 앞의 남자는 선비이고 따르는 자들은 하인들 같다. 송객주가 고개를 갸우뚱하고 있는데 뭔가 번쩍하더니 비명과 함께 호위가 쓰러졌다. 앞에서 초롱을 든 사내가 후다닥 튀자 다른 사내가 단도로 등을 찍었다. 송객주는 겁에 질려 꼼짝도 못하고 있었다. 이인좌가 앞에 나섰다.

“네가 송객주냐?”

송객주는 대답을 못하고 부들부들 떨기만 했다. 응팔이 칼을 곁에 있는 거북이에게 넘겨주고는 송객주를 꽉 잡고 질질 끌고 갔다. 바로 앞은 낭떠러지였다. 이인좌가 묻는다.

“일을 아는 자가 또 누구더냐?”

송객주가 입을 열지 않자 응팔이 팔을 꺾어버렸다. 우드득 소리와 함께 오른팔이 부러지자 신음하며 중얼거렸다.

“호, 홍순이요.”

“그자는 어디 있는가?”

송객주가 아픔을 호소하면서도 말을 안 하자 왼팔도 부러뜨렸다. 그러자 집을 가르쳐 주었다. 이인좌가 손짓하자 응팔은 송객주를 번쩍 들어 낭떠러지 밑으로 던졌다.

“됐다. 이제 홍순이라는 자를 처치하러 가자.”

그날 새벽 홍객주의 일가가 몰살하는 참변을 당했다. 길에서 두 명이 칼에 맞아 죽고 송객주가 낭떠러지에 떨어져 죽은 것을 발견하자 좌우 포도청이 발칵 뒤집어졌다.

이틀 뒤에 남산골에 이인좌가 혼자 올라왔다. 그가 도착했을 때 의원과 딸은 보이지 않고 고대수 혼자 마루에 앉아 있었다. 이사를 했는지 텅 비어 있다.

“부녀가 보이지 않는군. 모두 도망쳤나? 아니면 좋은 곳으로 이사했나?”

이인좌가 시비조로 나오자 고대수도 지지 않는다.

“거머리들이 자꾸 찾아와서 내가 시골로 보내버렸네.”

이인좌가 어깨를 으쓱하고 말했다.

“혼자 있는 것을 보니 아랫도리가 동하는군.”

고대수가 키키 웃는다. 괴이한 얼굴의 여자가 웃으니 웃음소리도 이상하다.

“거래가 잘 이뤄지면 잠자리도 할 수 있을까?”

“그쪽이 화대를 많이 치러야 할걸.”

“흐흐, 누가 당신 같이 큰 여자와 같이 자려고 하겠어? 나처럼 인정이 많은 사내라면 몰라도.”

이인좌는 고대수와의 잠자리를 떠올리기 싫었다. 사내가 계집을 취할 때는 사내가 위고 계집이 밑이어야 하는데 고대수는 이인좌보다 키가 크고 무게도 더 나간다. 자기 배 위에서 욕정에 불탄 눈을 보면 자기가 능욕당하는 기분이었다.

"좋아, 나와 잠자리를 같이 한 남자 중에서 중상은 되니 원하면 자줄 수도 있어. 나하고 관계를 맺으려고 여기까지 온 것은 아니겠지?"

"물론. 돈을 벌어서 나누어 갖자는 거야. 우리가 일을 치르기에는 숫자가 부족해."

이인좌는 공수처가 발족되자 여러 곳에 분산된 노론 비자금을 거두어 홍계희 집 곳간에 넣은 것을 말했다. 그것을 곧 다른 곳에 옮길 것이 분명하니 그때 같이 강탈해서 반으로 나누자는 것이다.

"오호, 좋은 제안이네. 그러면 내 소원도 들어주게."

"벌건 대낮에 바지를 내리라는 말인가?"

이인좌는 바지춤에 손을 가져가 벗을 것 같은 시늉을 한다.

"그게 아니야. 당신 부하에 망나니 있잖아. 응팔이라고 했던가. 내일 저녁때까지 처녀 시체 좀 구해 주게. 우리 활빈당은 사람은 죽여도 시체는 잘 다루지 못해. 그래서 꼬리를 밟혔잖아."

이인좌가 서덕수의 편지를 받은 황의원을 찾게 된 것도 응팔이가 구해 준 시체 때문이다.

"지금은 여름이니 오래된 시체는 안 돼. 어제나 오늘 장례 치른 시체여야 해."

곤란한 주문이다. 남자나 할머니도 아니고 갓 죽은 처녀 시체라니.

"꼭 처녀이어야 하나? 칼 맞은 시체는 어때?"

"불알 달린 것은 안 돼. 처녀가 아니면 좀 나이 먹은 여자라도 돼. 시체를 구하기 어려우면 시구문에 버린 염병환자도 돼."

시구문 움막에 버린 시체라면 구할 수 있을 것이다. 그러나 전염병 환자라 보통 사람들은 만지기 두려워한다. 하지만 응팔이라면 거뜬히 가져올 것이다.

“좋아. 그러면 어디로 가나?”

고대수는 통금이 해제되는 새벽에 우차에 시신을 싣고 광통교 다리에 오면 된다고 했다.

일은 빨리 진척되었다. 응팔은 시구문 초막에 갔다. 역병에 걸린 사람을 내다 버리는 곳이다. 죽어 가는 사람 틈에서 막 숨을 거둔 처녀의 시신을 가져왔는데 얼굴이 짓물러 있었다. 고대수는 처녀의 시신을 업고 우포도청으로 갔다. 미리 매수한 보초가 문을 열어주자 곧장 임성주가 갇힌 독방으로 갔다. 성주는 며칠 전부터 병에 걸린 듯 연극을 했다. 고대수가 건네준 화약가루를 먹으니 얼굴이 새까맣게 변해 전염병이라도 걸린 것처럼 보여 외딴 독방으로 옮길 수 있었다. 곧 죽어갈 시늉을 하자 옥리들은 그녀가 병사할 것으로 알았다. 옥문을 열고 안으로 들어간 고대수는 시신을 내려놓고 임성주의 죄수 옷과 바꿔 입혔다. 그리고는 성주를 등에 업고 우포도청을 빠져나왔다. 고대수는 청계천 다리 밑 움막으로 성주를 데려가 준비한 옷을 입혔다.

“자, 이제 안전한 곳으로 가자.”

고대수는 성주를 움막에서 데리고 나와 대기 시킨 당나귀에 태웠다. 그리고는 용산 쪽을 향해 갔다. 날이 밝자 예상대로 우포도청은 난리가 났다. 사헌부 장령을 살해한 사형수 임성주가 얼굴이 뭉개지는 역병에 걸려 죽었다는 것이 금세 퍼졌다.

공수처에 노론 비자금 장부가 있다는 것이 알려지자 뇌물을 받은 관리들은 기겁했다. 홍계희는 자기가 가지고 있는 명단에 수록된 관리들을 찾아가서 부인하라고 했다. 그리고는 뇌물을 준 객주들에게도 무조건 부인하라고 했다. 증거라고는 장부뿐이니 매질을 해서 실토를 받기 전에는 '그게 뭔가요? 나는 모릅니다.' 하면 어쩔 수 없다. 이러한 현실을 잘 알고 있는 박문수는 집에도 들어가지 않고 밤늦게까지 시어사들과 회의를 했다. 처장이 공수처에 머무니 원균을 비롯한 시어사들은 물론이고 두 명의 별감도 집에 가지 못하고 공수처에서 먹고 잤다. 이렇게 계획표를 짜서 시어사들이 움직였다. 시전과 칠패시장에는 곽재우와 김육이 갔고 송파에는 강호동과 서리들, 누원에는 백인기와 서리들, 제일 큰 난전이 있는 마포 나루에는 원균과 이순신이 갔다. 두 사람의 사이가 웬만큼 풀어져서 예전의 모습을 보여주었다. 두 사람은 하루 전날 원균의 처가 친척의 집에서 머물고 아침 일찍 객주 여춘삼의 집에 들이닥쳤다. 원균이 외뿔소패를 내밀었다.

"공수처의 시어사 원균이오."

원균은 놀라는 객주를 안심시키고는 김용전과의 거래를 추궁했다. 몇 마디 묻자 여춘삼은 술술 불었다. 김용전이 자신에게 모든 죄를 뒤집어씌우는 것에 분개했던 것이다.

"좋소. 객주께서 솔직히 말해 주시니 선처가 있을 것이오. 그러면 영남 세곡선 운반권은 어찌 된 거요?"

원균의 질문에 폭포수처럼 쏟아내던 춘삼의 입이 딱 닫혔다. 계속 재촉하자 옆에서 춘삼의 말을 기록하던 이순신도 옆에서 거든다.

"객주께서 바른대로 말하지 않으면 공수처에 가야 합니다. 먼젓번에는 출두이지만 이번은 체포입니다."

공수처에 끌려간다는 것이 어떤 결과를 가져온다는 것을 모를리 없다. 그러나 입만 아니라 눈까지 감고 있었다. 원균은 부아가 났다.

"그렇다면 공수처로 갑시다."

이순신이 또 옆에서 한마디 한다.

"객주님. 말씀하시기 어려우면 운반권에 관계한 객주들을 불러모아주시오."

눈치 빠른 이순신은 여춘삼이 비밀을 모두 털어놓는 것을 두려워하는 것을 알았다. 끝내 입을 열지 않았다는 것을 동료 객주들에게 보여줄 필요가 있었다. 그러자 바위처럼 앉아 있던 객주가 벌떡 일어나 앞장선다. 원균과 이순신이 서로 눈짓으로 신호하고는 뒤를 따랐다.

그들이 도착한 곳은 동래상(東萊商)라고 간판을 내건 객주집이었다. 여춘삼이 어서 들어가라고 손짓했다. 다섯 명의 남자들이 모여서 회의를 하고 있었던 모양이다. 두 사람을 흘끗 바라보는데 원균이 외뿔소패를 내보이고 말했다.

"우리는 공수처에서 나왔소. 나는 시어사 원균이라고 하오."

"그래, 우짜라고?"

여춘삼하고는 전혀 다른 태도였다. 겉모양을 봐서는 마포의 객주 같지 않고 무식한 뱃사람으로 보였다. 원균은 어이가 없었지만 침착하게 말했다.

"영남에서 보내는 세곡 운반권에 대해 물어볼 것이 있소."

"뭐라카노, 울 아들은 기따위 거 모른다."

짙은 경상도 사투리라 원균과 이순신은 잘 알아듣지 못했다. 몇 마디 고성이 오가는데 한 사내가 뾰족한 칼을 들고 위협했다. 그러나 원균이 그런 위협에 굴할 사람이 아니다. 사내의 가슴을 두 손으로 떠밀자 나가떨어졌다.

"형님!"

이순신의 외침에 원균은 반사적으로 몸을 피했다. 옆에 있던 사내가 단도로 찌르려는 것을 이순신이 막았던 것이다. 칼은 이순신의 허벅지를 찔렀다. 그것을 본 원균은 눈이 뒤집어졌다. 눈에 보이는 대로 때리고 집어던지니 순식간에 사내들이 쭉 뻗었다. 뒤늦게 여춘삼이 불러온 진군(津軍)들이 다쳐서 쓰러진 이순신을 눕혔다. 뒤이어 의원이 도착해서 꽂힌 칼을 뽑고 지혈했다. 원균이 이순신을 붙들고 소리쳤다.

"순신아, 순신아!"

통증을 호소하는 이순신을 판자 위에 올려놓고 밖으로 옮겼다. 진군들은 다섯 명의 사내들을 모두 결박했다. 의원이 이순신을 자기 집으로 옮기며 따라오는 원균에게 말했다.

"칼이 급소를 빗나가서 생명에는 지장이 없을 것입니다."

만약 이순신이 가로막지 않았더라면 원균은 시체가 되어 판자 위에 누워 있을 것이었다. 뒤늦게 소식을 들은 박문수와 강호동이 외상을 치료하는 의원과 함께 왔다. 원균이 말했다.

"순신이가 아니었으면 저는 죽었을 겁니다."

"불행 중 다행이네. 내일 아침에는 집으로 가서 좀 쉬게."

박문수의 말에 원균이 누워있는 이순신을 흘끗 보고 말했다.

"아닙니다. 제가 여기서 며칠 순신을 간호하면서 수사도 하겠습니다."

이렇게 말하는데 그만두라고 할 수 없다.

"처장님, 저도 남아서 원균과 함께 움직이겠습니다."

강호동의 말도 거절할 수 없었다. 다음 날 박문수는 공수처로 돌아갔고 원균과 강호동은 다섯 명을 심문하는 한편 증인과 증거품 확보를 위해 샅샅이 누비고 다녔다. 이렇게 되니 상인들은 노론의 부정부패에 입을 다물겠다는 약속을 지킬 수 없게 되었다. 이순신은 허벅지를 천으로 두르고 누워있으면서 수사진행 사항을 물어보고 자기 의견을 냈다. 예리한 분석에 따라 수사의 방향을 수정하면서 상당한 효과를 얻을 수 있었다.

사흘 동안 마포에 머물던 이순신은 가마를 타고 공수처로 갔다. 별채의 빈방에서 당분간 숙식을 하기로 했다. 밥을 짓는 것과 환자의 수발이 문제였다. 박문수는 다모를 두기로 했다.

"다모가 왔다며?"

공수처에 다모가 왔다는 말에 술렁였다. 온통 사내뿐이라 삭막했는데 여자가 온다는 것이다. 다모는 모두 두 명이었는데 중년 여인과 젊은 처녀였다. 사헌부 관리들의 식사를 담당하는데 처녀는 탕약을 끓이는 일도 한다고 했다. 예쁜 여자만 보면 침을 질질 흘리는 박인조는 공수처 수사계획표를 만들고 있다. 암호해독이 늘 필요한 것이 아니어서 시어사 양성지의 보조로 문서작성을 돕고 있는 것이다. 빨리 만들라는 박문수의 독촉으로 양성지와 박인조는 밤늦게까지 함께 일했다. 창문으로 살며시 내다보니 다모가 바가지를 들고 가는 것이 보였다. 엉덩이가 펑퍼짐한 중년 여자였다. 어려서부터 여색을 밝혀 별명이 '껄덕쇠'인 그는 입맛은 다셨지만, 유부녀를 건드리는 것은 위험한 일이다. 자리에 앉았지만, 마음이 싱숭생숭했다. 다시 창문 밖을 내다보니 탕약 그릇을 들고가는 처녀 다모가 보인다. 몸매가 날씬하고 엉덩이를 살랑살랑 흔드는 것을 보고 또 침을 꼴깍 삼켰다. 얼굴은 어찌 생겼을까. 몸매 좋은데 얼굴 예쁜 여자는 드물다.

'관세음보살님. 제발 이쁜 여자로 만들어주소서.'

이미 성장한 여자가 기도 따위로 바뀌지 않음에도 이렇게 마음속으로 비는 것이다. 잠시 후 다모가 모습을 드러냈다. 깜찍하게 귀여운 얼굴에 박인조는 숨이 탁 막혔다. 이때 뒤에서 양성지가 부른다.

"박서리. 뭘 보고 있는 거야? 다했어?"

깜짝 놀라 창문에서 물러난 박인조가 변명한다. 밖에서 무슨 소리가 나는 것 같았다고.

"양어사님, 새로 주모가 왔다면서요?"

"그렇네. 손님 접대도 그렇고 이순신이 여기 있게 되니 식사문제도 있고 해서……"

시어사 중에서 제일 나이 많은 양성지는 문과 합격자다. 김포가 고향인데 눌재 양성지의 후손이어서 가명을 양성지라고 한 것이다. 그의 말에 의하면 두 명의 여자를 모두 박문수가 데려왔다고 했다.

박인조는 다시 붓을 잡았지만 다모의 얼굴이 어른거려 손이 움직여지지 않았다.

이순신, 김육, 양성지 셋이 만든 보고서대로 속속들이 잡혀 들어왔다. 작은 부패는 사헌부와 포도청으로 넘기고 고위층과 연루된 사건만 수사에 들어갔다. 여춘삼이 영남 세곡선 운반권을 김용전을 통해 지키려고 했다. 하지만 그런 커다란 이권은 일개 감찰의 힘만으로는 안 되는 일이다. 정권차원에서 다룰 수 있는 일이니 노론 당파의 개입 여부를 살펴야 한다. 그래서 김용전을 다시 소환해서 심문하니 돈이 필요해서 친구에게 사기를 쳤다고 털어놓았다. 박문수는 김용전을 공수처 옥에 가두게 했다. 그다음은 사헌부 적폐의 모습을 적나라하게 보여준 김학유였다. 몇 번이나 공수처 출두를 통보했지만, 그는 나타나지 않았다. 박문수는 원균과 곽재우를 보냈다. 대문 앞에서 원균이 우렁찬 목소리로 청지기를 불렀다.

"공수처에서 왔다. 문을 열어라!"

그러나 문을 열지 않자 시어사를 따라간 열 명의 소유가 나섰다. 두 명의 소유가 담장을 넘어가 대문을 열었다. 그들은 곧장 사랑채로 갔지만 김학유는 방에 숨어있고 하인들이 몽둥이를 들고 지키고 있었다. 원균이 외뿔소패를 내보이며 소리쳤다.

"나는 공수처 시어사 원균이다. 누구든지 저항하면 반역죄가 될 것이다."

당당한 체격에서 뿜어나오는 위엄에 하인들의 얼굴이 새파래졌다. 들고 있던 몽둥이를 바닥에 버렸다. 서리와 소유들이 우르르 방에 들어가 김학유를 붙잡았다.

"이놈들이. 내가 누군지 알고…… 이거 놓지 못해?"

완강히 저항하는 김학유의 양팔을 소유들이 붙잡아 마당으로 끌어내렸다. 포박하고 용수를 씌워 얼굴을 가리고 가림막이 없는 교자에 태웠다. 고위직의 죄인을 압송하는 방법이다.

김재로의 문중 조카인 김학유가 공수처로 끌려갔다는 것은 금세 노론에 알려졌다. 인품이 훌륭한 김재로에게 그런 못난 혈족이 있다는 것을 안타깝게 여기는 이가 많았다. 하지만 평소 개망나니 짓을 한 김학유를 잘라내지 못한 우유부단을 비난하기도 했다. 남들이 뭐라 하던 급한 것은 노론 당파를 지키는 것이다. 김재로는 노론 중진회의를 열었다.

"우리 노론이 택군했소. 그런데 주상이 우리를 이렇게 겁박하는 것이오?"

택군(擇君)은 신하가 임금을 옹립했다는 말이다. 오늘이 오기까지 얼마나 많은 노론의 신하가 목숨을 잃었던가. 심문과정에서 매 맞아 죽은 이가 태반이었다. 나는 선이고 너는 악이라는 이분법으로 죽이지 않으면 내가 죽어야 하는 처참한 당쟁이었다.

"탕평책? 소론은 짐승 같은 자들이다. 어찌 같은 하늘 밑에서 사나?"

노론은 임금이 은혜를 모른다고 했다. 그래서 공수처 같은 짐승들 관서를 만들어 노론을 탄압하는 것이라고 했다.

홍계희는 만나자는 이인좌의 편지를 받았을 때 분노가 치솟았다. 노론 비자금 장부가 복제될 가능성은 염두했지만, 그것이 박문수의 손에 들어갈 줄은 몰랐다. 다시는 보지 않겠다고 마음먹었지만, 편지를 읽어내려가다 마음이 바뀌었다. 그는 편지에 쓰인 대로 시전의 골목길로 들어섰다. 이인좌의 거처를 알아내기 위해 영리한 하인 둘을 멀리서 쫓아오게 했다. 하지만 그의 계획은 수포로 돌아갔다. 골목으로 들어서자 어떤 아이가 쪽지를 주고 가는데 다른 골목을 지정해 주는 것이었다. 아마도 뒤를 밟는 하인들의 정체를 아는 것 같았다. 나중에 하인들에게 들으니 골목 입구에서 인상이 험악한 사내들이 들어가지 못하게 막았다고 했다.

'교활한 놈 같으니……'

투덜거리면서 쪽지에 쓰인 대로 큰길로 나와 곧장 갔다. 작은 골목길로 들어서자 이인좌의 부하 응팔이 턱 버티고 있었다. 그리고 그 뒤에 이인좌가 히죽 웃고 있었다.

"짧게 말씀드리겠습니다."

이인좌는 품 안에서 한 장의 편지를 꺼내서 건넸다. 말없이 읽어내려가던 홍계희의 눈이 휘둥그레지더니 이내 얼굴이 창백해졌다. 신임옥사의 발단이 되었던 서덕수의 편지였다. 청나라에 있다는 독약을 구할 수 없느냐는 것이고 맨 나중에는 임금이 된 왕세제 연잉군이 시킨 일이라고 적혀 있었던 것이다. 만약 이것이 소론의 손에 넘어가면 노론은 뿌리째 흔들리게 된다.

"이것으로 협박하는 게요?"

홍계희는 이인좌가 협박을 하는 것으로 생각했다. 돈이 필요해서인가. 그러나 이인좌는 고개를 좌우로 흔들었다.

"아닙니다. 그 편지로 주상을 압박할 수 있습니다. 이 편지가 세상에 드러나면 보위가 위태롭습니다."

"그렇다면?"

"지금 임금이 만든 공수처의 활동을 축소하라는 것이지요."

홍계희는 그제야 깨달았다. 처조카 서덕수를 통해 형 경종을 독살하기 위한 독약을 구했다는 사실이 드러나면 임금은 끝이다. 편지 내용대로 독약을 구하려 했다는 것은 서덕수를 문초할 때 자백받아 기록에 남았다. 소문으로 떠돌던 것을 두 눈으로 보게 될 줄은 몰랐다. 그러나 이것이 진짜 서덕수가 쓴 편지인지는 알 수가 없다. 노론 비자금 장부도 복제본이 아니던가.

"이 편지가 진짜인지 가짜인지 어떻게 알 수 있겠소?"

홍계희가 일부러 퉁명스럽게 말하며 편지를 돌려주려고 했다. 그러나 이인좌는 그럴 줄 알았다는 듯이 품 안에서 한 장의 약방문을 꺼내주었다. 홍계희가 받아보니 서덕수의 글씨가 분명했다. 다시 집권한 뒤에 희생된 노론 인사의 신원을 탄원하기 위해 만든 자료집에서 서덕수의 글씨를 보았다. 누구나 금세 알아볼 정도로 특이한 글씨체였기에 열람했던 홍계희도 기억할 수 있었다. 서덕수의 편지와 비교해보니 진본이 틀림없었다. 그렇다면, 그렇다면.

"이건 어디서 구한 것이오?"

"의원에게서 구한 것이지요. 가짜 장례까지 치르고 숨어있는 것을 붙잡았습니다. 내겐 필요 없지만, 나리에게는 소중하겠다 싶어 가져온 것입니다."

홍계희는 전부터 말은 들었다. 서덕수가 독약을 구하려고 구리개 의원에게 편지를 보냈는데 그 의원은 나중에 죽었다고 했다.

"좋소. 원하는 것이 무엇이오? 무슨 벼슬이 필요하오?"

"이제 벼슬은 필요 없고 아랫것들에게 나눠줄 오백 량만 주십시오. 곳간에 쌓아둔."

"그건 어찌 알았소?"

놀란 홍계희의 물음에 이인좌가 허허 웃었다. 난전을 돌아다니며 돈을 거두었으니 상인들 사이에는 알려졌을 것이다. 이인좌는 안전한 곳으로 옮기는 것이 좋을 것이라고 충고했다. 거래가 끝나자 홍계희는 박인조를 만나 공수처의 동정을 알아오라고 했다.

예쁜 여자만 보면 껄떡대는 박인조의 마음은 바람에 날리는 깃털처럼 좀처럼 가라앉지 않았다. 처녀 다모의 이름은 '주성'이라고 했다. 얼굴과 몸매도 뛰어나지만, 목소리도 곱고 상냥한데다 마음씨도 고왔다. 첫날부터 공수처 사람들의 주목을 받고 사랑을 받았다. 대부분 사람은 그녀가 사헌부 장령 안태건을 죽인 다모 임성주임을 알지 못했다. 이름을 주성(周星)으로 바꾼데다 고대수가 가르쳐준 화장법을 하니 가깝게 본 사람 이외에는 알 도리가 없다.

"제 이름은 바, 박인조요. 비변사에서 암호해독을 하다가 공수처로 왔소."

탕약을 끓이고 있는 주성을 찾아가 자기소개를 했다. 그리고는 틈만 있으면 말을 걸곤 했다.

'어떻게 해야 마음에 들까? 빗이라도 사줄까?'

집으로 돌아가는 길에도 주성을 머리에 떠올렸다. 도톰한 입술에다 자기 입술을 포개고 싶다.

"박서리, 오랜만이오."

박인조가 바라보니 이인좌가 응팔과 함께 서 있었다. 박인조는 사방을 둘러보더니 낮은 소리로 말했다.

"나리, 아직 아닙니다. 좀 더 기다리십시오."

12 속고 속이고

훗날 영조라고 부르는 지금의 임금은 노론이 없었으면 서른 나이도 채우지 못하고 죽었을 것이다. 노론은 무수리 신분의 천한 여자 몸에서 태어난 연잉군을 꼭두각시로 여겼다. 정초부터 신임옥사의 책임을 들고 나왔다. 노론이 경종을 독살하려 했다는 죄목은 모함이라고 주장하며 소론을 싹 쓸어버리려 했다. 그러나 임금은 탕평의 명분으로 소론을 살려 두었고 노론을 제어하기 위해 공수처라는 관서를 만들었다. 말로는 부패한 사헌부가 정상이 되면 없앤다고 하지만 그건 알 수 없다. 노론에 불길한 그림자가 드리웠다. 다시 정권을 빼앗길 운명에 처하게 되었다. 김재로는 홍계희가 가져온 서덕수의 편지를 몇 번이나 읽어보았다. 위조일지도 모른다고 생각해서 꼼꼼히 살펴보니 그런 흔적은 보이지 않았다. 종이도 왕실에서만 쓰는 고급 종이이니 연잉군의 사저에서 나온 것이 분명했다.

"계희야, 너라면 이것으로 어찌하겠니?"

"영감께서 소론에게 슬쩍 보여주는 겁니다. 박문수는 이광좌와 외갓집 친척이고 사제지간이니 그 사람을 통해 압력을 가하는 것입니다."

김재로는 고개를 끄덕였다. 극약처방이다. 이것이 세상에 알려지면 노론이 타격을 받겠지만 그 전에 소론을 싸고도는 임금은 형을 죽이고 왕위를 찬탈한 패륜아가 된다.

"이광좌를 만나겠어. 그러면 김학유와 김용전은 어찌해야 하나?"

"김감찰은 끊어낼 수 있지만 집의님은……"

홍계희가 말꼬리를 흐린다. 혈족인 김학유의 처리에 대해서는 말할 수 없다.

"알았네. 조카이기는 하지만 당파를 먼저 지켜야지. 민대감도 그리 명하셨네."

노론 당론으로 김학유의 팽형을 받아들이겠다는 말이다.

"공수처에 있다는 서리는 어찌 되었나?"

"기밀이 새어나갈까 봐 보안을 철저히 하지만 우리 손아귀에 있으니 거역하지는 못할 겁니다. 요즘 공수처 수사계획표를 만들고 있다니 그것이 완성될 때까지 기다릴 것입니다."

"음, 알았네."

김재로는 홍계희의 비상한 두뇌를 믿었다. 몇 가지 실수를 하긴 했지만 김학유의 뒤를 이어 노론을 지킬 제갈량이다. 두 사람은 소론의 영수 이광좌를 어떻게 움직일 것인가에 대해 한참 의논했다.

박문수는 밤새 악몽에 시달렸다. 캄캄한 밤에 진흙탕에 빠져 허우적거리다가 깼다. 새벽에 잠깐 눈을 붙이고 공수처로 가니 스승인 이광좌가 와 있었다. 소론의 영수로 임금이 즉위하던 해에 영의정을 지냈으나 다음 해 노론에 의해 쫓겨났다. 문수가 정중하게 인사를 올렸지만, 그의 표정은 어두웠다.

"불쑥 와서 미안하네. 급한 일이어서 직접 찾아왔네. 어제 김재로가 주고 간 거야."

이광좌가 내민 한 장의 종이를 읽어보고는 박문수는 팔을 떨었다. 서덕수의 편지내용을 필사한 것이었다. 맨 나중의 몇 마디 글을 보고 머리털이 곤두섰다. 연잉군이 경종을 독살하라고 시켰다고?

"이, 이것이 사실인가요?"

"원본을 보았네."

이광좌는 소론의 영수로써 조용히 칩거하면서 정국을 지켜보고 있었다. 일부 과격한 소론들이 이금(영조의 이름)은 형을 죽이고 왕위를 찬탈한 패륜 역적이라도 매도했지만, 그는 입을 다물게 했다.

"정말 원본이던가요? 누구의 조작이 아닐까요?"

"아니야. 홍계희라는 젊은이가 따라와 원본을 보여주었어. 서덕수는 글씨체가 특이했고 종이도 왕실에서 쓰는 고급지였어."

박문수는 신음했다. 서덕수는 왕비인 정성왕후의 조카다. 나이는 연잉군과 같은데 평소 건달처럼 하고 다녔다. 목호룡의 고변으로 노론이 풍비박산 날 때 붙잡혀가서 고문 끝에 경종을 독살하려는 음모를 밝혔다. 그 뒤에 왕세제 연잉군의 사주가 있음을 암시했다. 다행히 경종이 아우를 감싸고 이광좌를 비롯한 몇몇 고위 소론 인사들이 막아주어 무사했던 것이다. 서덕수는 매 맞아 죽었지만, 왕세제였던 영조는 그를 원망해 노론이 집권해서도 신원해 주지 않았다. 그런데 그 독살 음모의 증거가 되는 편지가 이제 나타난 것이다.

"이 내용이 밖에 알려지면 노론에 불리한데 왜 찾아왔을까요?"

"그것은 공수처 때문이야. 부패한 노론에 촉수가 뻗어오니까 이것으로 주상을 협박하겠다는 거지."

서덕수의 편지로 불리한 것은 노론만이 아니다. 그런 말을 한 주상도 위험한 것이다.

"여기서 멈추라는 거야. 그러지 않으면 서덕수의 편지로 상소할 것이라고 하더군."

너 죽고 나 죽자는 식이다. 박문수는 입술을 깨물었다.

"안 됩니다. 여기서 멈출 수 없습니다. 그동안 시어사들이 캐낸 것만으로도 부패망국입니다."

"아네. 대문에 외뿔소 장식이 붙어있더군. 공수처를 상징하는 것이라지? 하지만 앞만 보고 달리면 돌부리에 넘어질 수 있어."

"안 됩니다. 안 됩니다."

박문수의 목소리가 커지자 시어사들이 방 밖에서 귀를 기울여 엿들었다. 두 사람의 실랑이는 오래 계속되었지만 결국 한쪽의 말을 듣기로 했다.

임금의 허락이 떨어졌다. 공수처에서 올리는 보고의 최종처리는 임금에게 달려있다. 사헌부 감찰 김용전은 난전으로부터 뇌물 수수와 함께 영남 세곡선 운반권으로 사기 쳤다는 죄목으로 유배형 삼천

리 처분이 떨어졌다. 팽형을 당하지 않은 것은 뇌물액수가 많지 않은 데다 준 사람이 어릴 적 동네 친구였다는 점이 고려되었다. 곤장은 맞지 않았지만, 귀양지 중에서도 가장 험악한 함경도 갑산지역으로 결정되었다. 종을 데리고 가고 싶었지만, 공수처에서 허락하지 않아 노새에 짐과 엽전을 싣고 호송하는 공수처 서리와 함께 청파역으로 갔다. 어제 가족, 지인들과 함께 기약 없는 작별 인사를 하느라 술을 많이 마셨더니 속이 메슥거렸다. 역에서 귀양가는 절차를 밟았는데 도착일, 이름, 보낸 곳, 죄목과 형벌 내용, 도착 후 묵을 집을 기록했다. 서리가 지도를 주며 말했다.

"나리, 저는 먼저 갈 테니 천천히 따라오세요. 청파 다음은 송산 그리고 포천입니다."

사헌부 감찰과 동행하는 것이 껄끄러운지 서리는 휭하니 가버렸다. 이때 누군가 소리친다.

"아니, 이게 누구신가? 불알친구 용전이 아닌가?"

김용전이 놀라서 바라보니 여춘삼이 히죽 웃고 있다.

"네가 여기 웬일이냐?"

"웬일은. 네 덕분에 나도 귀양가는 거지."

그는 남쪽 해남으로 귀양간다고 한다. 상인이지만 어떻게 손을 썼는지 건장한 하인 둘과 함께였다. 말 세 필에는 귀양살이에 쓸 물품과 엽전꾸러미가 잔뜩 실렸다. 춘삼이 이죽거리며 용전의 말에 실린 것을 보더니 흥하고 비웃는다.

"산수갑산이 험악해서 귀양 간 사람 태반이 죽는다는데 오늘이 마지막이겠구나."

김용전이 속에서 불이 일어났으나 꾹 참았다.

“네가 얼마 전까지 사헌부 감찰로 위세 등등했지만, 귀양지에서 그랬다가는 쥐도 새도 모르게 죽을 수 있으니 조심하거라.”

“너나 조심해. 돈 좀 있다고 까불다가 몽둥이찜질 당하지 말고.”

용전이 내뱉는 말에 춘삼이 웃었다.

“하하하 돈이면 귀신도 부릴 수 있는 세상인데 너보다 낫겠지.”

춘삼이 이렇게 말하고는 말에 올라탔다.

“내가 전생에 무슨 죄를 많이 지어서 너 같은 원수를 만났다는 말이냐.”

하고는 하인들과 함께 떠났다. 그 뒤를 노려보는 김용전은 이를 악물었다.

김학유는 어찌 되었을까? 함께 수감 되었던 김용전 감찰이 갑산으로 귀양간 후에 면회 온 홍계희에게 제발 팽형만은 면하게 해달라고 애원했다. 그러나 홍계희는 명확한 답을 주지 않고 돌아갔다. 김학유가 옥에 홀로 남아 어떡하든 형을 모면하려고 고심했지만 뾰족한 수가 없었다.

홍계희가 가져온 음식으로 저녁 식사를 하고 창문 사이로 밖을 바라보니 둥근 보름달이 떠 있다. 새라면 빠져나갈 수 있을 텐데 하고 중얼거리는데 삐걱하고 옥문이 열렸다. 돌아보니 옥리가 웬 사내를 안내해 들여보내고는 문을 닫았다. 새로 온 죄수같이 보였으나 갓과 도포차림이다.

“누구시오? 당신은. 왜 낮에 오지 않고 이 밤중에 오는 것이오.”

남자가 침묵하다가 입을 열었다.

"나는 살았어도 죽은 사람이라 낮에는 다니지 못하오."

김학유는 그 말에 소름이 끼쳤다. 저승사자가 온 것인가. 달빛에 자세히 보니 한명철 감찰이었다. 김학유가 악하고 비명을 질렀다.

"어찌 비명을 지르오? 김집의 때문에 나는 팽형을 받아 숨은 쉬지만 죽은 사람이 되었소. 이제 곧 당신도 그리된다는 것을 전하러 왔소."

김학유가 엎드리며 애원했다.

"아이고, 한감찰. 내가 잘못했소. 지금이라도 당신을 팽형에서 벗어나게 해줄 테니 제발 그만 두오."

"틀렸소. 내게 뇌물을 공여했다고 조작한 송객주도 처참하게 으깨진 시체가 되었다 하오. 그러니 누가 내 누명을 벗겨 주겠소? 당신도 한번 끔찍한 팽형을 받으며 잘못을 뉘우쳐 보시오. 그만 가겠소이다."

한명철이 옥문으로 가자 다시 삐걱하고 문이 열렸다.

"한감찰! 한감찰! 내가 잘못했소. 내가 잘못했소."

김학유가 울부짖었지만, 한명철은 뒤도 돌아보지 않았다.

아침이 되자 혜정교 아래에 가마솥이 설치되었다. 팽형이 있을 것이라는 말에 시전의 상인과 물건을 사러 온 백성이 하나둘씩 모이더니 순식간에 빼곡하게 들어섰다. 구경꾼 안에 장옷으로 얼굴을 가린 여자들도 꽤 있었는데 도중의 후처도 끼어 있었다. 김학유의 팽형은 사헌부에서 해야 하나 그곳 출신 관리이기에 공수처에서 처리하게 되었다. 박문수가 의자에 앉아 진행과정을 살펴보았고 집행은 목소리 큰 시어사 원균이 맡았다.

"김학유 전 사헌부 집의는 들으라. 그대는 나라의 녹을 먹는 관리로 임금과 백성을 배신했다. 너의 죄목은 다음과 같다."

원균은 김학유가 상인들에게 뇌물을 받고 부당하게 법을 처리했다는 질타로 시작했다. 이어서 이권에 개입하고 부녀자를 능욕한 죄를 열거했다. 김학유는 엉엉 울면서 자기는 억울하다고 항변했지만, 다리 위에서 내려다보는 사람들은 모두 욕설로 응답했다. 가마솥에 들어갈 때도 발버둥쳤고 밑에서 불을 때는 시늉이 끝날 때까지 울었다.

하하하

도중의 후처가 주위가 떠나가도록 크게 웃었다. 한쪽은 울고 한쪽은 웃었다. 한쪽 구석에서 지켜보던 한명철이 김학유가 시체처럼 칠성판에 눕는 것을 보고 발길을 돌렸다. 그는 팽형을 받은 이후에 지옥 같은 삶을 살아야 했다. 가족들은 처음에는 가장인 한명철의 억울함을 알고 있기에 참고 견디었지만, 주위의 따가운 눈총으로 점차 허물어지기 시작했다. 아내는 자식들을 데리고 친정으로 가버리고 수발을 드는 두 명의 종만 남았다. 그는 팽형이 무효가 되기를 바랐지만, 뇌물공여를 조작한 송객주가 살해되자 마지막 희망이 꺼졌다. 그는 끝까지 남았던 종들은 양민으로 신분을 바꿔 내보내고 가산을 팔아 아내에게 보냈다. 그리고는 공수처에 기거하며 잡일을 하고 있다.

"난 귀신이야."

그는 역시 죽은 사람으로 살아가는 다모 주성과 함께 공수처의 귀신이 되었다. 두 사람 다 공수처 외에는 신분을 보장해 주지 않는다. 한명철은 팽형으로 이미 죽은 사람이고 임성주는 사형수로 우포도청에서 병사한 여자이기 때문이다.

예전 이름이 임성주였던 주성은 공수처의 다모에 만족했다. 고대수를 따라다니며 쇠좆매를 휘두를 수 없지만, 목숨이 붙어있는 것을 다행으로 여겨야 했다. 그녀에 대해 모든 것을 알고 있으면서도 받아준 박문수 처장에게도 무한한 고마움을 가졌다.

'수상해, 이리 봐도 저리 봐도 수상해.'

어제 일이었다. 퇴근 시간이 넘었는데도 주성에게 와서 따리를 붙이던 박인조를 피해 뒷간으로 갔을 때였다. 정문을 놔두고 후문으로 다니는 박인조가 골목길에서 실랑이를 벌이는 것을 보았다. 인상이 험상궂은 사내와 갓을 쓴 선비가 박서리를 가로막고 말다툼을 하고 있었다. 뒷간의 환기구에서 내다보니 박인조는 목소리를 낮추라고 애원하는 것이었다. 선비가 앞장서고 박서리가 그 뒤를 따라 골목길을 빠져나가는 것을 지켜본 주성은 의심이 들었다.

'박서리가 공수처 안의 기밀을 빼돌리나?'

주성은 사헌부에 있을 때도 문앞에서 기웃거리는 사람을 많이 겪었다. 처벌을 당하는 가족이거나 관련된 사람들의 초조한 모습이 떠올랐다. 공수처에 잡혀 와 있는 사람도 여럿이다. 아무리 막아도 돈에 넘어가는 서리가 있었다. 공수처라고 그런 서리가 없다고 단정할 수는 없다. 뒷간에서 나온 그녀가 탕약을 들고 이순신에게 갔다.

"고맙소. 의원 말로는 많이 좋아졌다고 하니 내일은 집으로 가야겠소.”

이순신은 자기가 두 명의 다모에게 폐를 끼친다고 생각해서 집에서 치료받기로 마음먹었다. 그러자 주성은 잠시 머뭇거리다가 뒷간에서 본 박인조의 수상한 행동을 말했다.

“박서리가?”

이순신은 되물으면서 노론 비자금 장부를 하루 만에 해독한 것을 머릿속에 떠올렸다. 아무리 천재적인 암호해독가라 해도 단숨에 해치울 수는 없다. 그의 행동은 어디선가 풀어본 사람만이 할 수 있는 행동이었다.

“알았소. 다모는 오늘 본 것을 아무에게도 말하지 마시오.”

다음 날. 이순신은 출근한 박문수에게 말해 박인조를 비변사로 출장 보내게 했다. 공수처 운용을 위해 비변사의 자료가 필요하다는 핑계를 댔다. 그가 공수처 밖을 나가자 박문수는 즉시 시어사들과 별감 그리고 다모 주성을 불렀다. 주성은 엊저녁 자신이 본 것을 빠짐없이 말했다. 원균의 얼굴이 붉으락푸르락 해지더니 주먹을 쥐고 소리쳤다.

“이런 못된 놈이 있나. 내 이놈을.”

눈앞에 있으면 당장 때려죽일 자세로 말하자 박문수가 만류했다. 박인조의 상관인 양성지가 난감한 표정을 짓고 나서 말했다.

“확실한 증거 없이 내통자로 모는 것은 안 됩니다.”

원균이 벌컥 화를 내며 소리쳤다.

“양어사님. 지금 공수처 계획표를 짜고 있는데 어쩌려고 그런 말을 하십니까?”

김육이 양성지의 편을 든다.

"그래도 증거가 확실해야 합니다. 우리가 잘못하면 억울한 사람 죄인 만드는 겁니다."

원균은 두 사람이 자기 의견에 동조하지 않자 더욱 화가 났다. 박문수가 이순신에게 묻는다.

"이어사는 어찌하겠소?"

이순신이 잠시 머뭇거리다가 말했다.

"우선 계획표 만드는 것을 중단하고 박서리의 씀씀이를 조사해 야겠습니다."

강호동이 손뼉을 한번 치고 말했다.

"그렇지. 그 뒤는 내가 캐보지."

곽재우가 말한다.

"만약 조종하는 자가 있으면 그자도 함께 잡아야 합니다."

원균이 책상을 탁 치며 소리쳤다.

"두 말이 필요 없어요. 당장 끌고 와서 손을 봅시다."

원균이 성질이 과격하기는 하지만 침착할 때는 태산 같다. 이렇게 길길이 날뛰는 것은 공수처 안에 배신자가 있다는 것에 격분한 것이다. 박문수가 손을 들어 제지하고 말했다.

"박서리가 내통하는 현장을 볼 수 있다면 좋겠구먼. 무슨 방법이 없을까?"

주성이 앞으로 나선다.

"처장님, 저도 할 말씀 올릴 수 있을까요?"

"암. 무슨 말이든 해보게."

먼저 주성은 박인조가 자기에게 찝쩍댄다는 말을 했다. 그리고는 지금 뒷조사를 하면 눈치챌 수 있으니 자신이 고가의 물품을 사달라고 조르면 공수처 기밀을 팔러 나설 것이라고 했다. 그때를 포착하면 된다고 했다. 박문수가 감탄했다.

"오우, 성주 아니 주성이 인제 보니 여자 시어사구만."

시어사와 별감은 주성의 정체를 알고 있다. 사헌부 귀염둥이 다모가 끔찍한 일을 당하고 사형집행 직전에 탈옥한 것도 알고 있다. 그럼에도 늘 명랑하고 열정적으로 살아가는 그녀를 기특하게 여겼는데 이렇게 좋은 제안이 나올 줄 몰랐다. 박문수는 박인조에게 접근한 자가 누구인지 알아보기 위해 감시망을 만들었다.

며칠 뒤. 시전 골목 뒤의 한 사내가 쓰러져 있었다. 그는 공수처 서리 박인조였다. 그가 눈을 떠보니 캄캄한 밤이었다. 일어서려 했으나 다리의 통증으로 움직일 수가 없었다. 그는 깨어나기 전에 꿈을 꾸었다. 아니, 오늘 있었던 일이다.

"어머, 어머. 정말이었군요."

주성은 청국에서 수입한 경대(鏡臺)를 보고 펄쩍펄쩍 뛰며 좋아했다. 서리의 봉급으로는 일 년을 모아야 살 수 있는 고급품이었다. 박인조는 그녀를 보고 오늘 밤에는 다모를 품을 수 있다고 생각했다. 그래서 시전 뒷골목에 빈방을 구해놓았다. 우선 피맛골에서 같이 술을 마시자고 한 다음에 취하게 되면 그리 끌고 가려는 계획이었다. 시전은 번화하고 사람의 왕래가 잦지만, 뒷골목은 왕래가 드문 곳이다. 피맛골에 데려가서 술을 마셔 취하게 하려 했는데 주성은 자기는 술은 못 마신다고 했다. 살살 꼬여 골목길로 들어올 때 누군가 그의 뒤통수를 쳤다. 거기까지는 기억나는데 깨어보니 다리 하나가 부러져 있다. 게다가 술 마실 돈도 없어졌다.

"다모, 다모 어디 갔어?"

다모 주성도 보이지 않았다. 그때 순라가 그를 보고 호각을 불었다. 삐익.

무서운 통증이 온몸을 덮쳐왔다. 다리만 부러진 것이 아니라 온몸에 타박상을 입은 것이다.

박인조 서리는 순라꾼이 불러온 가마를 타고 집으로 돌아갔다. 그는 누가, 왜 자신을 습격했는지 모른다. 품 안의 돈을 가져갔으니 강도의 소행으로 볼 수 있지만 다모 주성은 뭐 하고 있었다는 말인가. 의원을 불러 부러진 다리를 부목(副木)으로 고정시켰다. 이렇게 이틀이 지났는데 주성이 그를 찾아왔다.

"박서리님, 정말 크게 다치셨군요. 저는 그때 무서워서 마구 도망쳤어요."

주성의 말에 의하면 웬 남자가 몽둥이로 박인조의 뒤통수를 쳤다는 것이다. 주성은 겁이 나서 냅다 도망쳐 공수처로 와서 숨었다고 했다. 그러면서 불행 중 다행이라고 하면서 웅담을 꺼냈다.

"내게 청나라 경대까지 선물하셨는데 강도를 만나다니. 운도 정말 없으세요. 이건 웅담인데 타박상에 특효라니 잡수세요."

박인조는 감격했다. 그는 여자라면 자기 욕망을 채우는 도구쯤으로 생각해 왔다. 어려서 즐겨 하던 자위보다 더 쾌감이 좋은 물건이었다. 그런데 지금 앞에 있는 여자는 자신을 진정 걱정하고 있지 않은가.

"경대는 잘 보고 있겠지요?"

물으니 주성이 난처한 얼굴로 대답했다.

"실은 경대를 되팔아서 웅담을 산 거예요."

주성은 백 량짜리 경대를 칠십 량을 받고 되팔았다고 말했다. 박인조는 또 한 번 감격했다. 고가의 웅담을 구하기 위해 경대를 팔았다니 얼마나 갸륵한가. 이 여자를 위해서라면 무슨 일이든 하겠다고 속으로 다짐했다.

이인좌는 박인조에게 백 량의 돈을 주어 여러 가지를 얻었다. 첫째는 공수처의 계획표를 얻어내 홍계희에게 넘겨줌으로 신뢰를 회복한 것이고 둘째는 홍계희의 곳간을 벗어난 정치자금의 은닉장소를 알아낸 것이다. 그는 선전관 황진기가 구해 준 세 자루의 화승총을 손보고 있었다. 겨냥하며 쏘는 시늉을 하자 웅팔이 묻는다.

"형님, 이까짓 일에 총까지 필요하오? 내 한 주먹으로 처리하면 될 텐데."

"아니야. 총을 들이대야 저항을 못하지. 추격해 오면 쏠 수도 있고."

이인좌는 자신들에게 줄 돈을 찾으러 가는 홍계희를 미행했다. 청지기와 함께 도착한 곳은 육조거리 뒤편에 있는 훈련도감이었다. 둘은 그 뒤의 낡은 건물로 들어갔다. 이곳은 훈련도감의 각종 잡동사니를 모아놓는 곳으로 상여도 있고 관도 있었다. 거의 사용하지 않는데 열쇠는 홍계희의 부하가 갖고 있다. 훈련도감이 바로 앞에 있어 잡인이 얼씬 안 하니 그곳에 숨긴 것이다. 공수처 바람이 지나가면 또 다른 곳으로 옮길 것이다. 오백 량이나 되는 돈을 노새에 싣고 온 것을 보아 그곳에 돈이 숨겨져 있음이 분명했다. 그는 고대수에게 인시(寅時: 오전 3시에서 5시)에 함께 훈련도감과 가까운 폐가로 와서 합류해서 돈을 가져가자는 계획을 세웠다. 우마차를 동원할 수 없어 활빈당수 고대수의 힘을 빌리는 것이다. 또 문을 감쪽같이 열려면 도둑인 그들의 자물쇠 따는 기술이 필요했다. 이인좌가 부하들에게 말한 계획은 고대수 일당이 가져온 우마차에 창고 안의 엽전을 꺼내 싣는다는 것이다. 새벽에 종로 운종가로 가는 상인으로 위장하려는 것이다. 응팔이 투덜거린다.

"힘들게 얻은 돈을 반으로 나눈다니 분하오."

"흐흐. 내가 그렇게 할 것 같으냐?"

이인좌의 속셈을 따로 있었다. 종로로 간 다음에 그들을 총으로 위협해서 빼앗는다. 그리고는 청주로 곧장 내려가려는 것이다. 그러나 시간이 지나도 고대수 일행은 오지 않았다. 그때 홍계희가 찾는다는 연락을 듣고 급히 찾아갔다.

"이보시오. 큰일이 났소."

홍계희가 얼굴이 시퍼레져서 말하기를 훈련도감 뒤의 창고에 숨긴 비자금 만 량을 몽땅 도둑맞았다는 것이다. 돈이 필요해서 가보니 한 푼 남김 없이 말끔히 사라졌다는 것이다. 그래서 알아보니 어제 근처에서 파인 도로를 수리하는 무리가 있었는데 우차가 몇 번 오고 갔다고 했다. 이인좌는 직감했다. 고대수가 전날 오후에 창고에 들어가 돈을 꺼내서 싣고 간 것이다.

"누구의 짓인지 알아내셨습니까?"

"알았으면 내가 그냥 있겠소? 그러니 도둑을 좀 잡아 주시오. 사례는 톡톡히 하리다."

빈손으로 돌아온 이인좌에게 더 큰 일이 기다리고 있었다. 황진기에게 보여준 서덕수의 편지는 가짜였던 것이다. 뭔가 찜찜했던 황진기가 서덕수의 편지를 가져가서 문서감정을 할 수 있는 심복에게 보여주었다. 그 결과 원본이 아니라 최근에 만든 것으로 종이도 왕실에서 쓰는 것이 아니라 했다.

"이런 망할 년. 약속을 어긴 까닭이 있었구나."

그는 고대수가 노론 비자금을 숨긴 장소에 나타나지 않은 것이 편지가 복제본 때문이라고 단정했다. 그는 급히 홍계희를 찾아 서덕수 편지는 어찌 되었느냐고 했다. 그러자 이광좌에게 보여주어 공수처 수사를 일단 막았다고 했다. 임금의 자리가 위태로워지는 것을 두려워한 소론의 의견에 따른 것이다.

"그런데, 그게 혹시 복제품이 아닌가 의심이 듭니다."

이인좌는 복제본인지 알고 건넨 편지가 원본이라고 판단했다. 의도적인지 아닌지 모르지만, 고대수한테 받을 때 이미 바뀐 것이다.

"그런 것은 아닐 것이오. 글씨도 같지만, 종이가 왕실에서만 쓰는 종이였소."

이인좌는 그 말을 들으니 속에서 불이 나는 것 같았다. 눈앞에 있으면 당장 낚아채고 싶었다. 그는 도둑을 잡겠다고 나가서는 박인조를 찾아 나섰다. 이인좌는 공수처로 찾아가 친척 형님을 사칭하고 박인조 서리를 찾았다. 강도를 만나 크게 다쳐 휴직중이라고 해서 남산 밑 그의 집으로 갔다. 박인조는 주성이 경대 판 돈으로 마련한 웅담을 먹고 난 뒤였다. 어혈에 좋다는 말대로 하룻만에 그의 몸은 나아졌다. 다리는 부목으로 고정한 상태이지만 곧 나을 것이라는 희망을 품고 있었다. 사랑하는 여인 주성을 품에 안기 위해서라도 이인좌는 그에게 홍계희를 만나라고 종용했다.

"홍계희가 가지고 있는 편지를 보고는 복제본이라고 하란 말이야. 그러면 내가 돌려받을 테니."

박인조는 몸이 불편한 상태라 가마에 태워 홍계희 집에 갔다. 서덕수의 편지가 진짜인지 확인하겠다고 하자 내주었다. 박인조는 요리조리 보다가 말했다.

"교묘하군요. 왕실의 종이를 어디서 구했는지 모르지만 이건 가짜입니다."

그 말에 홍계희는 윽 하고 숨을 멈췄다. 이 편지로 공수처의 거침없는 진행을 막고 있는 것이 아닌가. 박문수가 원본을 보자고 하면 당장 역적이 되어 끌려갈 것이다.

"그 편지는 어찌하실 겁니까?"

이인좌는 이제 쓸모없어진 편지를 자기에게 넘겨줄 것을 기대했다. 그러나 홍계희는 얼굴이 시뻘게지더니 편지를 북북 찢었다.

"나리, 그걸 왜 찢으십니까?"

놀란 이인좌가 말리자 홍계희가 도끼눈을 하고 소리쳤다.

"공수처 활동을 늦추는 목표는 달성했소. 이것이 가짜로 드러나서 역적으로 몰리면 나는 어쩌라고요?"

이인좌는 갈가리 찢어진 편지 조각을 맞춰보면서 울고 싶었다. 몇 년 동안 공들인 것이 다 허사가 되었기 때문이다. 홍계희의 집에서 나온 이인좌는 박인조를 가마에 태워 돌려보냈다. 그리고는 거처로 돌아와서 서덕수 편지 복제본을 바라보며 이를 갈았다.

이층 주막에 공수처 사람들이 모였다. 박문수 처장과 시어사들 그리고 두 명의 별감이다. 오늘 마지막 야다시를 하고 문을 닫는다. 주막이 공수처의 비밀 안가라는 소문이 돌면서 손님이 줄더니 김학유가 팽형을 반던 날부터는 손님의 발길이 완전히 끊겼다. 주모 성춘향은 일꾼으로 위장해서 손님들의 대화를 엿듣던 하녀들을 모두 평택으로 돌려보냈다. 그리고는 문에 언문으로 공고문을 써서 폐쇄를 알렸다. 마지막 날이 되니 박문수는 감회가 새로웠다. 지금까지는 야다시할 때 호롱불 하나만 켜놓고 했는데 아래층에 있는 것까지 가져와 열 개를 켜니 이층이 환했다.

"공수처는 이 주막에서 탄생한 것입니다. 여기서 시어사들이 수집한 첩보자료를 모았지요. 이 주막이 없었다면 우리의 움직임은 금세 노론에 포착되었을 것입니다."

강호동이 술잔을 비우고 나서 박문수에게 대답했다.

"그렇지요. 우리 시어사들이 진위향교에서 몰래 탐문하는 법, 취조하는 법 그리고 무술을 연마하고 도성에 들어왔을 때 주막이 의지가 되었습니다. 이렇게 문을 닫는다니 섭섭하군요."

"오늘이 주막에서는 마지막 야다시지만 공수처로 이어지니 마지막은 아니오."

곽재우가 조심스럽게 묻는다.

"처장님, 오늘 사헌부 서리에게서 이상한 말을 들었습니다. 공수처가 노론에 무슨 약점이 잡혔는지 활동이 사그라질 것이라구요."

박문수가 그 말에 씩 웃었다. 어젯밤에 고대수와 만났다. 그녀는 서덕수의 편지는 원본이 사라졌다면서 한 장의 복사본을 주고 갔다.

"그럴 리가…… 우리는 계획표대로 한다."

공수처에서 박인조를 통해 넘겨준 가짜 계획표에는 노론 수사는 당분간 중단하기로 되어있다. 그것을 입수한 노론은 정말로 알고 방심할 것이다.

또박또박

아래층에서 계단을 밟고 성춘향이 올라왔다. 사헌부에서 야근하는 이몽룡이 새벽에 온다고 했다. 지아비를 따라 시댁으로 돌아가느냐 어머니 월매가 없는 남원으로 돌아가는가는 오늘 결심을 들을 것이다. 박문수에게는 고향 남원으로 돌아가겠다고 했지만, 이몽룡의 말에 따라 마음이 바뀔 수도 있을 것이다. 춘향의 양손에 올려진 접시에 안줏거리가 가득했다.

"술은 그 통 안의 것이 전부입니다. 안주도 이것이 마지막이고요. 그동안 고마웠습니다."

박문수가 물었다.

"주모께서는 어찌 결정하셨나요?"

시어사들은 모두 춘향의 입을 바라보았다. 별감에게는 누이 같았고 시어사에게는 누님같이 살갑게 대해 주었다. 이몽룡에게 간다면 서울에서 가끔 볼 것이다. 그러나 남원으로 간다면 오늘이 마지막이 되는 것이다.

"저는 이제……"

춘향이 여기까지 말했을 때 요란한 굉음이 울렸다. 쾅.

주막의 창문을 뚫고 천장에 총알이 박혔다.

"엎드려!"

박문수가 소리치자 일제히 엎드렸다. 춘향이 어리둥절하며 서 있자 박문수가 떠밀다시피 해서 엎드리게 했다. 쾅, 쾅, 쾅

두 시각 전으로 돌아가 보자. 이인좌는 화승총을 바구니에 넣고 부하의 등에 지게 했다. 종로 피맛골은 곳곳에 환하게 불이 켜져 있고 술을 마시러 온 손님들의 웃음소리가 크게 들려 왔다. 여섯 명의 사내는 이층 주막 근처에서 머물기로 하면서 기웃거리다가 이층 주막 앞에 왔다. 공수처가 발족하기 전에는 많은 사람이 몰렸던 술집이다. 문에는 주막의 문을 닫는다는 내용의 종이가 붙어 있었다.

"형님, 이곳이 비어 있습니다."

이층 주막 옆의 작은 집은 주막이었으나 장사가 안되어 문을 닫았다. 엉성하게 문을 폐쇄해서 응팔이 힘을 주자 간단히 문짝이 떨어졌다. 이인좌는 여기서 밤이 이슥해질 때까지 기다리기로 했다.

"나는 모두 실패했어. 몇 년 동안 서덕수의 편지를 찾아 헤매다 겨우 손에 들어온 줄 알았는데 괴물 같은 계집에 속아 노론 놈의 손에서 갈기갈기 찢어지는 것을 보았다."

이인좌의 눈가가 파르르 떨렸다.

"훈련도감에 감추었던 노론의 비자금도 활빈당에게 몽땅 빼앗겼

다.”

이인좌는 활빈당의 손을 빌려서 쉽게 돈을 빼앗으려다 뒤통수를 맞은 것이다.

“오늘 밤에 박문수와 시어사들이 이층 주막에 모일 것이다. 그때 우리가 이 총으로 전멸시키는 거야.”

박문수는 선왕 경종을 배신하고 당파를 배신한 자이다. 전국적인 규모의 봉기를 계획하고 있는 이인좌는 박문수가 소론임에도 영조의 최측근이 되어 공수처를 만든 것에 분노했다. 그것은 형 경종을 독살하고 보위를 찬탈한 패륜아를 돕는 것이기 때문이다. 썩은 노론이 더욱 백성의 신망을 잃을수록 거병 때 백성의 동조를 받을 수 있다. 응팔은 좋다고 박수를 쳤지만 느닷없는 명령에 부하들은 서로 얼굴만 마주 보았다. 거북이가 불쑥 나서서 묻는다.

“아무도 오지 않으면 어떡하지요? 문을 닫았는데요.”

“기회는 절반이다. 오늘 올 수도 있고 안 올 수도 있지. 그러면 그만두고 철수한다.”

부하들이 고개를 끄덕였다. 밑져야 본전이다. 안 오면 그냥 가면 된다. 이인좌가 총을 들고 말했다.

“첫발은 내가 쏜다. 그러면 너희가 시간을 두고 쏘는 거야.”

거북이가 조심스럽게 말한다.

“저, 두목님. 제가 선방포하는 것이 어떨까요? 제가 포수 일을 좀 했거든요.”

“그래? 왜 진작 그런 말을 안 했어.”

다른 부하들은 응팔의 부하이지만 거북이는 서울에 와서 숙식할 때 알게 되어 합류했다. 응팔의 부하 중 한 명이 총을 한두 번 쏴본 적이 있다고 했다. 제대로 할지 걱정했는데 거북이가 포수를 했다면 이인좌와 셋이서 번갈아 쏠 수 있다.

통금이 가까워지자 주위가 점점 조용해졌다. 술꾼들이 피맛골을 빠져나가는 것이다. 반대로 이층 주막의 문을 통해 들어가는 남자들도 있었다. 문틈으로 이인좌가 내다보았다. 하나, 둘. 셋 그는 들어가는 사람의 숫자를 세었다. 얼마 되지 않아 문을 안에서 잠그는 소리가 들리는 것으로 보아 모두 들어간 모양이다.

"됐다. 준비해라."

부싯돌로 불을 켜서 횃불을 만들었다. 응팔이 바구니에서 분리한 대도를 꺼내 합체했다. 다른 부하들은 칼을 들었다. 거북이가 손질해 두었던 화승총을 집었다. 먼저 거북이가 총을 쏘면 뒤이어 이인좌가 총을 쏘기로 했다. 밖으로 나간 여섯 명은 제각기 자리를 잡고 무기를 들었다. 치지직. 거북이의 화승총 심지에 불이 붙었다. 불이 환하게 켜진 이층을 향해 총을 겨누고 막 쏘려는 순간 앞으로 고꾸라졌다. 쾅하고 총이 발사되었다. 다음은 이인좌가 쐈다. 쾅. 엎드려 있던 박문수와 시어사들은 연달아 날아오는 총탄에 움직일 수가 없었다.

와지작.

주막의 문이 요란하게 부서지는 소리와 함께 이층 계단으로 올라오는 소리가 들렸다. 총소리는 더 들리지 않았다. 원균이 벌떡 일어나서 의자를 집어들었다. 그는 좁은 계단 위에서 버티고 섰다. 응팔이 대도를 한 손에 움켜쥐고 성큼성큼 올라오는데 원균이 의자를 휘두르자 뒷걸음치다가 굴렀다.

"이놈들, 우리가 누군지 알고…… 어디 올라와 봐라!"

원균이 호통을 치면서 막을 때 곽재우가 식칼 두 개를 들고 있었고 이순신도 몽둥이를 들고 있었다. 박문수와 춘향, 나머지 시어사들은 이층 부엌에서 아래층으로 연결된 구멍으로 빠져나갔다. 우선 몸을 피하고 무기를 가지러 가는 것이다. 탕 탕

이인좌와 거북이가 쏜 총알이 원균의 머리를 스치고 가자 본능적으로 뒤로 물러섰다. 웅팔이 대도를 휘두르며 올라왔다. 원균이 의자를 휘둘렀으나 웅팔의 대도에 토막이 났다. 이순신이 몽둥이를 휘두르자 주춤하는 바람에 웅팔은 뒤로 물러섰다. 곽재우가 식칼을 양손으로 휘두르자 칼을 든 부하들도 감히 달려들지 못했다. 이때 와! 하는 소리가 들렸다. 박문수와 시어사들이 칼과 창을 들고 아래층으로 뛰어들어왔다. 춘향도 뒤를 따랐다.

이인좌는 예상치 못한 공격에 놀라 화승총을 버리고는 부하가 든 횃불을 빼앗았다. 그는 기름통이 있는 것을 발견하고는 불을 당겼다. 퍽하고 불길이 솟자 접전을 끝내고 뒤로 물러섰다. 순식간에 화염에 휩싸이자 웅팔은 계단에서 뛰어 내려오고 원균은 그 뒤를 따랐다. 곽재우와 이순신도 그 뒤를 따라 내려왔다. 이인좌는 주막 밖으로 뛰쳐나가고 부하들도 뒤를 따랐다. 원균이 칼을 들고 뒤쫓으려는데 박문수가 말렸다.

"위험하다. 우리도 어서 피하자."

이때 골목길로 뛰어들어오는 발소리가 들렸다. 이몽룡이었다.

"이게 어찌…… 집사람은?"

박문수가 돌아보니 춘향이 주막 안에서 불길을 피해 구석에서 겁에 질린 표정으로 서 있었다. 그것을 본 이몽룡이 불타서 툭툭 떨어지는 서까래를 아랑곳하지 않고 달려들었다.

"춘향아! 내가 왔다."

그는 춘향을 업고 밖으로 뛰쳐나왔다. 전광석화였다. 그가 막 주막 밖으로 나오자 건물이 무너졌다. 이들이 불을 피해 뒤로 물러섰을 때 동네 사람들이 물동이를 들고 나왔다. 사람들이 너도 물을 끼얹을 때 근처의 금화사에서도 물을 가득 실은 마차가 도착해 불을 껐다. 주막은 홀랑 불탔지만, 다행히 이웃으로 번지지는 않았다. 춘향은 이몽룡의 등에 업힌 채 목을 휘어잡고는 자그맣게 노래를 불렀다. 이몽룡과 성춘향이 사랑을 나누던 날 부른 '사랑가'이다.

> 이리 오너라 업고 놀자. 이리 오너라 업고 놀자.
> 사랑 사랑 사랑 내 사랑이야. 사랑이로구나, 내 사랑이야.
> 이이이이 내 사랑이로다. 아매도 내 사랑아.
> 니가 무엇을 먹으랴느냐? 니가 무엇을 먹으랴느냐?
> 둥글 둥글 수박 웃봉지 떼뜨리고, 강릉 백청을 따르르르 부어,
> 씰랑 발라 버리고, 붉은 점 읍벅 떠 반간 진수로 먹으랴느냐.
> 아니 그것도 나는 싫소. 그러면 무엇을 먹으랴느냐?

이인좌를 멋지게 속여넘긴 고대수는 똘이를 시켜 누원의 북어가게로 갔다. 장부의 맨 뒤에 있는 종이를 가위로 잘라 보여주자 주인은 자신이 보관하고 있는 쪽지와 맞춰보았다. 둘이 딱 맞자 그는 궤에서 삼천 량 어음을 꺼내 주었다. 똘이는 또 근처의 가게로 가서 똑

같은 방법으로 이천 량을 받았다. 내일은 마포 나루 생선가게에 맡긴 돈을 찾아갈 것이다. 장부 맨 끝에 그림 조각은 돈을 맡긴 영수증으로 그 위에 써진 글과 숫자는 상점과 금액을 표시한 것이었다. 이렇게 노론 비자금 십만 냥은 활빈당 손으로 들어갔다.

보름 뒤인 1727년 음력 7월 1일 정미환국이 이루어졌다. 백 명이 넘는 노론의 벼슬아치가 자리를 물러났다. 김재로의 뒤에서 은밀히 조종하던 인현왕후 오빠 민진원도 순안으로 귀양갔다. 임금은 노론이 소론을 말살하려고 해서 탕평책을 쓴다고 공포했다. 소론 영수 이광좌가 영의정에, 박문수의 외삼촌 이태좌가 호조판서가 되었다. 소론이 다시 정권을 잡은 것이다. 그렇게 급작스럽게 환국이 된 내막은 박문수만이 알고 있다.

주막에 방화하고 도주한 이인좌 일당은 끝내 잡히지 않았다. 고대수에게서 이인좌가 청주 사람이라는 말을 들은 박문수는 원균과 이순신을 보냈다. 떠돌이 행상으로 변한 두 사람은 은밀히 이인좌를 찾았다. 그는 괴산군 송면(괴산군 청천면 송면리) 출신으로 세종대왕의 넷째 아들인 임영대군의 10세 손이다. 조부가 감사 이운징이고 아내의 할아버지가 남인의 영수인 윤휴다. 숙종 때 세 번의 환국으로 집안이 망해 외가가 있는 상주로 이사 갔다. 거기서 소론 일파와 손을 잡고 경제적 지원을 받았다. 최근에 거주하는 곳은 청주 외딴 동네의 작은 집이었다.

며칠 동안 그를 미행하니 집 근처의 활터로 가는 것이었다. 두어 시각 활터에 머물며 활을 쏘는데 열 발에 아홉 발을 맞추는 솜씨였다. 활을 다 쏘자 느티나무 앞에서 들병이에게 큰 사발로 한 잔을 마시고 더위를 식히고 갔다. 그가 자기 집으로 들어가는 것을 보고 원균이 들병이에게 왔다. 막걸리를 사서 이순신과 나눠 먹으면서 슬쩍 이인좌에 대해 물어보았다.

"아, 그 양반님요. 제가 몇 년 동안 여기서 막걸리를 파는데 매일 술 한잔을 하고 가시지요. 저 양반은 엉덩이가 무거운지 동네 밖을 통 나가지 않아요. 친구도 없는 듯하고요."

원균이 주막에 가서 주모에게 물어도 같은 말을 들었다. 누군가 이인좌의 이름으로 속인 것으로 판단하고 서울로 돌아갔다. 그날 이인좌를 이현좌가 찾아왔다.

"형님, 제 뒤를 졸졸 뒤따르던 두 놈이 돌아갔습니다."

"수고했다. 요 몇 년 동안 내 역할을 하느라 고생이 심했겠구나."

서울로 올라간 뒤 용모가 비슷한 친척 동생 이현좌를 내세워 주위를 속였다. 이인좌가 서덕수의 편지를 펼쳐 보여주었다. 형을 죽이고 왕위를 찬탈한 패륜의 증거다. 이제 소론이 정권을 다시 잡았으니 밖에서 봉기하면 안에서 호응할 것이다. 고개를 들어 밖을 보니 저녁 해가 노을을 뿌리며 산 너머로 넘어가고 있었다. 내년 무신년에는 거국적인 반란이 일어날 것이다. (끝)

[옛 선비를 기리는 기획을 하면서]

한류가 무서운 기세로 확산 중이다. 드라마 '대장금'에서 K-POP에 이르기까지 한국의 문화가 세계에 전파되었다. 이제는 대중문화뿐 아니라 문학, 미술, 음악, 무용 등 고급문화를 한류로 하자는 움직임이 꿈틀거리고 있다. 한국문화의 핵심을 꿰뚫고 있는 임마누엘 페스트라이쉬 교수는 K-POP이 흥겹지만, 표피적이라고 평가하며 우리의 고귀한 유산인 선비정신을 널리 알릴 것을 주문한다. 민주화된 사회에서 구닥다리라는 이도 있겠지만, 선비정신은 홍익인간 정신에서 시작해 불교와 유교의 철학으로 확립된 우리의 전통 정신이다.

선비정신은 서양의 노블레스 오블리주와 뜻이 같다. 선비는 바른 행실로 남의 모범이 되고 학문을 통해 얻은 통찰력으로 약자의 고통을 이해하고 해결하는 지혜로운 이를 일컫는다. 승자 독식의 경쟁사회에서 협력과 나눔을 실천하는 따뜻한 사람이다. 또 사회 지도층으로 책임감을 가지고 공동체의 수호와 발전을 위해 기꺼이 헌신하고 희생하는 존재이기도 하다.

매국노나 부패한 벼슬아치같이 부끄러운 조상을 둔 후손은 비리를 감추려고 쉬쉬할 것이다. 반대로 이순신 장군같이 나라를 위해 목숨을 바친 분(愛國)이나 가난하고 힘없는 백성의 삶이 나아지는데 헌신한 관리(活貧)의 후손은 조상을 자랑스럽게 여길 것이다. 이렇게 훌륭한 조상을 롤모델로 해서 맑고 곧게 살면서 학업이나 생업에 충실하고 공동체에 헌신하는 애국 시민이 될 것이다.

조선의 건국과 함께 들어온 주자학은 본질이 정치학으로 빛과 어둠이 있다. 신분계급으로 각자 소임을 나누어 맡겨 사회를 안정시켰기에 오백 년을 지탱할 수 있었다. 그러나 이(利)가 아닌 의(義)를 추구하는 정책이 지나쳐 상공업을 억제하는 바람에 국력이 약화 되어 나라를 빼앗긴 것은 유감이다. 하지만 일제 식민지와 민족상잔을 거쳐 짧은 시간에 산업화를 이루고 민주화까지 이룬 것은 밑바탕에 선비정신이 남아 있었기 때문이다.

우리나라에는 훌륭한 선비가 많은데 갓 쓰고 도포 입은 옛 모습을 복구하자는 것이 아니다. 오늘날 선비정신의 계승은 민주시민의 시각에서 재해석해야 한다. 개발 독재 사회에서 쟁취한 민주주의가 개인의 이기심과 대중영합주의로 빠져드는 것을 막고 선비들이 지향했던 공공선(公共善)과 애국심을 회복해야 한다. 민주주의에서 한발 더 나아가 활사개공(活私開公)의 공화주의 나라로 만들자는 것이다.

[작가의 말]

"암행어사, 출두요!"

마패를 든 역졸들이 들이닥치면 수령과 향리들은 무릎을 꿇고 벌벌 떤다. 역졸 뒤에서 유유히 나타난 암행어사. 찢어진 갓과 기운 옷을 입은 과객으로 변장해 고을을 돌아다니며 정보를 수집했다. 왕명을 받은 어사가 출두하면 현아로 들어가 창고를 봉인한 다음에 장부를 가져와 횡령한 것을 찾는다. 유척으로 곤장의 두께를 재어 죄를 물을 때 지나침이 없는지 보고 됫박을 가져와 크기를 속여 속임수가 없는지 확인한다. 옥에 갇힌 백성을 데려와 심문해서 억울한 백성은 석방하고 횡포 부리는 토호는 붙잡아 온다. 수령과 아전의 죄가 있음과 없음을 가려내어 임금에게 올릴 문서를 작성한다. 이상이 암행어사의 출두 모습이다.

권력은 공동체를 효율적으로 작동시키기 위해 지혜로운 사람에게 다스림을 위임한 것이다. 그러나 선의로 출발한 권력도 견제하는 힘이 없으면 내 멋대로 하고 마침내 부패해서 공동체의 재화를 훔치는 도둑이 되고 만다. 공동체 구성원의 믿음을 무너뜨리는 악의 근원이다. 조선에는 지리교통이 불편해서 통치자인 왕의 영향력이 미치지 못하는 시골에는 수령을 보내 대신 다스리게 했다. 그러나 수령의 타락과 보좌하는 향리의 탐학이 생겨났다. 여기에다 사족 토호의 전횡이 힘없는 백성을 괴롭히는 일이 잦았다. 이런 배경으로 왕의 전권을 위임받은 암행어사 제도가 나타난 것이다.

조선 중기에서부터 모습을 드러낸 암행어사 중에서 박문수는 암행어사를 대표한다. 그가 암행어사를 실제로 했다, 안 했다 여러 연구가 있지만, 성춘향을 구한 이몽룡과 함께 부정부패와 부당한 권력에서 힘없는 백성을 구원한 암행어사로 각인되어 있다. 소설 [박문수의 야다시]는 박문수가 암행어사로 명성을 날리기 전의 이야기를 팩션으로 꾸민 것이다.

요즘의 검찰에 해당하는 사헌부와 경찰에 해당하는 포도청, 국정원에 해당하는 의금부에서 부패한 권력을 발각해 행위자를 처벌했다. 그러나 모든 권력은 부패하는 법. 유전무죄, 유권무죄 등으로 사헌부가 부패해지자 이들을 심판하기 위한 강력한 기구의 필요성이 생겨났다. 요즘 시대에 검찰이 정치권력, 재벌권력, 언론권력 등 각종 권력과 손잡고 돈과 권력 그리고 여색을 탐하는 스캔들에 빠지자 검찰개혁을 주장하는 국민의 목소리가 커진 것과 비슷하다.

숙종이 죽고 경종이 즉위하자 노론은 후사가 없자 아우 연잉군을 왕세제로 만들어 후계자로 만들었다. 연잉군은 생모가 무수리인데다 장희빈의 죽음과 관련되어 있어 노론의 보호를 받아야 했다. 이 과정에서 김일경, 목호룡이 경종 독살 음모를 고변함으로 노론은 멸족되다시피 한다. 연잉군도 목숨이 위태로웠으나 이복형인 경종이 싸고돌아 목숨을 보전했다. 병약한 경종의 죽음은 많은 의혹이 따랐다. 상극인 간장게장과 생감을 먹은 후에 배탈이 나서 병석에 눕게 되었고 연잉군이 처방한 인삼탕을 먹은 후에 죽었기에 독살음모가 세상에 널리 유포되었다. 이런 가운데 노론은 다시 집권했고 소론을 숙청했다. 박문수도 이때 쫓겨났다. 이런 역사적 사실에 픽션을 더했다.

노론의 도움으로 왕이 된 영조는 왕권을 지키기 위해 탕평책을 펼친다. 한편으로 심복인 박문수에게 비밀리에 공수처(公守處)라는 임시 기관을 설치해서 노론 권력의 중추 사헌부를 사정하려고 한다. 이에 박문수는 소론의 눈을 피해 가며 고향 평택 진위에서 다섯 명의 과거급제자를 시어사로 교육하게 한다. 사헌부의 부패와 전횡은 도를 지나치는데 비자금이 숨겨진 장부를 찾으려 노론은 혈안이 된다. 다모로 위장해 창고에 보관된 활빈당 명부를 찾으려는 거인 고대수가 있다. 또 영조의 처남 서덕수가 의원에게 독약을 구하는 편지를 찾으려는 이인좌도 있다. 이러한 역사의 개연성을 바탕으로 한 팩션으로 [박문수의 야다시]가 만들어진 것이다.

이 소설에는 몇 가지 특징이 있다. 사헌부의 감찰을 비롯한 여러 사람의 특성을 현대의 검찰과 비교해서 보여준다. 야다시(夜茶時)는 사헌부에 있는 의식이다. 떠돌이 상인이나 거지 등으로 변장하고 정보를 수집하고는 밤에 모여서 차를 마시며 의논하는 시간이다. 박문수는 공수처가 발족하기 전에 피맛골에 주막을 만들어 시어사들과 야다시 한다. 이 주막의 주모는 성춘향으로 이몽룡의 첩실이다. 몽룡이 귀양간 뒤에 정실부인이 죽자 시어머니는 춘향을 내쫓아버린다. 돌아온 이몽룡은 춘향을 찾기 위해 헤맨다. 청주 사람 이인좌는 경종 독살 음모를 반란의 도구로 이용하기 위해 활빈당수 고대수와 함께한다. 시어사들은 모두 훌륭한 자기 조상의 이름을 조직의 가명으로 쓰는데 원균의 아우 원연의 후손 원홍익과 이순신 장군의 후손 이한신은 한팀이 되어 활동한다. 화끈한 성격의 원균과 내성적인 성격의 이순신 활동에서 임진왜란 때의 두 라이벌의 공과를 되새겨 독자의 흥미를 유발한다. [박문수의 야다시]는 후속작으로 공수처의 활약과 이인좌의 난을 거쳐 본격적인 암행어사 시리즈로 전개될 것이다.

선비소설 시리즈 1

천리를 지키는 산, **조헌**

우리가 사는 한반도는 지리적으로 해양 세력과 대륙 세력이 맞닿은 곳에 있다. 대륙의 뒤쪽에 있기에 늘 견제받아야 했고 대륙으로 진출하려는 일본의 침략에 시달려야 했다. 침략자의 살육과 약탈에서 무엇보다 중요한 것은 '살아남는 것'이었고 살아남기 위해서는 힘을 모아 침략자들을 물리쳐야 했다. 뭉치면 살고 흩어지면 죽는 것이다.

최영찬 지음 | 신국판 | 값 10,000원

삼두매 1 도둑왕자

신분차별이 엄격했던 조선시대, 임금의 아들이지만 천한 무수리의 몸에서 태어난 연잉군. 당파싸움의 회오리 속에서 그는 백성을 위해 어떤 선택을 할 것인가.

최영찬 지음 | 신국판 | 값 12,000원

삼두매 2 독도의 비밀

울릉도와 독도를 점령한 사나운 해적들. 그 뒤에는 침략의 야욕으로 똘똘 뭉친 일본이 있다. 연잉군은 박문수와 함께 일본을 드나들며 대활약을 펼친다.

최영찬 지음 | 신국판 | 값 12,000원

삼두매 3 보은단

명나라 유민의 목숨과 청국의 침략 위협 속에서 조선은 무엇을 선택할 것인가. 연잉군의 치밀한 작전과 국경을 뛰어넘은 남녀의 사랑이 있다.

최영찬 지음 | 신국판 | 값 12,000원